有聊胜无聊

小宝 著

新星出版社 NEW STAR PRESS

新经典文化股份有限公司
www.readinglife.com
出品

目 录

序 / 1

第一章

十诫 / 5

做人 / 9

老男人中的法拉利 / 12

最高智商的杀人犯 / 15

韦伯福斯之谜 / 18

头号玩家 / 21

公开信

早知臾腐即神奇　海北天南总是归 / 24

写给巴黎的情书 / 27

小说家中的爷们 / 30

第二章

当年红尘 / 35

却喜心情似小儿 / 38

艳诗三锦囊 / 41

赌局 / 44

秋水望穿伊不归 / 47

先锋文青的下半场 / 51

公开信
更把虚名赚后生 / 54
大菩萨 / 57
情话绵绵 / 60

第三章
海上旧梦 / 65
闲话徐树铮 / 69
艺术与金融的百年好合 / 77
公众往往很愚蠢 / 80

公开信
文青不忘引路人 / 84
诗意的白相人 / 87
自在 / 90

第四章
画家的战争 / 95
阅读有关智慧，无关道德 / 99
听怪叔叔讲笑话 / 103
天才怎样写书评 / 107
"这里躺着一位美国人" / 110

自嘲:"江南 style"还是江南? / 113

公开信
爱好造就伟大 / 116
笑话之道 / 119
男人的电视 / 122

第五章
文坛名宿王湘绮 / 127
读书人的见识(上)/ 129
读书人的见识(下)/ 132
死诸葛能走生仲达 / 135
"我和你困觉" / 138
胸器如何成为凶器 / 142

公开信
事后诸葛亮 / 145
高飞 / 148
大家要有大荒唐 / 151

第六章
陈伯伯 / 157
自欺欺人 / 160
夏娃还是女娲?/ 164

后宫故事 / 167

法国情梦 / 170

公开信

上海女人的身与心 / 173

小店 / 176

创纪录的女作家 / 179

第七章

布坎南说一战 / 185

人是讲故事的畜生 / 189

《大亨小传》，还是《了不起的盖茨比》？/ 193

学一点说人话的英文 / 197

误译的巧与拙 / 200

罪案小说的技术手册 / 203

公开信

莫里亚蒂定律 / 206

如何点亮科学的蜡烛 / 209

富豪俱乐部的文学卧底 / 212

第八章

老上海的智慧 / 217

史家还是蠢点好 / 220

两只老虎 / 224

新年纪事之各种吐槽 / 227

僵尸政治学 / 230

可怕的美味 / 233

公开信

优雅的残颜 / 237

轻型思想家 / 240

传统是最大的面子 / 243

第九章

无聊 / 249

六月的阅读 / 252

美语新词 / 255

笑谈 / 259

从涂鸦到涂屎 / 262

僵尸生理学 / 265

公开信

都市文学家 / 268

偏执阅读造就的小说家 / 271

巴尔干老妖 / 274

第十章

有聊胜无聊 / 279

取喻明道 / 282

相面术 / 286

今年最好的话剧 / 289

访谈录

王闿运和他的帝王学 / 294

序

　　这本随笔集里的文字作于二〇一二年至二〇一五年。其中大部分写给《上海书评》，还有二三十篇为《GQ》中文版的"公开信"专栏而作。

　　出版社编辑挑的书名是《有聊胜无聊》。我觉得挺好。这就是本聊天的书，题目五花八门，山南海北，希望可以伴茶，可以下酒，可以上庙堂，可以通闺房……编辑李佳婕把文章重新排列，散漫得相当得体，更像聊天。

　　后来，到了二〇一五年的某一天，不想聊了，于是停笔。

　　特别感谢陆灏，那位紫丁香般娟秀的男子。没有他，没有《上海书评》，那些年我不会有耐心记下这么多的读书心得。现在，《上海书评》也关张了，"那些年"终于去如黄鹤。

　　其实，"那些年"并不值得特别珍惜。前看一百年，后看一百年，"那些年"会显得特别非驴非马。不过，非驴非马未必是坏事，不登对的驴马一旦交合，就会生出骡子。骡子比它的父母都要强壮。可惜的是，骡子强壮却无法生产后裔，一代而亡。所以，骡子是异数，驴马才是常态。骡子以后，就不必关心到底是技孤的黔驴，还是嘶风的紫骝。

我这本小书，就是那只骡子的一小段遗骨。

这个骡子的比喻，也是我从阅读中顺手牵羊偷用的。三十年前在一本美国小说中读到这个比喻，记忆犹新。那部小说的作者叫赫尔曼·沃克。

小宝

二〇一七年二月

第一章

十诫

七八年前，出门装备中还没有电子阅读器，旅行时常在机场书店里乱逛，看见顺眼的书就买。随意买进的书很像露水姻缘，一夕缘尽，看完就扔。保留到现在，偶尔还会翻翻的是一本《无用书》（*The Book Of Useless Information*）。这本书当年（二〇〇六年）是《纽约时报》畅销榜的头牌，美国读友称赞它是"厕上第一书"。

编辑这本书的是一个秘密社团，叫"无用知识协会"（UIS），由英美一批读书人、作家、艺术家纠集而成。他们志同道合，立志发掘、分享暗藏在全世界犄角旮旯里古怪的无用知识。这些知识虽然离奇，但必须真实，言之有据。协会有不少口号，直译成中文都不算贴切，我替它拟了一个：难称有用之学，并非无稽之谈。

《无用书》二〇〇六年首版。二〇〇八年出了第二本《神奇的无用书》（*The Amazing Book Of Useless Information*）。每本有几千条无用知识，差不多每条都透着诡异，读来有趣。比如：

彼得大帝时期俄国男子如果留胡子，就要缴纳蓄须税。

十九世纪以前，鞋匠制鞋左右脚的鞋样完全一样。

一六六六年的伦敦大火，半个城市被烧毁，但只伤了六个人。

十九世纪，英国海军为了破除礼拜五行船不吉利的迷信，造了一艘新船。船名叫礼拜五，下水日挑礼拜五，船长的名字也叫礼拜五，开航日还是礼拜五。结果这艘新船一去不复回，音讯全无。

马克·吐温晚年每天抽四十支雪茄。他出生那年（一八三五年）哈雷彗星飞越地球，去世那年（一九一〇年）哈雷再次飞临。

勿忘我的名字来自一位德国骑士。他在河边采摘勿忘我给他的情人，结果落水而死。

英文里，同样是"裸"，naked 的意思"不设防、无保护"，nude 的意思是"不穿衣"。同样是"市"，town 是"市镇"，不能称 city（城市），区别在有没有大教堂……

好玩、冷门、无用——不知无用之事，何以遣有涯之生。《无用书》的确是枕边厕上的良伴。这两本书已经不能算新书，但它碎片化的分类和编排，与当下新媒体的编辑思想如出一辙。

说到新媒体，UIS 早就开始经营网络。出人意料的是，它的网站一反编书路线，求"全"忌"碎"，出手多是"无用知识"的大块文章，零打碎敲的什锦拼盘被压缩得几乎无容身之地。另外，"无用"的选题标准似乎也逐渐淡化。"冷门"和"有趣"成了主要诉求。

这类大块文章也很好看。UIS 不知不觉地正在网络上编纂一部欧美文明的暗黑历史。我喜欢读历史上的各种骗局。最精彩的，当然是骗子之王维克多·拉斯梯格的故事。

拉斯梯格生于一八九〇年，死于一九四七年。他是捷克人，混迹于美国和欧洲。他穿着考究，有"催眠般的魅力"，会五国语言，用过二十二个假名。他什么人都敢骗，什么钱都敢拿，什么局都敢设。

他骗过美国最有名的黑帮大佬艾尔·卡朋。他告诉卡朋，他有大生意需要投资，卡朋给了他五万美金（至少相当于现在的五百万）。他把五万块钱锁进保险箱，两个月后，带着这些钱又找到卡朋，平静地说：我生意失败了，但我不能坑朋友，你的钱我一分不少还给你。卡朋大感动，抽了一千块钱给他——他算好就骗这一千块钱。

一九二五年，他在巴黎顶级的克里雍大酒店以政府邮电部次长的身份宴请五位钢材商人。他淡淡地说，政府决定把艾菲尔铁塔拆了，七千吨钢材卖给你们，你们分别报个价。文化界对这个世博会建筑很有意见。大仲马说，这个建筑令人作呕。莫泊桑说，我们不拆了这个瘦骨嶙峋的金字塔，无颜面对后人。政府一来没钱维护，二来从善如流，你们好自为之吧。宴罢，他又对踊跃报价的商人索贿——扫清了他们最后的一点怀疑。他笑纳贿赂后立刻离开法国。上当的商人后来都不敢报案。这是他一生中最有名的骗局。

一九三六年，拉斯梯格因欺诈罪被美国联邦政府投入大狱，最终病死狱中。临死前，他给骗子同行留下遗言，一共十条。"无用知识"网站对拉斯梯格的报道极其详细，唯独漏了他的最后十诫。我猜他们有点作茧自缚，落进自设的"无用"陷阱，生怕无法自圆其说。因为这十诫太有用了：

1. 永远耐心地倾听对方诉说；

2. 永远生气勃勃；

3. 让对方先表明政治倾向，然后附和；

4. 让对方先表明宗教立场，然后附和；

5. 轻微地暗示性话题，但不要发挥，除非对方表现出强烈的兴趣；

6. 不要谈论任何疾病，除非对方特别关注；

7. 不要打听对方的私人情况（最终他自己会说）；

8. 永远不要自吹自擂，自然明确地显示你的分量；

9. 永远衣冠整洁；

10. 永远不要喝醉。

这不仅仅是给骗子的应对箴言。所有积极社交人士、商业谈判人士、企图攀龙附凤人士，这是前辈的度人金针。其实，社交、谈判、攀龙附凤等等，离大大小小骗局的距离并不遥远。

做人

虚构的文艺作品里，最好看的黑道是马龙·白兰度出演的教父；非虚构的真实生活中，最迷人的黑道是海上杜月笙。

高阳说杜月笙"逆取顺守，最终修成正果"。这是说他做事：烟赌起家，然后上海滩大亨，进而法租界公董局华董，国民政府军事委员会少将参议，上海市地方协会会长，恒社领袖，上海地下抗战指挥……一步一步脱黑入白，最后收名于蒋介石的挽额"义节聿始"。新中国方面，至少尊他为爱国人士。

然而，这些事功，放进世界黑道老大博物馆，并不算亮眼。有的是更震撼、更高端、更曲折、更好玩的故事。杜月笙之胜，不在做事，而在做人。

有两种杜月笙的传记值得一读。一是章君毅的《杜月笙传》。章著杜传，是杜月笙传记的开辟之作，全面记录他门生弟子的集体回忆。另一种是拾遗所著《杜月笙外传》。拾遗是杜月笙秘书胡叙五的笔名。去年，香港重出《外传》，恢复作者原名，书名改为《上海大亨杜月笙》。章君毅笔下的杜月笙是一则传奇，胡叙五笔下的杜月笙是一个人物。人物比传奇更真实。拿两种传记参照而读，可以看清杜月笙行事为人的不同凡响。

杜月笙的高明，第一条是他不贪财，不爱钱。小人物也可以说自己不贪财，不爱钱。但我们没见过大钱，没赚过大钱，标榜清高没有多少分量。杜月笙是赚钱的能人，敛财的高手。当年的三鑫公司是上海黑色经济的旗舰，不义之财的金库。他后来还开过银行，经手提调的大单生意无数。可是他临死之际，处分的遗产不过十万美金。这十万美金，还是朋友替他存下来的。

杜月笙的钱，很多取之无道，但散之有道，用得其所。胡叙五说："他未必笃于疏财，但能够张眼吃亏；他未必果于仗义，但能够热心好胜。他的金钱像潮水般涌来，依旧让它像潮水般淌去。凭着这些身外之物，他从四面八方，拉近了人与人之间的距离。"

一九三〇年，上海法租界电车工人大罢工。法国总领事无计可施焦头烂额之际，被迫请出杜月笙调停。他和资方与工人代表数度磋商，条件渐渐谈拢，但双方在价钱上还差四五万块钱。杜月笙此时一面向法资担保限日复工，一面答应工人一个铜板都不会少。结果他自掏腰包垫出了相当于今天几百万的差价，"做媒赔了女儿"，维稳平权两相宜，皆大欢喜。

我特别喜欢章君毅讲的一个故事。杜月笙初入黄金荣门下，领到第一笔奖金，黄金荣的老婆桂生姐给了他一大笔钱。黄金荣说，小孩子怎么能给这么多钱。桂生姐坦然应对，我这是试他——假使他拿了钱去挥霍，狂嫖滥赌，那他再能办事，不过是个小白相人。假使他拿钱去存银行买房子开爿店面，那他就是一个不合行当的普通人。现在他花大笔钱清理旧欠，结交朋友，等于说他不但要做人，还要做个人上人。我断定他才堪大用。

这个故事点明了杜月笙一生散财的逻辑。实际上，杜月笙看淡钱财，"张眼吃亏"的胸襟，桂生姐、黄金荣都比不上。

他们更比不上杜月笙礼敬文人的气魄。杜月笙一生都是个半文盲，但他始终钦重书生优待文人。国学大师章太炎，自负帝王学的杨度，都是杜家常年资助的座上客。他礼敬文人，交友为重，基本上不求回报。杨度在杜府顶着记室（秘书）的名义，光拿钱，不干活。非但不干活，杜月笙还替他搜集各地的州府县志，助他写作《中国通史》。

对各路文人，他能帮的都帮。对开口相骂的文化人，他一笑置之。据说鲁迅曾亲口告诉自己的同乡：他的一位朋友，在上海办刊物炮轰杜月笙"封建余孽"，每期必骂，杜却毫不在意。有一次租界当局要去查封这份刊物，当巡捕的学生给杜报信，要给这位朋友"吃点苦头"。想不到杜月笙摇摇头说："算了吧，这班书笃头，何必叫他们到捕房里去受罪。你们还是给我前门喊喊，让他们后门逃脱拉倒啦。"那本杂志复刊后，再也没有骂过杜月笙。

至今没有人谈过鲁迅和杜月笙有什么交集。不过冥冥中两人似乎有着一种古怪的缘分。抗战期间杜月笙避居香港，四年里宾馆住房中一直放着一套《鲁迅全集》。

杜月笙未必佩服文化人的见识。他养着章太炎这样的名士，却从未听说他曾问政问计于这些书生。在他心里，可能他们都是有点迂腐的"书笃头"。可是这丝毫不影响他"友天下士"的态度。这或许是他养名的手段。他死后几十年里，和他有过交往交集的写字人，几乎没有一个对他口出恶言。他的故事开花散叶，成为一个传奇，也许就种因于他礼贤敬士的风度。

书生迂腐、短视、不懂事，会有种种毛病——可是有一点确凿无疑，历史是书生写的。书生文人的好恶，可以决定任何人物的生前风评身后定论。杜月笙是一个正面的例子。反面的例子更多，历史上虐待迫害书生的人物，没有一个能留下好的名声。

老男人中的法拉利

迈克尔·道布斯是英国的老牌政客、作家。他是英国保守党的大将，刚出道时诨名唤作"娃娃脸杀手"，后来当上保守党副主席，二〇一〇年被王室册封为男爵。他当作家更成功，作品广受欢迎。无论虚构还是纪实，他下笔不离官场和政治人物。一九八九年，他的处女作小说《纸牌屋》以别开生面的凌厉笔法讲述英国官场故事，大获好评，次年就被BBC改成电视剧。十三年后，二〇一三年二月一日，投资一亿美金的美国版电视剧《纸牌屋》强势登场。

美国版的《纸牌屋》出自大卫·芬奇之手。我喜欢大卫·芬奇，他是力量强大的邪派导演。他的《七宗罪》《搏击俱乐部》《社交网络》《龙文身的女孩》都是我心目中的经典。他来拍摄道布斯的《纸牌屋》，就像科波拉拍摄马里奥·普佐的《教父》，是一次天作之合。

道布斯《纸牌屋》里主角叫弗郎西斯·厄克特。他尊贵、优雅、渊博、坚定，有教养有魅力，光芒四射，但他是个恶魔。他精擅政局政客的操纵之道，可硬可软，能屈能伸，进退之间将政敌一一剪除。小说《纸牌屋》最初以厄克特的自杀结尾，但这个人物塑造得太丰满太成功了，BBC电视剧的制作方坚决要求他活下去。道布斯改动了结局，并顺势又写出另外两部厄克特小说：《玩转国王》《最后一章》，完满交代了这位当代枭雄的精彩一生。这两部小说后来都改编成 BBC 的电视剧。

大卫·芬奇以功成名就的好莱坞大导演之身，试水电视剧，看重的是电视剧为演员表演提供的空间。他说，最近十年来，最好的剧作，最适合演员表演的剧作，都是电视剧。他把他的爱将统统招进了剧组。他告诉演员，你们都是我的首选，每个角色都是第一选择，所以你们不能坏我的事。其中最关键的一步，就像科波拉请来马龙·白兰度、艾尔·帕西诺，大卫·芬奇请来从《七宗罪》开始一起合作的奥斯卡影帝凯文·史派西。

到今天为止，我只看了美版《纸牌屋》第一季十三集中的前十集，除了"登峰造极"，我想不出其他的词汇来形容史派西的表演艺术。BBC 剧集中厄克特的扮演者是英国大牌理查德森，我没看过，看过的人说，理查德森演到形神兼备，但是看了史派西的演出，那叫叹为观止。史派西演的这个老男人，是老男人中的法拉利；史派西演的这个坏男人，是坏男人里的百达翡丽。

弗朗西斯·厄克特在美剧中叫弗朗西斯·安德伍德。英剧中，厄克特是英国保守党的党鞭；美剧中，安德伍德是美国众议院多数党民主党的党鞭。党鞭（whip）是英美政治党派在议会党团中的负责人，相当于议会党团的秘书长，负责该党在议会的提案以及协调该党议员在议会中统一行动。党鞭的说法取意英文中的 whip in（鞭赶），whip in 的原意是围猎时鞭打猎狗不离围猎路线。"鞭"在中文里是男根的代称。我觉得史派西演出的安德伍德更像是戏里民主党的命根子，也是整部戏的命根子，装满权力欲望的精液，嚣张、自信地勃起，而且造型壮观、大气。

史派西丝丝入扣地展现出安德伍德形象的多面，他可以孤傲愤世厚黑无情冷血，也可以风趣乐观沉着体谅义气。他每走一步棋，至少想到后面五步。他作局布控,让受控的局中人所作所为完全出于自愿。他可以毫不做作地随口说出莎士比亚式的金句。比如"我不喜欢把事情托付给命运""警觉有益于灵魂""我爱她胜过鲨鱼爱鲜血"。他求婚时说,如果你想要幸福,拒绝我,我不会给你一群孩子,然后数着日子等退休,我承诺你不会有这些俗事,我承诺你一辈子不会无聊。面对情人,她年轻的身体垫着高跟鞋青春逼人,苍老的他说,你和老男人相处过吗?老男人会伤害你,然后抛弃你。情人说,你伤害不了我。他淡淡地说,脱了高跟鞋。听话的情人顿时矮了一截。

看《纸牌屋》之前,我没有想到一个老男人能如此性感,性感得如此气势磅礴。美国的评论人说,其实那些文绉绉的台词未必得体,只有靠史派西来说,观众才不会感觉唐突。《纸牌屋》的剧本台词堪称一时之选,但对比史派西的表演,不免相形见绌。另外相形失色的是剧集中那几位小美女,她们有脸有胸有干劲,但在史派西、罗宾·莱特这些成精的老怪面前,小妖们显得很嫩。

安德伍德不可一世的亮相,让人好奇:他将如何收场?纸牌屋是用纸牌搭出的房屋模型,精巧,但危险、薄弱。美剧《纸牌屋》一共两季二十六集,第二季尚在拍摄中。我把美剧常用的收梢套路想了一遍,都差强人意,会辜负史派西的表演。我忍不住去查道布斯的《最后一章》,落幕大戏既顺理成章又出人意料,果然是高手设计。我不想在这里剧透。实在想知道结局的朋友可以通过《上海书评》和我联系,只要你预订后十年的《东方早报》,凭发票我可以免费提供详细资讯。

最高智商的杀人犯

五月二十二日，泰德·卡钦斯基在美国科罗拉多州佛罗伦萨联邦监狱迎来七十寿诞。

中国还有没有人记得卡钦斯基？他是"911"之前美国头牌恐怖分子，他大概也是人类历史上智商最高（167）的杀人犯。他的故事，一半是惊悚悬疑的侦破剧，另一半是激动人心的哲学课。他的文集《技术奴隶制》二〇一〇年在美国出版，亚马逊图书网站至今四星高悬。

他生在芝加哥，从小智力超常，醉心于数学，十六岁被哈佛数学系录取，二十五岁获得密西根大学数学博士。他的博士论文异常出色，荣膺一九六七年年度密大最佳论文奖。主持论文答辩的教授称，全美国最多只有十到十二个人能理解、欣赏他的研究。博士毕业后，他被伯克利加州大学数学系聘为助理教授。两年后辞职。

他后来回忆说，二十四岁时，他经历了一场重大的精神危机，对现代文明生活厌恶至极，人生极其绝望。痛苦之大，令他不惜一死。不惜一死，赋予他灵机：既然无惧死亡，还有什么可怕的？他应该自由自在地做任何事，为所欲为。他觉得，这是他人生的转折点。从此他得到了自由和勇气。

开始他并没有血腥的规划。他只想回归自然，豹隐山野，自给自足，做个自在闲人。一九七一年，他在蒙大拿州的荒野搭建了一个十二平方米的小木屋，无水无电，过着极为简朴的生活。不过他厌恶的现代文明没有放过他。数年以后，蒙大拿的山野成了开发区，建设大军碾碎了他的宁静岁月，修桥筑路摧毁了史前荒野的自然美妙。他发誓要报复，从避世的隐士化身为复仇的恶魔。

他一生反对技术文明，自己却是个难得一见的科技天才。他有点铁成金的巧手，用俯拾皆是的工业垃圾制成邮件炸弹。从一九七八年到一九九五年，十八年里他一共寄出十六枚邮件炸弹，主要目标是大学（现代技术文明的策源地）和空中航线（现代技术文明的代表），炸死三人，炸伤二十三人。

美国联邦调查局一九七九年立案调查，动用了一百五十名全职特工，悬赏一百万美金，先后开设八百条电话热线，办案费用为历史最高。但十几年中一无所获。

到了一九九五年，案件发生戏剧性转机。卡钦斯基主动致信美国主要媒体，要求一字不删地发表他三万五千字的论文《工业社会及其未来》——这篇文章后来被称为"学校飞机炸弹客宣言"（Unabomber Manifesto）。他说，如果主流媒体刊登他的文章，他可以停止炸弹袭击。已经焦头烂额一筹莫展的专案组竭力劝说媒体答应炸弹客的要求，让炸弹客宣言为全民举报提供线索。此时首先站出来为国分忧的是色情杂志《阁楼》，它自告奋勇印行卡钦斯基的文章，不过卡钦斯基却嫌《阁楼》过于三俗，断然拒绝。最后《纽约时报》和《华盛顿邮报》同时刊发炸弹客宣言。

《工业社会及其未来》断言，现代技术戕害人性，毁灭环境，造成难以言说的人类痛苦。人类面临抉择，要么用暴力革命推翻技术文明，回归更为自然原初的幸福，要么自取灭亡。

真正自取灭亡的是卡钦斯基。他暌违十年的弟弟戴维从宣言的观点、风格、措辞中辨认出炸弹客就是他的兄长。戴维毅然举报，跨时近二十年的联邦第一大案终于告破。卡钦斯基最后被判处终身监禁，不得假释。

囚禁中的卡钦斯基并没有停止写作。《技术奴隶制》里，除了重新修订润色的宣言以外，还收集了他入狱十几年里和世界各地各式人物的通信。在他取得博士学位的母校密西根大学，哲学系开设了卡钦斯基的专题讨论课。讨论课的主持人斯克尔比纳说，卡钦斯基是个杀人犯，也许还是个疯子，但或许他真有非比寻常的历史智慧。

卡钦斯基始终不改他的傲慢和自负。他瞧不起欧美左派，嘲笑他们那种娇滴滴软绵绵的想法，诸如与自然和解、善待动物、性别平等、非暴力、低竞争……还是技术文明的价值观。左派的改良主义路线，会阻碍他倡导的革命。

他的理想家园是史前部落。他坚信部落生活才能淬炼人类的高贵品质。卡钦斯基理想主义的关键词是：生存技巧、自律、诚实、坚忍、反抗、勇敢。

我喜欢密西根大学一位学生对卡钦斯基理想的评论：卡钦斯基的理想，包括其他一切高调的理想主义，幸福家园都是为理想人类而建。现在的人类，绝大多数都不符合这些理想人类的标准。所以，建立他们的理想家园，第一步就是把不合标准的人类清除干净。

韦伯福斯之谜

张爱玲说，出名要趁早呀，来得太晚的话，快乐也不那么痛快。她当年的确文名早著，不过她的一生谈不上快乐，晚景更是凄凉。名人名言，听着好玩就够了，不必当真。

生于一九四六年的英国人保罗·托迪，一生行事刚好和张爱玲相反。他也能算早慧的文学神童，十几岁就在女性杂志上发表小说，后来上牛津，主修英国文学。大学毕业，熟人都觉得他会走上虚荣的文学之路，没想到他一翻身进了商界，生意做得成功，六十岁荣休，已攒下殷实身家。花甲之年，摇身一变，变成当红的小说新进。从二〇〇六年起，差不多每年一部长篇，现在已经出版六种小说。他的小说并不是倚老卖老的回忆文章，而是风骚的时髦故事，销量不俗，反响甚佳。他的处女作《到也门钓鲑鱼》已搬上银幕，今年二月公映。总结一生，他可能会说，挣钱才要趁早，来得太晚挣不到。出名等闲事，老来也能俏。

托迪小说的故事有趣，却不轻佻。我比较喜欢他的第二部小说《波尔多梦魇》。波尔多红酒题材，何其当令，时尚指数破表，但作者别出心裁，居然写出了一个沉重的人生故事。

《波尔多梦魇》是这部小说美国版的书名，英国版的书名是《韦伯福斯无法抗拒的遗赠——四季美酒的小说》。四季美酒就是小说的四大章，依照时间顺序为二〇〇二年、二〇〇三年、二〇〇四年和二〇〇六年。小说采用了倒叙的结构，第一章是二〇〇六年。主人公韦伯福斯登场，已经是一个华丽得令人目瞪口呆的酒鬼。早餐后，他先喝一瓶拉菲得基酒庄的红酒，午餐再喝一瓶一九九〇年卓龙酒庄的红酒，这只是前戏。他当天的高潮，是去伦敦诺曼底牛肚餐厅，连喝两瓶一九八二年的柏图斯（Petrus，台湾李宇美的译本译为皮特鲁斯），然后醉到不省人事。按照今年的官方价格，这四瓶酒价值十三万人民币。这是韦伯福斯平常的一天，他每天都要喝五瓶波尔多红酒。在这一章，二〇〇六年，韦伯福斯嗜酒如命，严重酒精中毒，生活崩溃，罹患科萨可夫精神病。顺便说一下，中国人比较认罗斯柴尔德家族旗下的拉菲红酒，但在英美，柏图斯才是波尔多红酒里的酒王之王。

故事刚开始的时候——你在小说的最后一章二〇〇二年会读到，韦伯福斯只是一个 IT 精英，疯狂工作，没有享受，没有朋友，没有生活，没有恋情，不知红酒为何物。他邂逅了一批英伦贵族。一种迷人的、他以往无从领略的多彩生活向他展开：高雅的朋友，醇厚的友谊，各式各样的享乐，兴会无穷的嗜好，餐会，酒会，围猎，善解人意的高尚女子……还有红酒。老派贵族散漫无羁的生活令人陶醉。韦伯福斯卖掉了自己的公司，花巨款解救了一位垂死的、父亲般的朋友（也许就是他的生身父亲，作者没明说），从他手里接收了一幢大而无当的贵族宅邸和十万瓶藏酒。他的义气还感动了他心仪的丽人。他们私奔，成婚。他用富贵闲人的生活置换了原来工作狂人的生活。

富贵闲人的生活慢慢开始破碎。他像过去迷恋工作一样开始迷恋红酒。妻子因他酗酒而车祸丧生。他自己如同掉入地狱，债台高筑，众叛亲离，神智恍惚……

韦伯福斯的生活出了什么错？仅仅是酗酒吗？他的悲剧从哪里起步？作者托迪细致地、非常真实地记录小说主角的生活，红酒牌子就写了几十个。小说中没有阴谋，没有恶人。但作者没有给韦伯福斯之谜任何答案，没有解释，没有说明。

或许这只是一个叙述花招。韦伯福斯在小说中以第一人称出现。他被医生判定，由于酒精成瘾脑病十分严重。小说中曾经提示：这种科萨可夫精神病，会导致记忆丧失，以虚代实，以编造故事来填补记忆空缺。患者难以区分编造的故事和真实生活，最后完全沦陷于自己的妄想世界。小说中的第二、第三、第四章，有可能根本就是酒精中毒醉鬼的幻想和虚构。换句话说，这是一部亦幻亦真、克里斯托弗·诺兰电影似的小说，是《盗梦空间》《记忆碎片》的文学尝试。六十老翁保罗·托迪真能玩得那么花哨？

我宁愿琢磨书中一些细节的提示，它更像几十年人生经验的精华，更像韦伯福斯悲剧的正解。精于红酒品鉴的老人说，再好的红酒，一打开，它就开始死亡。老人喝酒从来只喝半瓶，剩下半瓶倒掉。韦伯福斯的红酒人生何尝不是如此。它打开之初，在醒酒器里的两小时，芳香可人，让人忘了再过十小时，再过二十四小时，再过四十八小时，它将彻底死去，死酒的酸臭难以沾唇。一切伟大的享受，从红酒到情爱，从权势到尊荣，只品其半，见好就收才是正道。有老派生活训练的旧家子弟懂得适可而止。新来的闷骚青年意气用事，全情投入，想要涓滴不漏，长饮不歇，结果肯定臭不可闻，不可收拾。

头号玩家

天下大势，变动不居，物换而后星移——物质环境一变，明星也会跟着变。远的不论，单说情场故事，原来的调情圣手风月英雄都走才子路线，从唐璜到卡萨诺瓦再一路到孙甘露。才子基本上是餐馆文化的产物。那时候的风月路线和餐饮路线重叠而行，中国有文酒之会，西方有咖啡厅社交圈，才子们以美食中心为风月中心，坐在那里吃吃喝喝，聊天吟诗弹琴作画，顺手拿下绝色女子。那时候生活比较单调，美女们眼界不宽，心气那么高的林黛玉最隐秘的非法爱好也就是看看黄色手抄本《西厢记》。才子们要么是写《西厢记》的，要么是《西厢记》作者的作协同事。

二次大战结束以后——中国还要往后挪三五十年，改革开放以后，情况大不一样。风月中心不再据守一地，而是连成一线，讲究的是昨天米兰，今日东京，明晚纽约。风月线和航空线联为一体，坐而言完全不敌起而飞。于是，欲海情天，才子出局，玩家当道。玩家要有闲，有钱，能玩，能干。情场当然不废餐饮，但用餐的浪漫指数现在有专门记法。如果你在巴黎，与女友去米其林三星五叉的餐厅吃一顿大餐，固然不错，但浪漫分数不高。如果你带着女友坐私人飞机中午去泰国清迈喝一碗鲜花汤面，喝完即回，那才是玩家手段，浪漫十分。做一个十分的玩家，何其之难！不过还真有玩家中的玩家，能拿十分里的十分，被各国同好公推为世界第一花花公子——他是多米尼加人鲁维罗萨。

七月五日，是他去世的忌日。一九六五年七月五日凌晨，一夜狂欢之后，他驾驶法拉利250GT撞毁在巴黎街头，随即死亡，终年五十六岁。他的死法很合花花公子的身份。他当时的妻子（第五任）和其他密友都觉得他有自杀的可能，他死前几个月一直在说他害怕慢慢老去。

他生前曾经很有钱。他的全部财富来自女人。他有过五段婚姻。两个太太是法国女演员，两个太太是美国大富婆。两个美国富婆每人送他一架改装的B25轰炸机，让他开着玩。婚姻之外，和他有染的女人不计其数，大多是国际级的白富美，比如庇隆夫人、玛丽莲·梦露。如果他晚生三十年，从玛当娜到戴安娜，肯定都会进他的花名册。

鲁维出生在多米尼加一个军人之家，父亲后来去巴黎当领事。他没留什么钱给儿子，留给他的是好色的天性，以及一个花花公子的教养。鲁维在法国长大，十七岁回多米尼加上大学，结识了大独裁者特鲁西略，后三十年，特鲁西略成了他的恩公和庇护人。他当过特鲁西略的保镖、女婿，大半生是浪迹全球的外交官。特鲁西略喜欢鲁维，有点像金庸笔下的康熙喜欢韦小宝，他对记者说鲁维是个"绝妙的骗子"。

鲁维说："女人是我的全职工作。"他一生所爱是"运动、女人、冒险、名人。简而言之，生活"。因为尽职和热爱生活，他每年至少要花掉两百万美金，按照通货膨胀率计算，就是现在的一亿美金。他说他不赚钱，只管花钱。据说，正是鲁维挥金如土醇酒美人的生活激发到佛莱明的想象，这才诞生了娱乐历史上永垂不朽的人物007詹姆斯·邦德。

按照西方人的标准，鲁维的身高偏矮，才175公分。但他消瘦结实，肤色黝黑，散发着"危险、迷人、冒险的气息"。他礼貌周到风度翩翩，能说五国语言。他的一个女性友人说，他和任何一个女人说话都全神贯注，无论她是八十老妪还是四岁女童，这时候哪怕世界第一美女从边上走过，他都不会看一眼。他令所有的女人觉得自己是天下无双的尤物。女友感叹，床技了得的炮友易找，贴心殷勤的玩伴难寻。

弗洛伊德说，人类异性间勾引的招数日新月异与时俱进，但最后一击从古至今却变化无多。最后一击决定玩家品质。玩家要器宇不凡，更要器具不凡。鲁维能成为当年欧美上流社交圈的传奇，绝不是靠他的礼貌和外语，而是靠他下流的天赋异禀。他是西方的嫪毐。他的首任妻子，特鲁西略的女儿晚年在口述回忆录里忆及他们的新婚之夜："他把我抱上婚床，那个大家伙突然跳出来对准我。我吓坏了，吓得满屋子乱跑。"

关于鲁维胯下之物的具体长度，当年就有各种流言。最夸张的说法是鲁维经常拿它当卷尺来测量餐桌的大小。他死后他的朋友纷纷出面驳斥这种说法：鲁维是个绅士，不可能在公共场合那么失礼。那把尺谁也没见过。

早知臭腐即神奇 海北天南总是归

凡·米格伦先生：

你一直被人指为骗子，我却始终敬为天才。

又一次想到你，因为中国的故事。

从去年冬天到今年春天，中国艺术界、收藏圈为苏轼的《功甫帖》吵翻了天。去年九月，收藏家刘益谦在纽约苏富比拍卖会以五千万人民币竞得《功甫帖》，三个月后，上海博物馆三位研究员发声力证这件苏富比拍品是赝品。真伪之辨，惊动了旧媒体、新媒体、收藏人、艺术家、研究员……群情亢奋声嘶力竭，民间故事的版本里连黑道都急发密令……我觉得这场笔墨是非百分之九十五的参与者疯了。《功甫帖》是真是假，干卿底事？

《功甫帖》原来是苏轼写给朋友的九字便条（短札），公元十二世纪宋代中国的一条手机短信，朋友间的社交寒暄。今天，《功甫帖》有两种身份：它是一件书法作品，喜欢中国书画的朋友可以观摩、欣赏；另一方面，它是进入艺术品拍卖市场的金融商品，和股票、房产、期货等其他金融商品一样，具备价格上升下跌的无限空间。它是一枚金融投机的筹码。刘先生刚刚花了五千万拿下筹码，三位短打扮的书生大吼一声：客官，你看走了眼，这枚筹码一文不值。

刘先生当然要着急。如果《功甫帖》是假货，等于他收进了五千万假钞，这笔生意彻底砸锅。但是，对一辈子不可能参加金融游戏的大多数围观人来说，假钞又何妨？真钞是官家钦定的一般等价物，假钞才是民间好玩的特别艺术品。

可以把话说得再明白点：普通人看《功甫帖》，应该只取艺术品一路，不必在乎它金融产品的身份。感受艺术品，作者是谁不重要，真假不重要，重要的是好坏。它是好字，还是坏字？它是高级的书艺，还是低级的书艺？如果这件苏富比拍品果然字字辉煌，就根本不必管它是苏东坡写的还是秦始皇写的或者是章子怡写的。好坏常常无关真假。真假事关交易，事关商业。普通人无关交易，留心好坏足够了。自扫门前雪，莫管瓦上霜。

由此，我想到了上世纪艺术界的惊天奇案，想到了你——奇案的主角，凡·米格伦先生。

你是荷兰画家。一九四五年，第二次世界大战结束之际，你被逮捕，罪名是把荷兰国宝、十七世纪伟大画家维梅尔的画作卖给德国纳粹。这是通敌的大罪。

你开始不肯透露这些作品的来源。当气急败坏的审讯官威胁要起诉你、处以重刑时，你慢慢地转向审讯官，然后说："这是我做的，我画的。"

你不仅承认卖给纳粹元帅格林的《基督与淫妇》是伪作，卖给德国元帅博物馆的《为耶稣洗脚》是伪作——这是你维梅尔假画系列里最差的一幅，你还开出了以往维梅尔伪画的清单。审讯官和他的小伙伴都惊呆了，这张清单上的几幅画早已是维梅尔的名藏，包括鹿特丹国家级博伊曼斯博物馆的镇馆之宝《以马杵斯的晚餐》。为了坐实自己的证言，你在监狱里又画了一幅仿作，让全世界目瞪口呆。

你在法庭上说，你造假是为了反击艺评人对你的攻击。你步入艺坛时被"完全不懂艺术的艺评人恶意打击，再也无法展示自己的作品"。在维梅尔的名义下，你的画艺不断精进，非常享受艺术创作的快乐。"我做这一切不是为了钱，钱只会给我带来烦恼和不快。"

有趣的是，欧洲有名的艺评人，在米格伦的伪画前曾经献上极为华丽的赞美。他们一直不愿意承认《以马杵斯的晚餐》是赝品，最后的技术鉴定才让他们闭嘴。博伊曼斯博物馆并没有将《晚餐》撤展，只是调换了作者的名字，加上了一段说明。直到今天，这幅画仍然是吸引最多目光的展品。

乐天的荷兰人，是真懂艺术，真懂博物馆艺术的收藏家和展览家。

《功甫帖》的收帖人是苏轼的好友郭功甫。东坡在和郭功甫的唱和时写过两句诗：早知臭腐即神奇，海北天南总是归。

观艺赏艺，这两句话值得深长思之。你说呢？米格伦先生。

小宝

写给巴黎的情书

伍迪艾伦先生：

　　先祝贺你的《午夜巴黎》获得第八十四届奥斯卡原创剧本奖。这是一个迟到的祝贺，足足晚了九个月。你获奖的那一刻，还没轮到我在《GQ》写公开信。

　　我写信的这一刻，你的新片《爱在罗马》已经公映。我忍住了好奇心，没有上网去看那些版权可疑的视频，准备下周到香港合法观影，为你贡献七十港币的票房。二〇〇〇年以后，你的每部电影我都是在香港看的，每看一次，大概会为你的户头增加一块钱的收入——这是我的胡乱估计，到现在应该攒到十来块钱。今年，你和娇妻宋小姐在丹麦喝咖啡，有一杯是我请的。这是一个中国人能够表达的最诚挚的敬意。

　　你至今已经拍了四十余部电影，我祝愿你能够拍过五十部。不过，即便你拍到一百部电影——以一年一部的速度你要拍到一百四十岁，《午夜巴黎》还是一部非常特殊的影片，值得你的影迷好好聊聊。你用奇幻的手法，讲述了一个迷惘的怀旧故事，这不算稀奇。稀奇的是，你一反常态，不再阴阳怪气愤世嫉俗，不再指桑骂槐刁钻刻薄，而是深情款款柔肠百转地拥抱抚摸巴黎，拥抱抚摸它的过去和现在。

　　看过电影的朋友不会忘记片头三分钟美丽的巴黎风光。那三分钟简直就是一部美轮美奂的巴黎申奥大片。我想如果当年巴黎申奥有这样的宣传片，二〇〇八年奥运会可能就不用英国人来张罗。《午夜巴黎》把法国人逗得开心死了。法国人一向爱你，连你那些叨比叨比有点沉闷的话痨电影都爱，何况这样一部投怀送抱爱意绵绵的影片！他们完全不能自持。法国人说，《午夜巴黎》是伍迪艾伦献给巴黎的一封情书。

人人都写情书。如果这封情书出自今年去世的言情圣手诺拉·艾夫隆（《当哈利遇上莎莉》《西雅图不眠夜》的编剧）之手，谁也不会意外。如同纯情之作出自徐志摩、冰心之手，那太正常了。不正常的是这封甜蜜的情书居然由伍迪艾伦写成，就像剑拔弩张的辜鸿铭、鲁迅写了一本琼瑶小说一样，未免太过离奇。你对巴黎表达的爱意，坚定彻底，没有一点保留。你在影片中对巴黎一往情深，没有片刻的犹豫和冷漠。你真像一个忽闪着大眼睛、情窦初开的无邪小女生。

但是，你制作《午夜巴黎》时，毕竟已是七十五岁的世故老人。电影中的若干段落，表现出你的智慧依然尖锐锋利，比如你对那个自命博学好为人师，其实浅薄虚妄的美国教授保罗的嘲弄。他显然是个升级版的《百家讲坛》老师。以你的智慧和老到，为什么还会那么义无反顾全心全意地热爱巴黎？

我起初并不懂。你在电影中最神奇的设计，是让美国作家吉尔回到一九二〇年代的巴黎，在当年的西方文化首都，和创造"黄金年代"的天才相聚。一次和朋友聊天，朋友说，你注意到了吗？那些古人、高人，基本都不是法国人。

我突然被点醒：电影中，历史上，那个黄金年代文化首都的缔造者居然多半是外国的侨民和流浪汉，菲兹杰拉德夫妇、海明威、斯坦因是美国人，毕加索、达利是西班牙人……巴黎，大概只有巴黎，才有那样的胸怀和襟抱，收留、优待、鼓励、刺激、纵容不羁的各路天才，让他们的创造力像塞纳河一样奔流，为人类留下至今魅力四射的杰作。这样的巴黎，确实值得老泪纵横的伍迪艾伦花痴般地表演爱心。

你到底不是小姑娘，你的爱最后还是很有分寸。你的电影告诉观众，黄金时代的巴黎，值得赞叹景仰追慕，但不必沉溺。古时候，"感冒没有抗生素，拔牙没有麻醉剂"……考虑到你的年纪，考虑到你的爱妻比你年轻三十五岁，你不好意思说出口的是，那时候还没有伟哥。

无须回到过去，但巴黎可以勾留。影片结尾，吉尔（很多人说那是你的化身）与虚头巴脑与时俱进的未婚妻分手，漫步雨中，落户巴黎。这似乎就是你这些年的创作生活，伦敦、巴塞罗那、巴黎、罗马、哥本哈根……与欧洲越缠越紧，与美国渐行渐远。

祝你长寿、好运。

小宗

小说家中的爷们

达希尔·哈米特先生：

　　我很早就搜齐了你的全部作品。你是我喜欢的美国小说家。

　　你真正的小说创作岁月只有五年，五年中出版了五部长篇。这五部长篇让你毫无争议地跻身世界性的一流作家之列。你让侦探小说从此具备了高级文学的品质。二十多年后，一九六一年，你去世之日，《纽约时报》的讣告称你为"冷硬派侦探文学的教主"。你辞世已经五十年，直到今天，在世界的各个角落，每天都会有人读你的《马耳他黑鹰》，观摩根据你的小说改编的电影视频。

　　冷硬派侦探文学后来的健将钱德勒、劳伦斯·布洛克在他们的作品中向你反复致敬。你的作品发生地在旧金山，你笔下旧金山的景物历历如绘，你因此成为旧金山的文学名片。这个传统绵延不绝：钱德勒扎根洛杉矶，布洛克为纽约的白昼暗夜代言。从你开始，好的侦探小说必然是好的都市文学。

　　生前虚名身后尊荣，你未必会放在心上。行于当行，止于应止，不阿世，不虚荣，不媚俗，不恋物，沉着大气，舍生取义，这是中国人对优秀男人的期许。我觉得你就是上世纪二三十年代美国文学家里够格的爷们。

　　那时候的美国文坛真的是群星争辉。艾略特（他的根在美国）、海明威、福克纳、菲茨杰拉德……文名响亮在你之上，海明威还特别喜欢装彪悍、装暴力、装骚。但他们身上的文人气、书生气、名士气太重，没有你那种安稳厚重的爷们范儿。文学是他们的底线，无论如何，他们放不下文学。而你为了践行心中的道义，万事皆舍得。

你从来不装暴力，不装颓废，衣着讲究，仪容出众。你白发早生，脸色苍白，偏偏又爱白衣白鞋，全身上下唯有眉毛唇须是黑的，望之翩然浊世佳公子。你一直有肺病，最后死于肺病。那个年代，都说肺病是文人病，阳亢上火，性欲旺盛。但你男女分际把握得特别干净，不放浪声色，与剧作家海尔曼三十年恋情，相慕相助，传为佳话。

如果说经历是财富，你就是小说家里的亿万富翁。你曾经在大名鼎鼎的平克顿侦探事务所当过七年侦探。你的文学之路从侦探故事起步，顺理成章。你是第一次世界大战、第二次世界大战的参战老兵。珍珠港事件后，你已经四十八岁，以抱病之身慷慨从军。

疾病和战争延缓了你的小说创作。真正打断创作的是政治，是臭名昭著的麦卡锡主义。二战后，你是美国左翼社会运动公益基金的代表。一次，你代表基金保释的四名年轻人弃保潜逃，联邦法庭要你供出四个人的下落。其实你和他们没有关系，他们对你也不领情。但你觉得这是道义所系，绝不能低头。你说：这是我的正义，值得性命相挺；我不必知道法官和警察的正义。你被判监半年。半年的牢狱生活，完全摧毁了你的健康。你再也没有精力提笔创作。

一次义气，代价是金钱、名气、志业，甚至是生命。你却从不后悔。你的孙女后来说："道地的侦探心中不容温情，而哈米特精于世故的算计下面埋藏着对家庭、朋友、恋人的脉脉温情。"政府对你的追杀一直到你死后：你是亲历两次世界大战的退伍军人，有资格安葬在华盛顿郊外的阿灵顿国家公墓。联邦调查局局长胡佛亲自出面企图剥夺你最后的荣誉。这一仗他输了。

你一生洒脱，五十年不离烟、酒、读——不是毒品，是读书。你是一个可怕的读书人，阅读胃口极大。文学以外，你还读植物学、动物学，读《蜜蜂的语言》《德国十八世纪的枪械制造》《冰岛的英雄传奇》《怎样打绳索》《怎样下盲棋》……读黑格尔哲学，你的毕生最爱竟然是——数学。你临终前还在读书，读到连书都拿不动，歪倒在一边。然后，你死了。

呼唤你的亡灵，我有一个小遗憾：你的小说很早就翻译成中文，但缺少一套有分量、够出色的译本。我还有一个大悲哀：放眼今日文坛，像你这样直道而行、不计利害、只问是非的爷们，竟然遍寻不得。

你一灵不昧，会感到些许寂寞吧？

小宝

第二章

当年红尘

民国初年，湖南龙阳才子易实甫在京城混到一小官，整日与倡优周旋，并形诸诗文。一日，他白天参加了女子敦谊会的慈善音乐演出，晚上又去妓院喝酒。隔天报上登出他的新作七言诗，把这两件事扯在一起，让名媛贵妇和青楼姐妹打成一片。这首诗起首两句是："林下丰标女界推，双飞还共凤凰来。"

这一则逸闻初见于虞公的《民国趣闻》。我猜古龙读过《民国趣闻》，并记下"林下丰标"。易实甫自称"三十余年内，初为神童，为才子；继为酒人，为游侠"。这样的人物，古龙会把他引为异代知己。

"林下丰标"指女子的美好姿容，意思相近的说法还有"林下风致"、"林下之风"。虽然意思相近，但"丰标"不能写成"风标"，"风致"不能写成"丰致"。这点知识，古龙有，不过当年给古龙编书的编辑未必有。古龙在文章里写下"林下丰标"，成书出版后变为"林下风标"。二十五年后，这个小小的错误居然被一位台湾青年发现改正。这位青年，就是编注古龙散文全编《笑红尘》的陈舜仪。

一九七〇年代以后的文青，爱古龙胜过爱金庸。在他们眼里，金庸是主流的成功人士，古龙是落魄的江湖浪子。古龙的姿态想法趣味性情，他们觉得更亲切。金庸迷的线上据点叫金庸茶馆，古龙迷的网络阵地叫热血古龙，从名字就能看出追随者的差异。陈舜仪以一己之力，用几年之功，搜集编年校注古龙的一百多篇散文，附录相当准确的古龙生平著作年表，最后却连"编者"的名义都不敢领，自称"整理"，确实是小人物的热血行为。而金庸当年的《明报》社论，称誉一时，却至今未见有人搜集刊布，可见茶客们的冷静矜持。

古龙生活在台湾的戒严年代，他去世两年以后，国民党才宣布解严。那些年台湾的社会文化生活，大陆读者十分陌生。阅读《笑红尘》，有时感觉像在翻看旧日报刊。这是我以为最有意思的地方。

那时候的台湾，自由逐步壮大，传统的情意犹在，老派的风华令人向往。《繁华一梦》点评二十年风月繁华："继'华侨'之后，万国联谊社、华都、国际、夜巴黎、仙乐斯、维纳斯、第一、米高梅，各舞厅次第兴起，也曾各领一时风骚，当年的名女娇娃，有些至今居然还能再见，居然还是好朋友……让人觉得开心的是，那时候上班的女孩中，有很多人的归宿都不错，而且林下丰标，依旧可人，甚至连那一点豪气和义气都不减当年。"

古龙第一任妻子郑月霞和第二任妻子叶雪，就是风月场的"名女娇娃"。根据各种回忆，当年"名女娇娃"的豪气义气情意情趣非常动人，正面品性不输良家女子。相比现在名利场上得意名媛的势利拜金寡情浅薄，她们更像传统贤淑的中国妇女。

那些年台港两地文坛老人的风趣和爽朗也出人意料。卜少夫是新闻界的巨擘，他一手创办的《新闻天地》，是发行数最高、寿命最长中文私家期刊。陈定山是天虚我生的长子，上海画院女画师陈小翠的长兄，中国难得一见的实业家兼文艺家，他的《春申旧闻》是我爱读的枕边书。他撰写的楹联"水清鱼读月，花静鸟谈天"是真正的名士手笔。想不到在古龙的随笔中能遇见这两位老人。他们是古龙的酒友：

"我第一次陪定公（陈定山）喝酒的时候，定公已经八十六岁了，仍然健饮健啖，谈笑风生，喝掉大半瓶白兰地后仍可提笔作画，一笔字更是写得清丽娟秀，妩媚入骨。他的夫人仇十云女士，自己虽然滴酒不喝，对定公喝酒却只有照顾，而无啰嗦，中国女性所有的美德，我几乎都在她身上看到了。

"被大家公推为'二哥'的卜少夫先生，如今已七十有七，可是一套白西装穿得笔挺时，风采依然不输少年。二哥喝起酒来更厉害，从中午喝到午夜，从午夜喝到天亮，要是有谁想溜走，被他一把抓住，只有乖乖地自罚一杯。数十年来，港台两地，喝酒被他放倒的英雄好汉，也不知有多少了，二哥的腰杆仍然笔挺如故。"

卜少夫、陈定山都比古龙晚死，都活过了九十岁。卜少夫活到九十二岁，九十一岁时还天天写专栏。陈巨来《安持人物琐忆》曾提及陈定山（陈小蝶），那段文字亢奋古怪，有心者不妨复按。

古龙的生活跌宕起伏，像他的作品一样戏剧化。细察平生事迹，我觉得他性格里有偏激极端、追求戏剧化表演的一面。他冒充国民党上将熊式辉之子，几乎招来血光之灾。性格即命运，古龙是个很好的例子。他好朋友，好女色，好酒无度。他的小说随笔处处不离饮酒之乐，自己最后暴饮而死，证明了他的说法：作家和作品"息息相关、生死与共"。他是纯粹的性情中人，不妥协地度过了混乱，但有声有色的一生。这样的人物，现在也没有了。

却喜心情似小儿

特别自恋的人比较讨厌。不过偶有例外。民国诗人林庚白很自恋，却很有人缘。他最有名的一段话是："十年前论今人诗，郑孝胥第一，余居第二；顷则尚论古今人，余居第一，杜甫第二，孝胥卑卑不足道矣。"他的诗比不上郑诗，更比不了杜诗。这种大话，别人说会被唾沫星子淹死，被板砖砸死，但出自林庚白之口，大家一笑置之。

林庚白自恋，不怀恶意，机心不深，不阴险，不趋炎附势，不文过饰非，不像成功人士余秋雨——好久没提他了，不知他最近身体可好？林庚白是七八十年前的中国文人，那时候的文人还会有一派天真，诗心出自童心。年少轻狂的自夸自恋，别人也不会较真。他其实明白、也能善用自己的少年情怀。林庚白好色，体貌没什么优势，但情场上却颇多斩获，他赋诗自许：中年不用美丰仪，却喜心情似小儿。

他不仅自比杜甫，还"自负是现代的诸葛亮"。四十五岁殉难后，夫人林北丽用杜甫追念诸葛亮的诗句悼亡：出师未捷身先死，长使英雄泪满襟。满足他最后的虚荣。

林庚白的诗上天入地，无所不写。我特别喜欢他的无所不写。仅此一项，已经在当下的旧体诗诗人面前壁立千仞。当下的旧体诗学徒，用功的不少，雕琢词句的更多，但诗心闭固格局逼仄，只会在有限的题材里转圈。很多题材他们不敢写，不会写。比如说，艳体诗。

艳体诗词在林庚白的创作中篇什不繁，吟咏的对象主要是女朋友张璧——我猜想他应该还写过林北丽，那些诗词被藏匿未刊。

他写艳体诗词，用今天的话说，很有理论自觉。他在《孑楼随笔》里说："清人论词，有讥易安之'香冷金猊，被翻红浪'，近于猥亵者，未尝见明女子张红桥所作也。红桥有《念奴娇》一阕甚工，为寄怀其夫林鸿之作，词云：'凤凰山下，恨声声玉漏，今宵易歇。三叠阳关歌未竟，城上栖鸟催别。一楼离情，两行清泪，渍透千重铁。重来休问，尊前已是愁绝。还忆浴罢描眉，梦回携手，踏碎花间月。漫道胸前怀豆蔻，今日总成虚设。桃叶渡头，莫愁湖畔，远事烟云叠。剪灯帘幕，相思与谁同说？'词中警句如'漫道胸前怀豆蔻，今日总成虚设'，其于床笫之爱，何等勇于自白？！'封建社会'妇女中，欲求此类佳作，殆'绝无仅有'，顾不堪使卫道之士读之耳。"

林庚白的《浣溪沙·有忆》简直就是写给数百年前张红桥老师的作业：

> 曾见抛书午睡时，横斜枕簟腿凝脂，小楼风细又星期。
> 隐约乳头纱乱颤，惺忪眼角发微披，至今犹惹梦魂痴。
> 乍觉中间湿一些，撩人情绪裤痕斜，呢谈曾记傍窗纱。
> 悄问怎生浑不语，莫教相识定无邪，几回镜槛脸堆霞。

词中警句如"隐约乳头纱乱颤，惺忪眼角发微披""乍觉中间湿一些，撩人情绪裤痕斜"，情欲表白何其大胆爽朗。林庚白的艳词，以童心做亵语，好像顽童偷窥春宫，直书所见，白描情绪，读来余味悠长，好色而不脏不淫。

他也写过设句新奇的新诗，反而不成体统，像个笑话："只要我的心换你的心／我愿意做你桌上的花瓶／我愿意做你床前的围屏／我愿意做你高跟鞋里边的小钉／我愿意做橡皮熨帖着你的月经"。月经侧漏入诗，比放屁入词要早几十年。

上世纪二三十年代，写艳诗也算一时风气。林庚白写道，诗友梁鸿志和一新识女郎去平安电影院看电影，"幕方半，女郎呢就鸿志，探手于裤，且摩挲焉，鸿志为赋绝句二首，极隽妙。绝句云：'无灯无月光明夜，轻暖轻寒忏悔时。惭愧登迦偏触坐，与摩戒体费柔荑。'又云：'鼎鼎百年随电去，纤纤十指送春来。老夫已伴天涯老，欲赋闲情恐费材。'"梁鸿志毕竟老辣，轻薄却不失体面，端住身份，探裤不乱，女郎权做女菩萨。不过不如林庚白艳诗的真性情。现在这样的戏码还天天在演，只是隽妙雅谑已成绝响。

艳诗不算高格调，但艳诗也是真人生。有艳事而后艳诗。艳事是值得叹咏的人生经验。会写艳体诗的诗人，看人生比较透彻。

林庚白最好玩的作品是他的情书，喜欢的会说这是赤子之心，不喜欢会说这根本就是神经病："关于美的方面：一般不喜欢高大身量的女性，也不喜欢扁的脸孔、大的脸孔，人们都是以鸭蛋脸和圆脸为美人的标准。而你呢？是扁而大的脸孔，是平塌的鼻梁，是宽阔的嘴，又是高大的身量，这在我的主观，虽认为都是含有诗意的美——因为我不喜欢平凡，我不爱整齐的面貌，而在人们决不这样。"

这是男性恭维女性万千法门中的一支奇兵。

这位奇情才子最后竟以神算术士传名后世，也是异数。

艳诗三锦囊

好的枕边书，作者会成为读者虚拟的枕上人，梦萦魂牵。前两个月我的枕边书是《丽白楼遗集》，梦郎林庚白。

读出点意思，便挑了林庚白一些有趣的诗文，配点随想，引了一句林诗作题：却喜心情似小儿，寄给《上海书评》。结果有人出来教正，有人出来抬扛。

教正的先生网名 zhi bai，他说文引李清照词"香冷金貌，被翻红浪"中"貌"字有误。的确，"貌"是"猊"字之误。当年李清照凤凰台上忆吹箫——别想歪了，那是词牌的名字——起笔就是"香冷金猊"，"金猊"代称香炉。虽然一九九六年中国人大版《丽白楼遗集》也印错了，但这是一个无需置辩的错误。谢谢 zhi bai 垂教的雅意。

抬扛的文章《"放屁入词"及其他》登在前一期书评的读者会所。全文一无是处，不过文章带出的话题可以聊一聊。

先说它的一无是处。

我不满意林庚白的艳体新诗，觉得不成体统，引了他的诗句"我愿意做橡皮熨帖着你的月经"，顺便说了一句："月经侧漏入诗，比放屁入词要早几十年。"

抬杠的抓住这一句话，开始掉书袋，东摘西抄，要证明中国韵文传统里早有放屁，不差月经，我说错话了。

其实抬杠的连那句话都没读懂。我的话只是陈述一个简单的事实：林的月经入新诗，比某公的放屁入词要早。行文时略去几个定语，无非想简洁一点，为书评省一点稿费，根本没有以一句话写尽"屁经"韵文史的打算。我一点都不关心前人排气见红时有没有配乐朗诵。掉那些书袋，实在是无的放矢。

真要研究比较，我也不会拿新诗和旧体诗词绑在一起说事，它们并非同一个品种。青蛙和中国邮政都是绿色的，它们却不是一种动物。新诗和旧体诗词的差别，比烤鸭和冰淇淋的差别还要大。烤鸭和冰淇淋都是食物，这是它们的唯一共同点。新诗和旧诗的远亲关系只在它们都是中文。

中文传统里，"屁"的古典不胜枚举。以我的低级趣味，最喜欢《笑林广记》里的《颂屁》："伏惟大王高耸金臀，洪宣宝屁，依稀乎丝竹之声，仿佛乎麝兰之气。臣立下风，不胜馨香之味。"颂扬系的同仁应该切身体味。《笑林》里还有一则《黉门》："三秀才往妓家设东叙饮，一秀才曰：兄治何经？曰：通《诗经》。复问其次，曰：通《书经》。因戏问妓曰：汝通何经？曰：妾通月经。众皆大笑。妓曰：列位相公休笑我，你们做秀才，都从这红门中出来的。"这也是月经的妙典。

往远点说，秽物也能正用，成就绝妙好诗。苏轼有一首七言绝句：半醒半醉问诸黎，竹刺藤梢步步迷。但寻牛屎觅归路，家在牛栏西复西。苏作里的牛屎有诗香。

苏轼的"但寻牛屎"是他的人生经历，林庚白的艳诗艳词也是他的人生经历。不避俗，不媚众，敢写、会写自己的人生经历，好事近，好诗亦近。现在的旧体诗学徒，人生与诗心割裂，只记前人牙慧，避写自身遭遇，喜欢谈公事说大话，纪事不及私情，议论拒谈私见，诗中无我，全然不是旧体诗的好传统。无怪乎旧诗词中的常见题材艳诗艳词不复见于今日。

我类似的感慨踩到了抬杠的痛脚。他大概自认是旧体诗学徒。他要和林庚白打擂台，文章里抄了一首他写的绝句，挑战林庚白的艳体诗。这首诗是他看"电视节目'非诚勿扰'"后有感而发。

天可怜见！他的诗说到头只是一首打油诗。他连打油诗和艳体诗的区别都不明白就敢来挑战！幸好他写的不是艳诗。假如他能在广电总局领导下的电视节目里看出艳诗，那他读社论也一定能读到勃起。那样他的病比现在还要重很多。

不说抬扛的了。真有人想学写艳诗，我读林诗多日，甚有心得，可以分享，也算我从林庚白书桌上偷来的三个锦囊秘技。

第一秘技是：有艳事。先行艳事而后作艳诗，这是常理。当年林庚白有了张璧，徐悲鸿有了孙多慈，鲁迅有了广平兄，艳诗就有了源头。可惜现在传出的只有林诗。古人艳诗多以"无题"为题，但名为无题，实必有人。

第二秘技是：解风情。用当下的语言说，就是建立审美态度。有了审美态度，方能观察入微，点石成金。林词中的"轻盈吴语""隐约乳头纱乱颤，惺忪眼角发微披""撩人情绪裤痕斜""悄问怎生浑不语"……都是风情婉然的艳词丽句。

第三秘技是：不下作。艳诗各种姿态，全看诗人性情，有的隐晦，有的直白。无论隐晦直白，都要以雅词记私情，以雅词写腻事。例如林庚白的《醉春风·午思》有："眼角春风，舌尖香腻，涨生桃洞。"《六月二十一日书忆》作："舌尖徐度颊生春，无那心波跳荡频。浅浅娇羞眉际影，微微喘息臂中身……"好色不淫，美感第一。

赌局

知道穆时英的人不多。除了一小部分研究者和他们的学徒，上海以外的人几乎没有人听过他的名字，上海人也是知者寥寥。

他死于七十年前。他的生死是一个诡秘的谜案，比他写的小说还要好看。不过我不想聊他的故事。我想聊文学，聊小说。他是上世纪三十年代的都市作家，笔下有都市的情欲死生，有都市的声色光影。身后点将，他被批评家排在作家榜的二三流之间。我并不想质疑批评家的判断，一点也不想替他翻案。

我其实根本不想聊他，我和文学没任何关系，我是糊里糊涂地拿他说事。有一晚看电视，发现厨师做菜都能赌斗，列成两队，各张一帜，每轮各队派出一人，两两对决分出高下。看完电视睡前随手拿了本《穆时英全集》乱翻，结果当晚做了一个古怪的梦。

梦中我参加了一个电视博弈节目，一对一单挑，节目的主题居然是文学。我的对手是一个当代女文青，姿色颇佳，像青年时代的江海洋。我想，现在的女文青真好看，我们那个年代的女文青长得都像今天的郭德纲。我们抽到的题目是：现在的小说好看，还是过去的小说好看？女文青是现在派，我是过去派。我们要各挑一篇小说，比一比哪篇更好。

彩头是《东方早报》明年的订单。

女文青推荐的小说出自一位颇负时誉的新进小说家之手。她说，你看，迷茫挫折无聊冷漠颓废愤怒，他都写到了，黑色幽默、滥性、酷，一样都不少。比美国人都不差吧。

我认真地读了一下，不以为然地说，泰国人也比他写得好。小说主角虽然一脑门官司，一屁股问题，一肚子不合时宜，但他所有苦恼的根源很简单，就是一个"穷"字。他的迷茫挫折无聊冷漠颓废愤怒，使他无法在社会阶梯上高跨一格。假如他的账户上有一百万美金，每月收入五万元人民币，他的烦恼基本上会烟消云散。金钱能够解决的问题都不是真问题，财富能够改变的故事都不是好故事。这种穷鬼文学，我不敢领教——不是说作者穷，他肯定比我有钱。我是说作者写的那些人物，既随波逐流安于现状，坏事也没少做，就是不肯像于连那样奋斗改变人生，又牢骚满腹看谁都不顺眼，觉得人人亏欠他，最大的不公是天上不掉馅饼。我不喜欢这样的孩子。

我手边恰好有《穆时英全集》，于是我推荐了他的短篇小说《Craven A》。老烟枪知道 Craven A 是英美烟草的老牌子，俗称"黑猫"。穆时英的《Craven A》讲一个女性交际花的故事，交际花只抽黑猫。女文青快速地看了一遍，轻蔑地说，那么简单肤浅，装腔作势，我不觉得有什么好。

我同意。穆时英的小说确实有做作的地方。但是，我问文青，你不觉得主人公既是情场浪子，又惧怕厌恶女性的描写有点意思？她�’噘嘴：那他就更讨厌了。

一时间谁都说服不了对方。《东方早报》明年几百元的销售收入有点危险。

于是我提议重设赌局：我们不要比文学观念，观念无高下。我们比一比谁的文章写得更好。女文青快速抢答：可以。我喜欢当代作家的文字。

是吗？当代作家的妙想能够达到《Craven A》的水准？我重新翻开穆时英的文集：

男主人公坐在交际花的对面，仔细打量，把这位风月女子的全身比作"一张优秀的国家地图"，从北界的"黑松林"（头发）开始，一路向南，鼻子是"葱秀的高岭"，眼睛是"湖泊"，嘴是"火山口"，锁骨是"地平线"……直到两腿——"两条海堤，海堤的末端，睡着两只纤细的，黑嘴的白海鸥，沉沉地做着初夏的梦，在那幽静的滩岸旁。在那两条海堤的中间，照地势推测起来，应该是一个三角形的冲积平原，近海的地方一定是个重要港口，一个大商埠。要不然，为什么造了两条那么精致的海堤呢？大都市的夜景是可爱的——想一想那堤上的晚霞，码头上的波声，大气船入港时的雄姿，船头上的浪花，夹岸的高建筑物吧"。

接着穆时英写到交际花的放荡："差不多我的朋友全曾到这国家旅行过，因为交通便利，差不多只一两天便走遍了全国，在那孪生的小山的峰石上，他们全题过诗词，老练的还是一去就从那港口登了岸，再倒溯到北方去，有的勾留了一两天，有的勾留了一礼拜，回来后便向我夸道着这国家的风景明媚。大家都把那地方当一个短期旅行的佳地。"

用国家地理频道大片解说词的庄重风格，描写苟且之事，但觉其妙，不觉其脏，当代作家能作此奇想？我问对手。

江海洋终于沉默。

就在此刻，梦醒了。我不知道女文青是不是最后认输。如果《东方早报》这几天收到一张来自异次元空间的订单，那就表明我赢了。不不，是当年二三流的穆时英小胜当代文学。

秋水望穿伊不归

阅读小说难得的奇遇是读到才子小说。才子小说不是写才子的小说，不是《九尾龟》那种以才子自况专嫖青楼美妓的恶趣味。它是才子写的小说，小说的优胜在高标一格的才思和想象。才子小说不需要特别充沛的经验值，作者倚重自己独特的立意和别致的表达。王朔最好的小说——《玩的就是心跳》《动物凶猛》是才子小说。

近年来我印象最深的才子小说是《幻爱书》——台湾译本叫《疑心》。作者阿纳托利·托斯是旅美的俄罗斯作家。《幻爱书》是他用俄文写的美国故事——这个美国故事后来又被译回英文。

其实故事是不是发生在美国并不重要。地点在故事里只是几个符号。作者有意抽离时空——故事里没有任何时间标记：它可能发生在一九七〇年代，也可能发生在二〇一〇年代。

假如要用光秃秃的几句话剧透《幻爱书》，可以这样写：一个作家创作了一位恋爱尤物，然后自己化身三个完全不同的男人，和她谈了三段天雷勾动地火、高烧一百度、生离死别的恋爱。

从头读起，小说的叙述结构显得扑朔迷离，悬念重重。《幻爱书》是忠于原著的译名，《疑心》是台湾译者周正沧自撰的书名。要呼应书中诡异离奇的气氛，我觉得"疑心"里的"心"大可省去，一个"疑"字足矣。书中有大量的情爱场面——这让大陆版的《幻爱书》比较之下相形见绌：它不仅"根据出版要求进行了少部分的技术处理"，没处理的部分也译得缩手缩脚，专挑含糊的字眼蒙混过关——比如把"做爱"不得体地写成"亲热"。

这多少有点可笑。《幻爱书》的情爱一点都不脏，完全符合爱国卫生的五星级标准。它如同沈爷的美食评论，唤起的食欲是高尚食欲，连猪爪都干净到没有一根脚毛。更要紧的是，这些情爱故事和作者的人生领会密不可分，删减和暧昧会伤害小说。

情色以外，阅读也是作者的重要设置。书中的恋爱尤物雅克琳一直在读一个匿名作者的书。匿名作者的书里有长短不一的各类散篇，非常动人，同时又映照、暗示雅克琳的人生进程。这种虚构里套虚构、阅读中再阅读的写法精巧、华丽，即便有种种破绽甚至大败笔，也是智者的疏失——人的复杂设计不可能像上帝的设计那样完美。

作者特别想告诉读者的是：成功的爱情让女性成长，健康成长的女性最终会从原初的爱情中叛逃。雅克琳是所有幻想恋爱男人心目中的仙品：自然、热情、毫无心机、不患得患失、热烈地欢迎一切尝试和新经验。她先后遇见最聪明的美国教授、最温暖的意大利演员、最彪悍的法国车手。他们都疯狂地爱她，向她敞开自己的人生……但最后，雅克琳无一例外地背叛了他们。这种背叛，并不是由爱生恨的背叛，而是她学会了爱，雅克琳的爱、女人的爱没有边界，完全超越男性的控制。她爱意绵绵地背叛了她的爱人。

以男人的角度看，雅克琳有一种"臣服于人的控制欲"。她向一切她欣赏的男性表达"臣服"，男性陶醉于"臣服"之际，已经落入她的控制。臣服于人的控制，比起慈禧太后式杀伐决断的控制，最终会给男人带来更深重的创痛。

假如把《幻爱书》看成一则高级的寓言，托斯理解的男女关系，在更高的意义上，象征着创作者和他们成功作品的关系。热恋中的男人常常以人生导师自居，想把女人打造成一件高级的作品。他们一旦成功，"成功的作品"几乎必然地会脱离他们的控制。就像厨师的顶级料理往往会背叛他们的口味，科学家的伟大实验会颠覆他们的理论，艺术家的惊世画作连自己都茫然不解，黑道威严的教父最后死于义子之手……佳人此去难留步，秋水望穿伊不归。

《幻爱书》最好看的部分并不是托斯最后的想法，而是层出不穷，有时甚至蜂拥而来的精彩段落。匿名作者书中编号187是一则小品：

> "我"和两位朋友去一家有音乐表演的餐厅用餐。乐队是一名中年女钢琴师和一名拉小提琴的女孩子。女孩子显然是初次登台，紧张、腼腆、不自在、动作笨拙、神色黯淡、发丝凌乱。我和朋友并不在意，边吃边聊。聊够了，把目光再次扫向表演区，我和小伙伴们惊呆了。小提琴手已经全情演奏，面目全非，"那是一张完全不同的脸，像换了个人似的，已经不像十分钟前的那个女孩了。双眼紧闭，睫毛抖动，不时轻咬下唇，反复吐放，我看见她那脱俗的笑魇。每当脸上压抑太多情绪，她会轻咬嘴唇。我可以看见她下巴紧绷，感受她所承受的紧绷，一种自虐的痛楚。小小的前额一下紧皱，一下舒张，似乎被如谜的情思穿透。她的鼻翼剧烈膨胀，但并不焦虑，她不再心神不宁。女孩两脚交替站立，动作快速用力，整个身躯丰润如球。

"我忘了她正在演奏，听不见小提琴声，音乐显得多余，完全退居于视觉之后，若非她细长灵活的手中握着一把小提琴，我一定会认为这名瘦弱的女孩正在享受性爱，献出一切，彻底被占有。

　　"就在此时，我明白：女人最诱人的地方便是她灵魂的舞动。"

——《疑心》译文

　　取喻性爱，还能那么优雅、生动、准确、别开生面。上帝给了托斯一支流淌香水的笔，笔尖经过，一片芬芳。

先锋文青的下半场

对我们这些外省人民而言，张郎郎一直是京城一个嘹亮的传说。

四十五年前，他因为组织诗歌小组"太阳纵队"入狱，被判处死刑，差一点因为文学、因为马雅可夫斯基、涅克拉索夫、洛尔迦、艾吕雅……死于非命。他的父亲，新中国国徽的设计者、中央工艺美院院长张仃为他一夜白头。周恩来"留下活口"的批示让他死里逃生。入狱之年他二十六岁。

被捕前的逃亡路上，他在杭州龙井和抗日名将蒋光鼐之女，"两道剑眉"的蒋定粤姑娘订婚。一个多月后他就身陷囹圄。分手时，他对蒋姑娘说"别等我，走好自己的路"——仿佛一年前拉美男神格瓦拉牺牲时的豪迈。在死刑号子里，他认识了遇罗克，认识了音乐家杨秉荪，认识了糊里糊涂被投入大狱的平民美女孙秀珍。他和孙秀珍的目光交错、撞击，谱出奇特的牢狱恋曲。踏进狱门之前，他在诗友郭路生的笔记本上留下四个字"相信未来"，郭路生以此为题，创作了那首最著名的新诗：我依然固执地铺平失望的灰烬，用美丽的雪花写下相信未来……

后来，他被判了十年徒刑；后来，出狱；后来，平反；后来，中央美院的老师；后来，欧美名校的访问学者、住校作家。后来，二〇一三年十月，中华书局出版了他的回忆文集《宁静的地平线》。

外省人民会好奇：他现在究竟是何许人物？有什么样的人生？想想当年：青春、诗歌、音乐、艺术、囚禁、爱情……文艺青年所能梦想的一切浪漫元素集于一身，足够诞生至雅至美的文青之魂。上半场的优势应该是下半场的胜势。

或许，他就是列宾名画《意外归来》里的那个流亡者，有耶稣一样的面容，消瘦、憔悴、坚毅。永不停止地思索人类的苦难，大慈大悲地化解人间的仇恨。

或许，他依然是一个唯美的诗人，疯狂地自怜自爱自恋，爱情至上性交成瘾，高声吟诵着莱蒙托夫的诗句和尼采的格言，把女学生剥得一丝不挂。

或许，他早已参透命理识破玄机，平静、自然、逍遥，跳出三界外不在五行中，没有人世的烦恼忧伤，自得其乐，乐得自在。

至少，他不会是个俗人，哪怕无趣，哪怕讨厌，也是超凡脱俗的无趣和讨厌。他即便不是得道的仁波切，起码也能做文学圣贤——没有人为文学遭么大的罪。炼狱之火，应该能铸造真金。

读完《宁静的地平线》，你会发现这些文青路线的想象无一中标。作者亲切、坦白、有趣、会聊天、好人缘，但他是个俗人。当年清贵公子的文学才华已经换作沧桑百姓的生存智慧。他说自己是个"鼓书艺人"，写书就是"讲故事""胡抡""侃山"，"千万别指望在我故事里找历史，找哲学，找教益，顶多就有点儿意思"。

这些话半真半假。说真的，这本书里几乎没有任何文学的排场，没有任何议论的热情，甚至连议论都没有。如果还有热情，那是讲故事的热情。他用闲聊八卦的方式，兴致勃勃津津有味地打捞自己的青春岁月。

全书十一篇故事里真有一些高级八卦，比如《孙维世的故事》。孙维世的恩怨情仇，交代得清清楚楚，作者显然做过功课，有不少引文。

另外几位也是八卦谈资的神秘女性，比如关露，比如王颖，作者似乎提不起兴趣多方索引详细考证，叙述只限自己的见闻，寥寥几笔带过。

写得最好的是作者自己的故事。书里既有纪事本末考究斟酌的回忆文字，也有生动饱满的细节花絮。作者把写作姿态调得十分得体，真把自己当一个事不关己的鼓书艺人，乐呵呵地在扯前朝闲篇。我有点理解作者了。炼狱之火烧不出真金，只会烧去空疏的文学，只有愚人般的狡猾，才能留得住刻骨铭心的记忆。作者不从文学梦想中抽身，走不到今天。

不过，文学的天分和敏感，未必能完全割除。它会在你想象不到的地方冒头，管都管不住。张郎郎在书里讲了一个他听到的段子：

> 我听当地一个老人告诉我，打日本那会儿，他们晚上经常"掏窝子"，就是清除异己。半夜三更，几个县大队的小年轻，去什么人家把目标人物罩上眼睛，堵上嘴，拉出村，宣布他的罪行，然后为了省子弹，就手工处理了。有一次，他们到某村去掏一个汉奸嫌疑，没掏着，就把他老婆掏了出来。为了打击汉奸，把这老婆扔进枯井也能灭他们的威风。扔下枯井前，小青年们都上下其手"摸摸"。小王是近视眼，也抢着去摸。别的队员笑了，说："瞎子，看清楚喽，那是你姑啊！"那些村的人，很多都有亲戚关系。小王说："我不管，我摸的是汉奸婆！"众人齐声喝止："我们都行，就你不行，汉奸归汉奸，也不能乱了辈分。"

这个故事和全书没什么关系。但它是一个精巧的寓言，可以生发太多"历史、哲学、教益"，文学直觉告诉作者放过太可惜。他的笔一滑，便记了下来。

更把虚名赚后生

林庚白先生：

我有一位发小，电影人，正牌科班出身，混迹影视界多年，名利圈的老派人物，但名利之途走得不算顺畅。

其实他还有另外两项本领，惊才绝艳，堪称国手：一是用各地方言说段子，模仿历代名人，惟妙惟肖，几可乱真；一是占卜问卦，专攻桃花，桃花运还是桃花劫？沾得还是沾不得？结婚还是离婚？……男女情事相关的穷通祸福，他能算得一清二楚，从无失手。

十几年前，央视的主持人邀他走穴，表演段子，他谢绝了。朋友鼓动他开馆测数，推算命造，造福善男信女，他也婉辞了。他热爱电影，愿意和电影共始终，哪怕电影一直在辜负他。

笑话和算命以后一直是饭桌上的余兴节目。见面大家都称他"常委"——地方政协给他留了一把太师椅，但以饭局打底的江湖中他还是被传为段子高手和八字专家。

这大概就是人生奇妙的地方：你珍惜自豪的屠龙大法，很少有人捧场；你遣兴破闷的小玩意儿，却一路多豪客的追随伺候。你明媒正娶摆一场喜宴，亲朋寥寥；你走马章台喝一回花酒，贺客盈门。

这样的尴尬，林庚白先生应该算近代史里第一人。你是一八九七年生人，出身士绅家庭，四岁作文，七岁作诗，时有"神童"之目。你是同盟会的老会员，南社的大诗人。你仕途坦荡，十七岁就是国会议员，二十一岁任众议院秘书长，也是孙中山非常国会的秘书长。国民党定都南京后，你出任外交部顾问，立法委员。你一生著述无数，诗名籍甚。

你自负是当代诸葛孔明，有一套高明的治国理念。你自认理论巨子，上世纪三十年代就精研国际社会主义理论，造诣不凡。你的创作兼擅各种文体，旧体诗、新体诗、政论、诗论、经论、文论、小说、小品、随笔无所不包。

你交游广阔，友好遍天下。1941 年香港殉难后，追悼会发起人四百余人，政界、文化界名流几乎尽列其中。你的夫人自信地说："在中国革命史和文学史上，都应该有你的地位。"

七十年过去了，有人还记得林庚白吗？革命史、政治史、文学史里找不到。但互联网上你的名字却铺天盖地，百度搜索能查到近五十万网页，不过你的身份是算命如神的命理大师。

你喜欢算命，但生前自觉是一个弱点，在正式场合都不好意思多说。你写道："余虽服膺唯物观，而结习未忘，于旧社会迷信之说，间有不能尽解者。"北伐军进攻长沙，蒋介石督阵，吴佩孚酒后微醺，在电报上批示："蒋介石到长沙，石沉于沙，其何能为！"行若无事。结果蒋军破长沙而挥兵武汉三镇，幕客告诉吴佩孚："我公仅知石沉于沙，而不知'他山之石，可以攻玉'，此公之所以败于介石也"——吴佩孚字子玉。类似的事听多了，见多了，你觉得世事无常，可以以奇中，而正不能解。你私下醉心卜算之学，卜算之学就是奇术。

你有两种算学著作：《人鉴·命理存验》和《广人鉴》，《广人鉴》残稿未刊。你在《人鉴》里大胆地为各种名人算命，存而待验。当下检阅，真正算准的很少——还不如我的发小。关于你神算的都是传说——比如你算出演员蓝萍有三十年大运——并没有可靠的证据。《人鉴》一书，你在自传中不提，著作编年里不收。

　　一九四一年，你随国民政府迁居重庆。当时日本飞机频频空袭陪都。你天天闻警，为自己课卦，惊觉不日有血光之灾，避居东南，或能逃过一劫。于是你带着林北丽飞到香港。没想到正赶上太平洋战争爆发，日军攻占港岛。你竟被日本士兵枪杀在金巴利道。

　　这场大祸说明什么？说明你是神算，还是误算：祸福无门，唯人自招？有一点我很有把握，假如你一灵不昧，知道自己竟然成了后世传说中的星命术士，你不会感到开心。把你说成一个才子，追过林徽因、陆小曼、张荔英、俞珊、唐瑛……风流成性，你心里还好过点。

　　不过多想一步，以你的通达，也许会释然：历史名人、当下名人，有几位能名实相符、传闻确凿、受者心安？你最喜欢的两句诗是：虚名满世终何用，更把虚名赚后生。

小宝

大菩萨

金庸先生：

您淡出江湖已久，好些日子没有听说您的消息。祝您健康长寿。

瑞典文学院决定二〇一二年诺贝尔文学奖颁给莫言，两个月来，作家、文学受到空前关注。于是，我想起了金庸。

在不少人眼里，瑞典文学院的十八个评委，是当下世界各国文学的十八位老师、十八位裁判，负责给各国作家打分，每年评选一个全球文学冠军，赏他一朵英模级的大红花。今年花落中国，莫言是咱家的孩子，自然全家一片欢腾。

也会有人不服气，说这些老师看人未必很准，曾经有德艺不够双馨才智有所欠缺的孩子独占花魁。比如和中国有点关系的美国女作家赛珍珠，她老爱拿中国说事，她是 1938 年的文学女状元。八十年过去了，中美两国读者都觉得她的活比较糙，没什么人还会读她的作品，哪怕她的名字听着像赛金花她妹。

其实，偶尔看人走眼，并非不可原谅。诺奖历届得主，加起来有一百多人。假如这支豪华的文学军团是世界文坛的"梦之队"，里面百分之十的人只有替补身手，甚至替补资格成疑，并不能算大毛病。问题是"梦之队"有没有漏选乔丹？就像现在的葡萄牙国家队有没有漏选 C 罗，阿根廷国家队有没有漏选梅西？特别不好意思，瑞典文学院还真的漏选过文学的乔丹、C罗、梅西。他们漏掉了托尔斯泰，俄国最伟大的小说家（没有之一）；他们漏掉了卡夫卡，最有影响的德语作家（同样没有之一）。幸好一九八二年他们选对了马尔克斯，总算没有错过西班牙语的拉美文学爆炸。

所以，千万别把瑞典文学院的评委当作世界文学的老师和裁判。那将令他们十分难堪。他们评不了世界文学冠军——文学本来也没有冠军。他们只是十八位瑞典有教养的读书人，接受百年前去世的老乡诺贝尔的委托，每年读一堆各国的文学作品，用奖励的形式发表他们对这些作品的意见。他们组成了一个相对公正的读书俱乐部——至今还没有听说受贿纳妾通关节吃回扣的丑闻。他们的意见值得尊重。

但是，作为一个文学读者，你完全可以不理会他们的意见。作为一个有研究能力的读者，你完全可以质疑他们的判断。文学读者可以——而且应该有自己独立的见解。文学如果还有一点意义，不就是要培养读者有自己的趣味、自己的想象、自己的价值立场？

我以为，在中国作协的作家群里，莫言相当出色，得奖也顺理成章。但在我的心目中，他从来不是——现在也不是最好在世小说家。我不认为瑞典文学院的十八罗汉能认清中国小说的大菩萨。

我心目中的大菩萨，最好的小说家是金庸先生。您是中国文化传统里长成的伟大天才，兼具辽远深邃的世界眼光。金庸是真正原创性的作家，会讲故事，有厚重的人文情怀，对中国人、中国社会有深刻的理解。金庸的作品在中国有最广大的读者。或许，金庸的故事太精彩，人气充沛，反而使读者忽略了它的人文品质和思想意义。这能责怪作者吗？

我喜欢您的文字。这是我欣赏的文学汉语。记得我读的第一本金庸小说是《射雕英雄传》，起首文章就令人心旷神怡："钱塘江浩浩江水，日日夜夜无穷无尽的从临安牛家村边绕过，东流入海。江边一排数十株乌桕树，叶子似火烧般红。正是八月天时。村前村后的野草开始变黄，一抹斜阳映照之下，更添了几分萧索。"我不知道还有哪位现代小说家，能用那么精炼典雅气派的汉语讲故事。

金庸偶作诗词，未必十分精彩，但不失规矩，有学养底子。莫言现在也写诗词联语，若干作品有点意思，不过以诗词格律要求，他的作品只有打油诗的水平。

金庸五十岁前完成他的全部小说，以后尽享富贵荣华。生活在高处，高处不胜寒，有时也会感冒。例如晚年金庸，以黄药师之清高，居然转投粗鄙的白沙帮，令人不可思议。这证明，nobody is perfect。您是 somebody，不是 nobody，所以不会 perfect（完美）。

无论如何，再过几百年，只要有中国人，只要有中文，我坚信还会有无数的读者欣赏您的小说。这是真正的文学荣誉，超过一切奖项。

小宝

情话绵绵

徐志摩先生：

有人摘了朱生豪致宋清如的情书，编成一文，称朱生豪"世上最会说情话的人"。比较所谓民国四大情书，编者说："沈从文是深情无措的稚子，鲁迅是温情别扭的硬汉，朱湘是温柔委屈的弱书生，徐志摩就是个自以为是的小白脸。"比朱生豪"都差一个等级"。

我非常不以为然。现代文人里的情话大王，我认定徐志摩。脸白怎么了，脸白是情话大王的优势。九十年前你的那段话——"我将在茫茫人海中寻访我唯一之灵魂伴侣。得之，我幸；不得，我命"——差不多就是情话界的义勇军进行曲，廉顽立懦，所向披靡。曾经我有一位朋友遇见心仪的女神，久追不下，在宣誓放弃的最后一封情书中用清新豆瓣体抄译了你的名言："得到你是我的幸运，得不到是我的命运"，形势顿时改观，诀别信成了诱降书，女神从云端滚落凡尘，好事终谐。

我不想抬扛。朱生豪的情书情话也很好，朱生豪是我非常喜欢的翻译大家。公平地说，朱生豪是求婚型情话的圣手，徐志摩是求欢型情话的班头。

求婚型情话，承诺一生一世的婚姻，以天长地久海枯石烂赌咒发誓。"山无陵，江水为竭，冬雷震震，夏雨雪，天地合，乃敢与君绝！"那样的情话，那样的爱情，是一夫一妻婚姻制度的意识形态。求婚型情话，本意严肃，社会意味十足，延长线上一系列社会关系在排队：婆媳、翁婿、子女、父母、家庭、工资、股票、房产、房产税……无穷无尽。情话界，求婚型情话的市场份额比较大。谁都不是饥餐罡风渴饮朝露的神仙，片刻快活前先保证百年安稳。

连浪荡半世至今不婚的周星驰，最有名的情话也是："我愿意对她说三个字，我爱你。如果要给这个承诺加上一个期限，我愿意是一万年。"对星爷来说，这只是一种话术，一种修辞策略，但他懂，这样的情话大家爱听。

一夫一妻制婚姻，是人工设计的社会制度。既然人工设计，免不了有种种不自然。所以周星驰到现在都没有说出他的"一万年"。

求欢型情话，但求两情相悦一时愉快，其他都放下。一时间，你是我的唯一，我是你的唯一。这"一时"也能变成"一世"，也能变成婚姻。但那是后话，不是情话。情话就是此刻、当下、自然的快乐或不快乐。

我们的先人很明白。《诗经》里"窈窕淑女，君子好逑。……窈窕淑女，寤寐求之。求之不得，寤寐思服。悠哉悠哉，辗转反侧"——话说好女子，我们就想追，追不到只能想，半夜里翻来覆去地想。这就是自然的求欢型情话。

你的情话可以上接《诗经》。

"爱是甘草。这苦的世界有了它就好上口了。"

"这时候，天坍了下来，地陷了下去，霹雳种在我的身上，我再也不怕死，不愁死，我满心只是感谢。"

"眉，你肯不肯亲手拿刀割破我的胸膛，挖出我那血淋淋的心留着，算是我给你最后的礼物？"

"你爱我一片血诚，我身体磨成了粉都不能怀疑。"

癫狂、放任、浅薄、言不及义、胡思乱想，但这是自然的、真正的情话。

现在的孩子会喜欢你的情话。当代的情话王子们写道："陌生人觉得我很安静，朋友觉得我很吵闹，只有你才知道我是个疯子。"

"爱上一个人就像从摩天大楼往下跳，大脑告诉我这很糟糕，但心对我说，我能飞得很高。"

"真爱就像闹鬼，人人都在聊，只有一两个人真正看到。"

体认这样的情话，便是体认自然有机、上和天意、下通人道的爱情。而不是知识分子别别扭扭、便秘似的恋爱。

现在孩子们的情话，除了疯狂，还有浅白的幽默，何其开心：

"我如果没有你，就像微博没有粉丝，优酷没有视频，百度没有结果。"

"怎样跟一个不认识但一眼就喜欢上的女生搭讪呢？走过去直接躺地上：同学，你男朋友掉了。"

"对一个 MM 说：我想和你一起睡觉，这是流氓。但是，如果说的是，我想和你一起起床，你就是徐志摩。"

小宝

第三章

海上旧梦

从晚清到民国，老上海毫无疑义是中国的文化重镇，甚至是文化中心。那些年，上海是全国的出版中心、媒体中心、新媒体（广播电影）中心、意见领袖活动中心、海外新知集散中心……中国人的新思想、新知识，相当大的一部分由上海提供——无论这些思想、知识是好是坏，你喜欢不喜欢。老上海文化机构林立，"日月之行，若出其中；星汉灿烂，若出其里"。

后来，时移势易，老上海的风光不再。文化中心北迁，上海发生的文化事件，已经没有影响全国的指标意义。再后来，上海连文化事件都鲜有发生。唯一的例外，是三十多年前宗福先的话剧《于无声处》，一夜之间登陆全国所有的演出平台，第一官媒全文刊载剧本，风头之劲，一时无两。不过，《于无声处》大热背后有太多的政治角力和计算。说到底，它只是一出政治大戏的前戏，垫场戏，不能算纯粹的文化人开风气之作。

新中国的上海文化机构，只有一家，无权无势，低调自持，声名算不上显赫，却深得人心，追随者仰慕者遍布全国。多少年过去了，它仍然是很多人心中有关上海最温暖的文化回忆。它就是陈叙一主政时期的上海电影译制厂。在上世纪闭关锁国和国门初开的年代，上海电影译制厂的作品几乎成为普通中国人海外生活知识的唯一窗口。它的译语风格和配音艺术家的语言表演，为年轻观众筑梦，代表了当时年轻人的西方想象。简单地说，那时候的孩子们以为够档次的外国人，都像中文译制片中的角色那样说话，句型优雅，措辞考究，吐属不凡，男声要多用头腔共鸣，女音敢挑战沙哑性感。

传说中的海上唐璜孙老师当初恋爱，常常交替使用毕克声线和童自荣声线，悄悄地对女孩子说：请问我能借您用一下吗？一句话说得何其妩媚，让女孩瞬间仿佛置身于塞纳河左岸的咖啡馆，于是她拥有了一段终身难忘的潮湿记忆。

上译厂当年有一批语言表演艺术大师，邱岳峰、毕克、李梓完全是天王天后级的人物。但上译厂的灵魂不是他们，上译厂的灵魂是陈叙一。陈叙一是译制团队的领袖，也是当之无愧的翻译大家。他的译制作品，极大地影响了中国人的语言生活。

普通话定为国语后，一直是一种官家的声腔系统，是意识形态宣传的声腔系统，庄严、单调、专横、公文化、概念化。在沉闷乏味的年代，陈叙一的电影译制作品，开启了国语普通话里的生活口语流，在干涸的语言沙漠中开掘出一弘清泉。最著名的例子就是他为《尼罗河惨案》定译的台词"悠着点儿"（take it easy）。在这个妙译之前，无论文艺作品还是日常生活里，"悠着点儿"并不流行，它也不是确切的方言。就是凭借上译厂作品的传播威力，它很快地融入老百姓的生活，变成一个色彩鲜明的语言点，为普通话添加了漂亮的俗语。另外，在美国电视剧《加里森敢死队》里，陈叙一将"yes, sir."之"sir"译成"头儿"，这个称呼也立刻风靡全国，常用不衰。

一九八〇年，邱岳峰自杀身亡。一九九二年，陈叙一因病辞世。前前后后，上译厂的老人多半已经走了。老成凋谢，是自然一景，不必哀痛。真正可悲的是，这座城市现在完全没有关于他们的记忆。这些年，民间一些零星的追思、回忆之外，对上译厂的老人没有任何有分量的纪念。邱岳峰应该在一部伟大作品中复活，陈叙一应该在学术研究支持下永生。但是，上海人，什么事情都没做。

所以，在周克希先生新版的《译边草》里读到近二十页陈叙一译事的研究笔记，实在是一个大惊喜。他在上译厂老人苏秀老师的帮助下，借到《孤星血泪》《简爱》《尼罗河惨案》三部译制片的全部资料，"关起门来细细翻阅"。《译边草》中的万余字，就是他的阅读心得。

陈叙一的译稿中有大量修改，留下翻译剧本"惨淡经营，反复修改打磨"的痕迹，译言之难，由此可见。"悠着点儿"的全句原文是：Oh mes petits. A word of advice, as they say in America 'take it easy'. 初稿（其他译者所译）的翻译是："哦，我的宝贝，临别赠言，照美国人说法'慢慢来'。"初校稿将"慢慢来"改为"别心急"。定稿重译全句："亲爱的，有句忠告，像美国人常常说的，'悠着点儿'。"定稿不仅有了"悠着点儿"的神译，我更佩服陈叙一调准了说话的节奏，陈译是地道、优雅的普通话口语。

陈叙一领会汉语口语语感已经到了出神入化的境界，一字之增删能立见高下。《简爱》里有一句：Well! Go to the piano. Play……something. 一般译家译成："哦，去，钢琴在那儿，随便弹点什么。"意思全对。陈译看上去稍有不同："好吧！钢琴在那儿，弹吧，随便什么。"你试着开口各读一遍，用直觉去感受，你的舌头、耳蜗、心跳节奏会告诉你陈叙一有多棒。

也许，陈叙一最大的贡献，是他以数十年的上译厂生涯，无意中创造了一种文质彬彬的现代普通话口语典范。今年是说梦之年。我有一个小小的梦想：周先生能编一本《陈叙一电影剧本译稿集》，追念前贤，嘉惠后人，显示当下上海还有一点点文化。

闲话徐树铮

回看民国，我最喜欢那个时代的人物：多姿多彩，生动活泼，光芒四射。大多数民国人物，生平多坎坷，结局不漂亮，大愿未竟偿，长才未尽展，但他们来过、活过，崭然露头角，慷慨赋孤征，生有荣名，死有遗业。目下各界精英和他们相比，真是渺不足道的鼠辈。

我特别想聊聊徐树铮。他是民国第一个十年里政坛上翻江倒海的角色。虽然他名义上的官职最高不过是陆军部次长，国务院秘书长，但他实际上是段祺瑞的智囊，皖系的核心。段祺瑞及其皖系的成败功罪，他起码要负一半责任。那段历史，群雄逐鹿，春秋无义战，现在评价不高，于是徐树铮被定位成北洋的二线军阀，被低估、被歪曲、被遗忘。及至他壮年横死，生命中的许多可能性来不及兑现，后人更不记得他曾建立的奇功，不记得他不可一世的纵横才气。

只手定蒙疆

民国初年，中国外交史上的大事之一，就是宣布独立自治的外蒙古一度复归。复归之功，当推徐树铮。

外蒙古历来信奉藏传佛教（民国时期多称喇嘛教），先是红教，后是黄教，政教合一。从清代开始，它的政教领袖是哲布尊丹巴大活佛。哲布尊丹巴大有来历，他是黄教创始人宗喀巴的弟子，与达赖、班禅、章嘉并称"四大活佛"。黄教与红教一大区别在"呼毕勒罕"。"呼毕勒罕"意思是自在转生，亦有汉译成"再来人"。红教依行的是娶妻生子自然传承。而按照黄教的说法，一般人妄念未除，随业转生，常转常迷，无法记住自己的前生往事。而除尽妄念证得菩提的呼图克图（蒙古语活佛），能自主生死，自在转生，随缘示现，济世度人。有清一代的哲布尊丹巴，大多在西藏转生，然后送到库仑（今乌兰巴托）。

到了二十世纪初，哲布尊丹巴已经传了八世。哲布尊丹巴八世，以帝俄为靠山，在一九一一年辛亥革命后一个月，宣布独立。十二月二十八日，哲布尊丹巴登基，自号"额真汉"，国号为"大蒙古国"，改元"共戴"。不过哲布尊丹巴并没有得到各方势力的共同拥戴。四年后，他不得不向袁世凯政府低头，取消独立，保留自治，但他拒绝袁世凯政府派特使来库仑。

一九一八年十月，留意蒙事多年的徐树铮奉令设立西北边防筹备处。半年以后，他提出《西北筹边办法大纲》。这是一个治蒙的全面方案。这个方案，即使以今天的眼光看，仍然是一份改革开放大干快上爱民利蒙的文件，魄力大，有想法，有做法。徐的想法是：处理蒙事，格局要大，这个大格局就是开拓"边业"。开拓边业，徐要筹巨款，发公债，建银行，通汽车，修铁路，开发垦牧，采掘矿产，发展商贸，布置兵备，施行教化，移风易俗。一九一九年六月，徐世昌政府正式任命徐树铮为西北筹边使兼西北边防军总司令。一九一九年十月，徐树铮持节出关。

那段时期，俄国正是十月革命后兵荒马乱内战不止的多事之秋。流窜到中俄边境的白俄部队经常骚扰外蒙，日本对库仑也有觊觎之心。不胜其扰的库仑政府表示愿意撤销自治以换取中国的支援。库仑当局真心求援，却未必真心撤治。撤治交涉多时，在徐树铮出关赴蒙前，毫无结果。

徐树铮十月底到达库仑。他效诸葛孔明擒纵之法，恩威并用软硬兼施，仅用半个多月时间，就迫使哲布尊丹巴就范。十一月十七日，外蒙自治官府递交取消自治的呈文。二十二日，中央政府颁布"俯如所请"的大总统令。外蒙正式回归。

十一月二十四日，徐树铮回到北京，除了向政府报告并通电全国外，同时电告居留上海的孙中山。孙中山接电后立刻复电："比得来电，谂知外蒙回而内向。吾国久无陈汤、班超、傅介子其人，执事于旬日间建此奇功，以方古人，未知孰愈。"孙中山的电报登报后，国民党人凌钺提出抗议，孙中山批复："徐收回蒙古，功实过于傅介子、陈汤，公论自不可没。"

此后，徐树铮又两次入蒙，以《西北筹边办法大纲》的思路经略蒙事。外蒙局面为之一新。但此时直皖矛盾日深，段系势力渐消。一九二〇年七月，徐世昌下令免去徐树铮西北筹边使一职，裁撤西北边防军总司令，其所辖部队由陆军部接管。徐树铮从此无关蒙事。一九二一年二月，白俄攻陷库仑，挟持哲布尊丹巴为外蒙国君，再次宣布外蒙独立。

得由老段，失由老段

北洋时期，徐树铮人称小徐，以区别于老徐（徐世昌）；段祺瑞人称老段，以区别于小段（段芝贵）。

徐树铮是江苏萧县人，民国时代，萧县是徐州五县之一。徐是穷儒之后，从小天才勃发，被目为神童，三岁识字，七岁能诗，读书过目不忘，十三岁中秀才。关于他的聪明有一个传说：徐州南关有一位老先生，下象棋无往不胜。他自负不凡，多年来一直把他的老将钉死在棋盘上，表示他下棋根本用不着移动老将。十一岁的徐树铮在徐州城里念书，跑去向他挑战，没下几步，老先生便嚷嚷着离座要去找斧头起子——他要把那枚老将拔起来逃命。

徐树铮年事稍长便"私究兵谋，留意天下政财大略"。一九〇一年，袁世凯麾下大将段祺瑞识拔少年寒士徐树铮于风尘之中，延揽入幕。据说段祺瑞初遇徐树铮，长谈后称道："先生才学，胜祺瑞十倍。"当时，徐树铮二十二岁，段祺瑞三十七岁。四年后，段祺瑞保荐徐树铮赴日本士官学校留学。一九一〇年学成归国。从此，徐树铮一生追随段祺瑞，知遇之恩，片刻不忘。段祺瑞视徐树铮为国士，为心腹，为知己。两人的情谊之厚，在民国政坛绝无仅有。

段祺瑞和徐树铮有不少地方很相似。两人都熟读诗书，志存高远，自奉俭约，从不中饱私囊。两人都有点清高，刚愎自用，徐树铮尤甚。小徐恃才傲物，目无余子，除了老段，没有谁放在眼里。段、徐的交往格局，段是主，徐是宾。徐有时候肆无忌惮，让老段都很挠头。北洋时期有句话，说老段"成也小徐，败也小徐"，很多人不满徐树铮玩政揽权，到处树敌。但说到底，徐执行的还是段的意志。段祺瑞的根本缺陷，是缺乏近代政治思想的熏染，昧于世界大势，没有高明的政治智慧。徐树铮心甘情愿地为段祺瑞尽忠竭智，却方向不明或方向错误，做好事不多，做坏事不少。留下太多骂名。

袁世凯死后，黎元洪任总统，段祺瑞任国务总理，黎、段失和，府院相争。徐树铮定计：先怂恿"辫帅"张勋入京驱黎，闹出复辟丑闻；

接着，段祺瑞马厂誓师，回京驱张，重揽大权，并赢得"三造共和"的美誉。这是徐树铮谋臣生涯中最精彩的一笔。但他组织安福俱乐部，操纵国会，最终引发直皖战争，兵败逃匿，全无光彩可言，也是他一生中最大的污点。

一九二二年一月，直皖战争失败后出京的徐树铮在桂林与孙中山会晤。两人一见如故，纵论天下大事，异常投机。孙中山后来给蒋介石的信中说："徐君此来，慰我数年渴望。"有一种说法，孙中山劝徐树铮留下，做他的参谋长，但徐心系故主老段，婉辞不就。试想，假如孙徐结合，以孙中山的雄才大略，加上徐树铮的果敢计谋，中国以后的历史，可能就会重写。

一九二五年十二月，离京五年的徐树铮回到北京再见段祺瑞。相见之时，两人互相跪拜，失声痛哭有五分钟之久。边上的人心里都在嘀咕，这可不是吉兆啊。七天以后，徐树铮离京南下，在河北廊坊被冯玉祥部下张之江枪杀。又过了七天，"事愿俱违，心力交瘁"的段祺瑞通电下野，长斋念佛，不再过问政事，直到去世。

据说下台后的段祺瑞在去天津的路上车经廊坊，停车开窗而望达十分钟，然后老泪盈眶掩面入卧。段去世时，留言子孙，每年家祭，祖宗牌位旁，要摆上徐树铮的牌位，给徐树铮磕头。

段祺瑞逝世后，一幅挽联写道：佛法得心通，知并世英雄，成败一般皆画饼；人间谁国手，数满盘胜负，江山无限看残棋。

才气横揽一世

民初二十年中，有三副对联我觉得是一时之选。

一副是黎元洪的幕僚饶汉祥以黎元洪的名义书赠上海闻人杜月笙：春申门下三千客；小杜城南尺五天。高阳评说，这副对联切地、切姓、切人、切事，是难得的佳构。

直系大将吴佩孚五十寿辰时，坐镇洛阳，康有为送上一副寿联：牧野鹰扬，百岁勋名才半纪；洛阳虎踞，八方风雨会中州。康有为才大于德，这副寿联既得体又大气。秀才出身的吴佩孚以儒帅自命，但诗文多在半通不通之间，没有可以传世的佳作。倒是康有为的这副对联，传诵遐迩。

以上两联虽好，毕竟是应酬文字，不是诚心正意之作。唯有徐树铮吊唁孙中山的挽联，辞意兼胜，足称一时之冠。

一九二五年三月十二日，孙中山病逝于北京东城铁狮子胡同五号行辕。段祺瑞政府将北京中央公园设为停灵之地，开放吊唁。其间收到挽联不下六万。徐树铮当时正在欧洲考察，在宴会上接到噩耗，当即写下挽联，致电北京。徐的挽联写道：

> 百年之政，孰若民先，曷居乎一言而兴，一言而丧；
> 十稔以还，使无公在，正不知几人称帝，几人称王。

挽联上句典出《论语》，下句典出曹操《让县自明本志令》。这副挽联文字有力，妙用旧典又自出新意，切实概括中山一生功业，作者也拿住了身份。当时的记者写道："中山先生之丧，全民哀悼，举国偃旗，挽词之多，莫可纪极，而当时竟共推徐氏此联为第一。余曾分别询诸李协和、胡展堂、汪精卫、张溥泉诸先生：何以国民党内文人学者盛极一时，而竟无一联能道出孙先生心事，以堪与徐氏抗衡者？所得答复，虽各不相同，但一致认定，徐之才气横揽一世，远不可及。"

徐树铮的诗词，走的是豪迈一路。他是政治风云人物，有眼光，有见识，发为词章，更是不同凡响。张勋复辟失败后不久病死，徐树铮的挽联也属佳构：仗匹夫节，挽九庙灵，其志堪哀，其愚不可及也；有六尺孤，无一坏土，斯人既逝，斯事谁复图之。

他还有不少脍炙人口的诗句。直皖战争后，皖军战败，徐树铮名列通缉名单之首。北京闭城大索，捉拿徐的赏格从三万元涨到十万元。逃匿中的徐树铮写下一首七律，首联两句我很喜欢："购我头颅十万金，真能忌我亦知音。"另外还有两联曾经喧腾人口："万马无声秋塞月，一灯有味夜窗书。""美人颜色千丝发，大将功名万马蹄。"徐树铮留下二百首诗，六十首词，编入《兜香阁诗》《碧梦庵词》。著作有《建国诠真》《视昔轩文》。

诗文以外，徐树铮还精书法，娴治印，尤擅昆曲。他习昆曲极见天分。四十岁开始学唱，进步神速，两三年里唱曲吹笛便十分到家。他一开口"声如洪钟"，最适合唱关公戏，他也最迷关公戏。在上海的一次堂会上，徐树铮一曲歌罢，在座的张謇当场写了两句诗给他"将军高唱大江东，势与梅郎角两雄。""梅郎"即梅兰芳。评价之高，教人难以想象。不过南通状元岂会轻易许人。

徐树铮的高才博学，有时候真会为难到他的后人。徐树铮女儿徐樱怀念父亲的文集《寸草悲》里说到，她一直留心搜集父亲的遗墨，终于找到一个拓片和一张照片，是两首七言绝句。

其一

红颗珍珠诚可爱，白须太守亦何痴。

十年结子知谁在，自向庭前种荔枝。

其二

平章宅里一阑花，临到开时不在家。
莫道两京非远别，春明门外即天涯。

徐樱说："这是我现在仅仅所能得到的两条笔迹，这两首诗也是文集遗稿中所短缺的。"

这两首诗里的太守情怀、平章心事比起徐诗中的金戈铁马万丈豪情，完全是另一种味道，境界似乎更高。这是怎么回事？第一首有点眼熟，一查，原来不是徐树铮的作品，而是徐树铮笔录唐人白居易的《种荔枝》。再查，第二首是唐人刘禹锡的《和令狐相公别牡丹》。

这两首诗徐树铮未必能作。但他一定很向往那种冲淡祥和悠然释怀的心境吧。

艺术与金融的百年好合

二〇一二年苏富比纽约秋拍，曾经不可一世的当代艺术明星达明·赫斯特星光黯淡，画作成交价还不到他巅峰期价格的一半。一向不喜欢他的媒体自然不会放过这个机会，彭博商业周刊以耸动的标题发文，幸灾乐祸地尽情奚落。上个月《东方早报·艺术评论》转载过那篇有趣的报道。

不过，再多的人不喜欢，都动摇不了达明·赫斯特的历史地位。二〇〇七年，他制作白金钻石骷髅《为了上帝之爱》，骷髅头用白金铸造，镶嵌了数千颗高纯度钻石，材料价值高达 2360 万美金。这件作品最后以一亿美金的天价售出。这个价格已经超过大多数伟大艺术作品的累计成交价。在它之前，只有梵高、毕加索、蒙克、沃霍尔等人极少量作品卖到过一亿美金。达明·赫斯特成了唯一一位单件作品售价破亿的在世艺术家。

这件事当年喧嚣一时，很快就被大多数人淡忘。但还是有人一直在关注这个奇迹的后续发展。关注者之一叫柯恩（Rachel Cohen）。她是大学老师，《纽约客》的艺评人。她最近在《信者》（Believer）发表长文，说到两件事。

第一件事：荷兰和法国两家博物馆近两年的展览显示，达明·赫斯特的骷髅装置并非独创，迹似模仿。他模仿的是荷兰十六、十七世纪虚华风（Vanitas）的创作。虚华风当时盛行于葬礼艺术，流传下来的作品多为雕塑，标志造型是骷髅头骨。虚华一派叹息人世无常浮生若梦，与达明·赫斯特人生观晦暗底色相近。

第二件事：《为了上帝之爱》的买主是一家股份制的投资公司。这家投资公司的四大股东是经营赫斯特作品的画廊老板，赫斯特经纪公司的老板，赫斯特的朋友俄罗斯富豪维克多·平楚克以及达明·赫斯特本人。实际上，达明·赫斯特自己以天价买下了达明·赫斯特的白金钻石骷髅。

柯恩觉得，第二件事特别有意思。达明·赫斯特以当下投资银行家的手法，无中生有地为自己创造价值。赫斯特给骷髅头嵌入最后一颗钻石，把作品放进展柜之际，这件作品还没有完工。只有当他的经纪人宣布标价一亿的买卖定局时，这件作品才真正大功告成。《为了上帝之爱》，与其说是一件艺术作品，不如说是一个金融产品。它在一夜之间，价值暴增，扣除成本两千三百六十万，增值七千六百四十万。它的销售模式正是眼下金融业常用的 leveraged buyout（融资收购，杠杆收购）。

这就像金融大佬滥发的衍生金融产品和抵押债券，它的实物价值或实际价值尚在地面艰难爬行，它的定价已在云端高飞。如果经济一路向好，永无劫波，投资人犹如参加一个击鼓传花的游戏，游戏规定接花人要给传花人一块钱，下一个接花人给新的传花人两块钱，再下一个给三块钱……鼓声不停，花传不止，花价高飙，大家其乐融融……但是，一旦鼓声停下，最后一个持花人除了那朵花，血本无归。鼓声肯定会停，经纪危机肯定要来，肯定有人倒大霉。就《为了上帝之爱》而言，可以说达明·赫斯特运气不错，在经济泡沫的高浪上完成产品定价——把花做好了。也可以说他的运气糟糕，转眼金融危机骤临——击鼓传花的正式游戏还来不及开始。但他已经销售给收藏家的作品，现在急剧缩水，成为藏家的负资产。

柯恩的长文主要探讨艺术品和金融的关系。七百年前，欧洲的第一批银行家是王室教会以外最热心的艺术品收藏家。古典艺术品标榜的价值是尊贵、荣耀、永恒。老派银行家收集艺术品，用以昭示银行可以垂之永远的传统和价值，是信誉和实力的象征，以此区别于投机取巧唯利是图信用可疑寿算不长的奸商和暴发户。十五世纪的意大利，是现代银行的发祥地，也是西方经典艺术的故乡。那时候的银行和画坊，都是稳定、世袭的行业。银行的合伙人关系百年不变，父传子承，画坊则由大师交到亲传弟子手中。

一百多年前，大规模投资银行的出现，令艺术和金融的关系发生根本的变化。艺术品逐渐成为金融产品，成为买卖的对象，成为投资的标的。投资的基本原则是未来升值。画价的飞涨和投行业的发展完全同步。一八二五年，波提切利一幅画的售价才十英镑十三先令。到了一八九八年，他的画价上升到五百磅。那是投资银行现身之初。1912年，同一幅画售价五万美金。一九三一年，一幅波提切利和一幅伦勃朗合售一百万美金，买家还连呼便宜。现在假如有一幅波提切利进入市场，卖价一定是上千万美金起跳。

所以，你现在买一件像样的艺术品，一定不要忘记你实际上已经参加了一个金融游戏。你等于买了一张债券，一手股票，甚至是一枚赌场的筹码。千万不要说你只是喜欢，你付出的价格里实际上包含了金融游戏的累积成本。你去永利买了一枚一百万的筹码，你会说你只是喜欢筹码上的图案？你会把它带回家挂在墙上纯然欣赏？谁会有这样的雅兴？

公众往往很愚蠢

百年世界各国政治史，真正明智、能垂范后世的政治家没有几位，英国首相丘吉尔居之无疑当之无愧。说他明智，不仅仅因为他勋业彪炳，他有比事功更了不起的政治智慧。政治是怎么回事，他比别人看得更明白、更透彻。他的见识，比其他政治人物高明很多。

他是乱世中脱颖而出的英雄。危急关头，需要坚定的领袖力挽狂澜，英国人于是选择了丘吉尔。如果不是二战之初国势岌危大难将至，他未必能出任英国的最高领导。一九四五年，二战的硝烟尚未完全散尽，百战成功的丘吉尔立刻被请出唐宁街十号。在他的不朽名著《第二次世界大战回忆录》里，他引用古希腊作家普鲁塔克的名言："对他们的伟大人物忘恩负义，是强大民族的标志。"

丘吉尔有纯正的贵族血统，受过完整的贵族教育。那个时代英伦的贵族教育，说到底就是政治精英的教育，内外双修，文史兼通。他是哈罗公学的击剑冠军，醉心历史。经典的史籍，从来就是资政之学，向政之学。他既精通时务，又全然贵族教养，是现代民主政治中难得一见的大政治家。不过，他那种高人一等、咄咄逼人、择善固执的派头，在民主政治的官场上是福是祸非常难说。

现代史家一致认为，丘吉尔是现代民主政治的英勇卫士。没有他在二战中的殊死抵抗，欧洲的民主版图将完全沦陷，现在的世界政治格局也会完全不同。这一点毫无疑义。有趣的是，史上最伟大的民主卫士对民主的看法却迥异常人，疑虑重重。

丘吉尔有一句名言：除了人类尝试过的其他一切政府形式，民主的确是最坏的政府形式。

这句话有两层意思。第一，民主是最不坏的政治制度。换句话说，民主是最好的制度。如同你说天下所有美女以外，西施是最丑的女人。其实你是说西施是天下第一美女。我们一般在这层意思上欣赏这句名言，欣赏丘吉尔的机智、幽默和文采——英语原文音调铿锵，比中译漂亮多多。

但我们通常忘了丘吉尔的第二层意思：民主并非完美无缺，它只是比其他政治制度好一点。很多问题它解决不了，它自身也有问题。

民主的问题是什么？民主的问题就是选民、就是公众、就是民意。丘吉尔说，你到街上去找一个普通选民聊上五分钟，你就能找到反对民主的最好理由。

最可能出现的状况是：那位选民要么什么都不懂，懵懂无知；要么自以为什么都懂，夸夸其谈。在正常社会里，政治是高深的学问，精微的艺术，复杂的操作。但在大多数选民的眼里，政治很简单，非黑即白。伴君如伴虎，伴民有时尤胜伴君。选民、公众往往很愚蠢、很短视，根本看不清自己的利益在哪里。民意沸腾，最终烧伤的常常是民众自己。

典型的例子就是第二次世界大战。丘吉尔看来，二战是完全可以避免的，那是一场"不需要的战争"。二战所以发生，民主国家公众的愚蠢和政客的软弱是主要原因之一。

在《二战回忆录》里，丘吉尔认为，一战结束后，战胜国最大的一件蠢事，是在《凡尔赛和约》里要求德国缴付巨额战争赔款，"其苛狠和愚蠢，竟达到显然不能实现的程度"。这种赔款要求"反映胜利者的愤怒，也反映战胜国的人民根本不知道事实上没有任何一个战败国能付得起相当于现代战争费用的赔款数额"。

现代战争费用浩大，而战胜国能从战败国那里掠取的财富，远远低于公众的想象。除了一些细软和特殊人才，战胜国几乎无物可取。那些东西的价值，与战争费用相比，连九牛一毛都不到。《凡尔赛和约》开出大约十亿英镑的罚款，德国人根本没钱付，除非经济全面崩溃，回到赤贫。回到赤贫，更没有钱付。

丘吉尔说："群众始终不了解这种最简单的经济事实，而一心想取得选票的领袖们，又不敢向他们说清楚。报纸和领袖们一样，反映和强调流行的见解。各国当权者没有人能超越或摆脱公众的愚昧之见，向选民宣布这种基本的、无情的事实。即使他们说了，恐怕也没有人相信。"

最后的结果极其荒谬：德国并没有真正执行十亿英镑的战争赔偿，反而由英美两国向德国发放了十亿五千万的贷款。德国迅速走向复兴。但《凡尔赛和约》的巨大耻辱，在德国孕育了强烈的民族仇恨。这种民族仇恨的代表，就是狂热的、邪恶的现代暴力愤青之祖，奥地利下士希特勒。希特勒把全世界拖进了战争。

民主政体的最大优点，大概就在于到了关键时刻，能够找到代表公众真正利益、为公众服务、值得信赖的政治家，比如丘吉尔。他厌恶短视激烈、反复无常的民意。但他爱英国，也爱那些乱七八糟的选民。愿意为他们付出"血水、苦水、泪水、汗水"（blood, toil, tears and sweat）。

我甚至有点怀疑这段"四水"的演讲半是真诚的表白、半是取悦民心的表演。以他的个性和理智，应该很不喜欢公开煽情。那是非常时期，他知道这个平常不屑为的小伎俩会很管用。他说过，政治绝不是光明磊落的竞技（game），而是一门诚实的生意（earnest business）。

文青不忘引路人

陈叙一先生：

您一九九二年去世，至今已有二十一年。您是中国译制片事业的巅峰人物，这些年来，有关您的话题，离不开译事。其实，您是翻译家，也是美教化、移风俗的大师。您的作品（译制片），当年声动八方风行天下开启民智润泽人心。毫不夸张地说，它们影响了六零前、六零后、七零后三代文青，影响了他们的人生态度、写作方向和言说习气，尤其是女文青。

上世纪八十年代，皇城文坛王朔团伙发明"女文青"一说。那时候，说到"女文青"，尚带几分揶揄。第一代女文青，和任何领域的第一代革命先行者一样，在美商和情商方面，总有些苦大仇深。三十年以后，世道大变，"女文青"已成美誉，它给美女气质定位。中国如是，西方亦如是。

西方的社会科学家发现，炫耀性消费是雄性求偶本能的表现。去年有一个实验，检测男性看见哪一类女性会产生炫耀性消费的冲动。结果是：第一类，绝色美人——肉身之魅理所当然；第二类，文学青年——灵性接引不负修行。

几十年了，中国女文青命运起伏。但唯一不变的是她们的"圣经"——您一手打造的翻译片《简·爱》，英、美一九七一年合拍，一九七五年译制，一九七九年公映。这部片子，原来是单为中央首长准备的内参片。世势阴差阳错，引进之初谁也没想到它居然最终高悬为几代女文青的经典。经典中的经典是简的一段台词，英文原文如下：

> Why do you confide in me like this? What are you and she to me? Do you think because I am poor and plain I have no feeling? I promise you if God had gifted me with wealth and beauty… I should make it as hard for you to leave me now as it is for me to leave you. But He did not. Yet my spirit can address yours as if both of us had passed through the grave and stood before Him equal.

您的翻译是：

> 你为什么要跟我讲这些？她跟你与我无关！你以为我穷，不好看，就没有感情吗？我也会的！如果上帝赋予我财富和美貌，我一定要使你难于离开我，就像我现在难于离开你。上帝没有这样！我们的精神是同等的，就如同你跟我经过坟墓将同样地站在上帝面前。

您的同事回忆，您听记了英文原文，然后琢磨它的中文表达，忘乎所以地苦思冥想，洗脚时没脱袜子，一脚踩进水里，终于成就这段"浅白而又隽永厚实"（翻译家周克希语）、气势不凡的传神名译。

周先生说，I promise you 落入俗手，会译成"我起誓""我保证""我敢说"，您译成"我也会的！"直白有力，更贯通了上下语气，和后一句"我一定要"形成呼应，功力端的不凡。My spirit can address yours，有人译为"我的心灵是配得上你的"，形似而神缺，"我们的精神是同等的"，文青措辞，烈女气概，有从容面对上帝的女神风姿。

　　看过上海译制片厂《简·爱》的观众，应该永远都会记得声音表演艺术家李梓的这段台词。八十三岁的李梓，重病在身，已经久未见客。但在两年前，难得接受媒体采访时，她一字不差地将这段台词背诵一遍。

　　我也不止一次地在各种聚会上，看见饮酒微醺的女文青沉着起身，或高昂，或温婉地朗读这段经典。在这种场合，我有时会走神，会想她们是否知道您的名字、您的贡献？

　　很多人的记忆、诵读从"你以为我穷，不好看……"开始，只要可能，我会提醒她们前面两句："你为什么要跟我讲这些？她跟你与我无关！"在很多女文青搏位正宫的征途上，这两句话很管用。

　　我最想说的是：在文化革命的窒息年代，是上海的陈叙一，为中国接入了文学的氧气，它触发的新生命，至今生生不息。

　　中国的文学，中国的文青，不应该忘记您。

小宝

诗意的白相人

刘呐鸥先生：

在《GQ》的末页为你招魂，人得其刊，刊得其人，也算一段佳话。

假如我早生几十年，说不定曾经在海上"探戈宫"见证你荒诞的情欲。一九四〇年九月三日，你在一次饭局后被无名枪手击毙，也许是我陪你喝完了最后一瓶酒，然后你死去，享年三十六岁。

你的死因，至今模糊。有人说你是汉奸，死于国民党特工之手；有人说你是国民党特工，死于同伴的误杀；有人说你死于日伪之手；有人说你死于江湖黑道之手……我更相信那个最模糊的说法：两个月前，你的好友穆时英死于非命，你激于义气，跳进吞没亡友的火坑，转瞬间被化为灰烬。

其实，你生前身份，就和你的死因一样暧昧。你生于台湾，长于日本，成名于上海，死于上海。三分之一的熟人以为你是福建人，三分之一的熟人以为你是日本人，剩下的熟人以为你是上海人。你能说国语，闽南语，英语，法语，日语，最流利的外语竟然是法语。

只有真正的国际大都市才容得下你这种可疑人物。大都市从不盘问来历，它只管提供宽广的跑道，无论你是暗黑的杂种还是纯血的良驹。那时候的上海，度量真大。

表面上看，你是上海白相人。"白相"是上海方言，粗略翻译，就是北方话的"玩"。"白相人"当时特指都市江湖的兄弟，泛指醇酒美人的玩家。你与黑毒无涉，就是一个花花公子：美仪容，精饮馔，走马章台，浪迹情场，舞厅赌店，无所不在。你参与各种都市的浮华生活，你也创造过浮华生活的琐碎伎俩。比如中文里夹杂外语。现在的小孩，能用湘潭话叫一盘剁椒鱼头，用英文点一杯拿铁已经算道上老鸟。而你早在上世纪三十年代——用刘呐鸥最好的研究者彭小妍的话来说——开创"混语书写"的经典，中文与英语法语日语杂拌，熟极而流。

不过，你的真实面貌绝不是洋场恶少都市浪人。你是一个小说家，诗意昂然的小说家。你的文学表达与你的生活没有分离割裂，你毫不隐讳地展示声色犬马，扑捉放大你在都市糜烂生活中的感觉，把这些感觉堆砌成漫无边际肆无忌惮的欧化长句，长句背后，是诗人的傲慢和厌恶。在你之前，中文世界里还没有人那么深入、那么恶毒地描写都市的欲望，都市的摩登男女。你的诗意是灰黑色的。

今天读你的小说，文字有不少砂石，故事结构也能挑出很多毛病，但透彻的立意尖锐的感觉，根本不像七八十年前的旧作。你的作品及其争议——蔑视女性疏离政治艺术至上流浪情怀，放在今天，甚至放到明天，都不会失去新鲜感。

出乎很多人的意料，你还是极为先锋的电影人，上世纪三十年代，拍过多部电影。十分可惜，我至今没有看过你拍的电影。但你的电影观念，至少领先中国主流电影界五十年。你强调电影的视觉形式，介绍讨论欧洲最新潮的非摆拍的"戏的真实"，研究电影的摄制技术。你讨厌电影教条主义的宣传，热爱电影的娱乐性，你们那群朋友的名言是："电影是给眼睛吃的冰淇淋，是给心灵坐的沙发。"这句话写于八十年前，当下可以直接贴上微博。

你是一个有钱人，有钱的文人。我以为，这是你最了不起的地方。你用自己的钱办刊物、开书店、拍电影，只问追求，不计赢利。历朝历代中国文人的吝啬与猥琐与你无缘，你有一种别开生面的光辉：艺术家的颓废与天真。

一个城市的文化质量，取决于它有没有像样的文学记忆。比如李劼人之于四川，比如老舍王朔之于当代北京。上海很久没有光彩的文学记忆，鲁迅客居多年，但他反感海派，巴金一直是上海的作协主席，但别人更多的记得他是四川人。多年前，张爱玲终于被打捞上岸，上海在文学中重生。可是，只有张爱玲，上海的记忆过于阴性。刘呐鸥能够补足上海的文学历史荣耀。

张爱玲的文学成就高于刘呐鸥，她是上海文学记忆中的里程碑。刘呐鸥更像一个实验基地，从他那里出发，可以展开更多的可能。他是开放的记忆。

也许，现在还不是时候。只有更开明的国际都市，才能包容复杂、开放、多元的记忆。十年后，或许二十年后，你才能重归你一生最热爱的上海。

小宝

自在

徐峥老弟：

　　昨天上网想查一些徐梵澄的材料，刚打了一个"徐"字，百度搜索跳出一连串名字，第一位带头大哥居然就是"徐峥"。知道你红，没想到你红成这样，一个月的光景，已经是百度系徐家第一人，超过了革命老人徐特立，超过了童颜巨乳徐若瑄。因为你红，所以借你做个话头。

　　你其实可以得一个二〇一二年最健康暴得大名奖：走红靠作品，而不是靠杀人放火，不是靠整型失败，不是靠与多名女性发生并保持不正常性关系。你回上海招待朋友看《泰囧》，得意地说，现在网上零差评。那是二〇一二年十二月上旬，《泰囧》初映之际。到了年底，《泰囧》的票房势如破竹，眼瞅着要创造中国电影史上最高票房，网上渐有骂声，不过骂者恨意不大，骂声调门不高，这已经相当难得。

　　说实在的，《泰囧》是一部正常的、典型的搞笑类型片。这虽然已属难能可贵——《泰囧》之前，几乎没有一部中国制作的类型片堪称典型，但它毕竟只是一部搞笑片。搞笑片以小制作博取大票房，常有发生，《泰囧》不是第一部。但在类型片里，视觉奇观的类型片才是王道，才是伟大票房的保证——比如《泰坦尼克》《阿凡达》《变形金刚》。《泰囧》以搞笑片独揽票房总冠军，史无前例。好比烤白薯卖出了鲍鱼价，好比凤姐的美誉投票超过了范冰冰。这件事有点说头。

《泰囧》是一部零压力的电影。它没有任何说教宣讲解释思考。影片创作者自觉地——或者不自觉地格外尊重每一位观众。他们不把自己当老师，不把自己当明星，不把自己当神仙，他们把自己当成足浴店尽职的捏脚小妹，给顾客一个放松的消遣。影片对观众说：您来这里，我绝不会用自己别扭的想法激发您别扭的想法，让大家沦陷在似是而非的纠结之中。我就是给您挠痒痒肉的，您躺好，别紧张，宽怀以待。

我老了，笑点不容易勃起，看电影通常带着评论人淡漠甚至恶毒的眼光。看《泰囧》，觉得演员表现出色，叙事流畅，节奏准确，并没有发现特别可乐之处。幸好这部电影的服务对象不是我这一类不讨人喜欢的观众。坐在我身边的八零后、九零后，才是它真正的主顾。徐峥老弟，你真的捏住了这些观众的 funny bone。以我的观影经历，从来没看过一部电影会引发观众那么长时间的爆笑。我周围的小白领、小蓝领、小灰领、小无领停不住地笑、笑、笑……影片开始几十分钟后，我感到进了狂笑症疯人院。影片丢一个包袱，观众接一个笑一回，到后来没有包袱他们还是接还是笑……

有人会说这很浅薄。也许。不过，把这件事透彻地想一回，却很有意思。《泰囧》大获成功，可能埋伏着一个中国人的生活道理。这个玄虚的道理，我最近一直在琢磨。

我以为，外国人的生活道理叫自由，中国人的生活道理叫自在。把外国人的生活道理简单地搬进中国，很难。自由的一个同义词叫权利，权利要划定自己的空间。密尔的名著《论自由》第一次引入中国时，严复把书名改写成《群己权界论》——有关个人和群体的权利空间和界限。没有一个国家有中国这么拥挤的人口，没有一个民族的人际关系像中国人那样稠密黏着——外国人哪里会有中国人意义上那么密切繁杂的亲戚朋友。要在中国人里划出全面精细、非请莫入的权利空间，谈何容易？中国人想不出外国人心目中的自由，但中国人有中国人自己的自由，那就是自在。自在有很多意思，一个重要的意思是，无论环境多么严酷艰难不如意，中国人永远达观乐观地看待生活，给自己创造摆脱烦恼的自由空间——哪怕这个空间只是片刻欢娱。自在是中国人积极的生活价值，维持着中国人的生命力。《泰囧》就是一部自在的影片。

自在是个大道理，掰碎了说，可以写几本书。徐峥老弟，纸短情长——不不，纸短理长，你现在或许并不十分明白。不明白就对了。你太明白，以后就拍不出真正自在的电影。

小宝

第四章

画家的战争

第二次世界大战，以主帅论，是两个画家之间的战争：同盟国的丘吉尔和轴心国的希特勒都是画家，确切地说，都是半吊子的业余画家。艺术发烧史证明，专家普遍冷漠，大师玩世不恭，业余人极富激情，半吊子最有乐趣。这两人终身未改对艺术的热烈信仰。

丘吉尔、希特勒的画艺孰高孰低？迄今为止，似乎还没有正经的比较研究。关键是比较研究的条件尚不具备。丘吉尔没问题，他一生画作五百余件，散落在世界各地的博物馆和藏家手里，很容易看到。但公之于众的希特勒画作太少，目前看见的基本上只是他的早年作品。他的后期画作二战中成了美军的战利品，今天依然封藏于美国政府的仓库，难见天日。丘吉尔公认的最好作品，是作于一九四三年《马拉喀什的清真寺》。希特勒同时期的作品尽付阙如，如何比较？总不见得拿他二十岁时画的明信片来比较吧。

有一点可以肯定，这两个人几乎都没有人物画传世。人物画是对画家功力的考验，两位都不合格。所以严厉的批评家认为他们的画艺难窥堂奥，不够专业水准。

丘吉尔学画时已经年过四十，完全没有"两年基础、三年临刻版画、五年复制石膏"的童子功。他自嘲"胆大妄为"是他学画的入门门票。不过他有很好的天分，习画六年后，一九二一年他在巴黎德鲁特画廊用查尔斯·莫林名义展出的五张画卖掉了四张。一九四七年，他署名大卫·温特的两幅画参加了皇家学院的夏季展。说来有趣，他用真名送展的画作反而两次被拒。一次是匹兹堡卡内基博物馆，一次是芝加哥艺术博物馆。美国人说，我们有明确的专业标准。

青年希特勒两次投考维也纳艺术学院，均名落孙山。艺术学院的老师觉得他有才华，更适合做建筑师。希特勒不愿意读建筑学院的补习班，正途习艺之梦就此破灭。第一次世界大战前的三四年，他在维也纳鬻画为生。讽刺的是，他维也纳的大部分客户是犹太人。当政后，他更喜欢画水彩画。

丘吉尔、希特勒都热爱艺术，但他们赋予艺术不同的人生意义。艺术的价值，在他们各自的心目中大异其趣。就像同是嫖娼，柳永嫖成奉旨填词的寒士，蔡锷嫖成再造民国的元勋，同治嫖成祸延社稷的罪人……人人爱艺术，人和人却大不一样。

丘吉尔把艺术、绘画看成业余爱好。他以为，人生多苦恼，有人劳碌一辈子，有人担忧一辈子，有人无聊一辈子，活得太辛苦。要排解苦恼、滋润生命，做人必须有真正的业余爱好。而绘画简直是一种十全十美的业余爱好。它神奇、鲜活、营养、阳光灿烂、兴味无穷，锻炼生命、充实生命。

丘吉尔写过一些随笔，闲谈爱好和绘画。这些随笔一反常态，绝无丘吉尔著作中常见的尊贵、傲慢和贵族风格的尖刻，代之以平和、谦卑、亲切，尊崇大师和经典。

这位睥睨天下、傲视群雄的大政治家在习画中学到了仰视。他极其认真地研习德加、柯罗、康斯特布尔、莱佛利、透纳、毕沙罗、萨金特……的画作，亦步亦趋地追随他们的笔触光影。有人说，丘吉尔原来有可能在绘画上自成一家，可惜受那些大画家的影响太大，失去了原创性和直截了当的反应。丘吉尔说，他根本不想成为大师，学艺没有野心，只想享受生活乐趣和身心喜悦。

希特勒与丘吉尔根本不同。绘画是他霸主人生的重要拼图。他一直把自己看成是天才画家，被世人低估、埋没的天才画家。1939 年 8 月，二次大战爆发前夕，他对英国大使说："我是艺术家，不是政治家。波兰问题一旦解决，我会以余生从事艺术。"

研究希特勒的德国学者说，希特勒的自我理解是：他的事业从绘画开始。无论别人是不是承认，绘画已经证明了他有天才的才华。按照他喜欢的德国哲学，才华是天才的证明，但不是天才的根本，天才的根本是强力人格，是权力意志。艺术确认了他的天才地位，他就应该上膺天命，以强人的意志一统天下，为所欲为。

希特勒上台后，确信自己的使命之一是打击"腐败艺术"，清洗了上万件现代艺术的作品。他的收藏也非常特别，有瑞士画家勃克林、德国画家施皮茨韦格、费尔巴哈……这些画家流派不一、风格迥异，唯一的相似之处是生前并不得意。希特勒把他们看成被全世界贬低、迫害的受难者，看成他替天行道的战友。

丘吉尔这样的政治家，政治是他生活的重心，可是他会留出三分之一的生活给闲情雅兴。在政治生活中，他是强者。在他的业余爱好里，他是学生，是后排观众。这样的政治家，一般不会走极端，不会过分的强暴。希特勒这样的政治家，把一切都纠结在他的政治生活和意识形态里。他不仅是政治上的暴君，也是他爱好领地的暴君。他得势，不仅是政治的灾难，如果他爱艺术，还是艺术的灾难；如果他爱文学，还是文学的灾难；如果他爱数学，还是数学的灾难；如果他爱美食，还是美食的灾难……

　　不说真实的历史，这两位画家，单从观念的逻辑看，也必有一战。

阅读有关智慧，无关道德

"我知道某些人没完没了地大量'阅读'，一本接着一本，一字接着一字，但我不会称他们'博学'，他们固然拥有许多'知识'，可是大脑无法组织和登录吸收到的材料。他们缺乏一种艺术，不晓得如何从书中没有价值的东西里面，筛选出对他们有价值的东西，并永远记在脑中，而且如果可能的话，根本就不要看见其余的部分……"

这是一种相当老练的读书之道，很多人会同意、欣赏。这段话写于九十年前，但听起来仍然很年轻、很阳光、很心灵鸡汤，上传微博微信也不会显得古怪。

这段话的作者是个嗜书如狂的爱书人。他告诉当年欧洲最有才华的电影女导演："我年轻的时候，没有足够的财力和机会接受正规教育。所以每天晚上我都要读一两本书，睡得再晚也一样。我从书里收取需要的东西。"他每晚不只是读一本书，而是必定读完一本书。他平生买的第一件家具是一架书橱。他读书时卧室门口高悬"肃静"的牌子。有一次，不知趣的女朋友冒失闯入，片刻之间便泪奔而出。终其一生，没有几个女人在床上给他快乐，他却从无休止的夜半卧读中一次又一次地达到高潮。

他阅读的口味不俗，喜欢《堂吉诃德》《鲁滨孙漂流记》《汤姆叔叔的小屋》《格列佛游记》，特别喜欢莎士比亚。文学是他阅读生活的一小部分。他的胃口极杂，从占星术到人种学到毒气制造无所不读。他的大爱在哲学。女导演为了讨好他，送他一套善本的哲学家全集。他把读过的每本书比作一块块"石片"，由此拼贴出一幅他自己的"马赛克"。他几乎什么话题都能聊——"从坦克生产一直延伸到戏剧作品"，他最博学的部下有一天听他随口比较席勒和萧伯纳的优劣后，五体投地，回家在日记中由衷地写到："此人就是天才。"

他是谁？你以为他是安迪公子？你以为他是唐诺？全错。他是上世纪公认的大魔头阿道夫·希特勒。

西方资深的二战研究者提摩西·赖贝克花费大量时间研读希特勒的藏书，积多年之功写成专著《希特勒的私人图书馆——那些塑造他生平的书籍》，角度独特，企图"从'希特勒的阅读'阅读希特勒"。

希特勒生前有三个私人图书馆。柏林总理府的图书馆最大，藏书一万册以上。这些藏书悉数被苏联政府没收，带回了莫斯科。蹊跷的是，这些书以后再也没有出现过，完全不知所终。苏联解体后，藏书据说曾经短暂现身，但很快又逃世神隐。慕尼黑和贝希特斯加登的另外两个图书馆的藏书被占领军美国大兵洗劫一空，流落民间不复归。后来在贝希特斯加登的盐矿中又发现了三千册希特勒藏书，这三千本藏书被运去美国。其中的一千两百册现藏美国国会图书馆，另有八十本藏于布朗大学，可以借读。赖贝克著作的主要依据，就是美国国会图书馆这一千两百册希特勒旧藏。

《私人图书馆》写得很流畅，结构精巧。作者该做的功课都做得扎实，扎实到在《柏林》——希特勒一战当兵时买的第一本书——第 160 页和

161 页间拈出一根"宛如金属线、一英寸长的黑色毛发"。作者猜想这是希特勒的胡子。在生化检测定论前，我愿意实事求是地推断：它更有可能是希特勒下士被《柏林》中的某些段落神圣激发、上火撸管时带下的体毛。

这本书虽然资料详尽、编排得体，可是有两个问题始终没有解决。

第一个问题是这本书的副标题——"那些塑造希特勒生平的书籍"有没有最终落实？希特勒在柏林、慕尼黑两处图书馆的藏书一万六千册以上，赖贝克目前接触到的藏书充其量不超过两千本，不到已知藏书的百分之二十。而且读过的书未必藏，收藏的书未必读。光靠国会图书馆的这些藏书，不可能测知究竟哪些书在希特勒的生命中留痕。以作者目前掌握的材料，难以毫无遗漏地开出曾经影响过希特勒的图书书单。作者已经尽力，这也许是一个永远无法完成的任务。不如把副标题平实地改为"希特勒的藏书和读书"。

第二个问题更有意思——可能也是很多读者想问的问题：按照"读书等于上进"的成见和逻辑，以希特勒的好学和广泛阅读，怎么可能变成一个十恶不赦的乱世枭雄？读书为什么没有令他改邪归正？

这个问题显然也一直困扰着作者。他在开篇处引了英国诗人蒲柏的一段诗："一知半解是危险的事情／除非深的豪饮，否则切勿品味比埃里亚圣泉／浅尝辄止徒然毒害大脑／大量畅饮则让我们再度清醒。"作者想说的是，希特勒罪大恶极一意孤行，读书未能救其弊，是他的读书方法不对，一知半解、浅尝辄止、选择性阅读……作者在书中写道，希特勒阅读和他做人做事一样：出于"被阴暗直觉推动的意志"，出于"内在不安全感"。

作者的解释过于勉强，心理学的动机分析尤其可笑。严格地说，我们每个人的阅读，其实都是不同程度的"一知半解、浅尝辄止、选择性阅读"，怎么就会成为罪过？

作者没有想明白：读书这件事，无关道德、无关人品，仅仅有关智慧。图书馆、书房是脑力、思想力的健身房。阅读能够提升阅读者的智慧水平，但不会改进阅读者的品德。就像练武能增强习武人的武艺，但管不了习武人是去保家卫国还是去杀人放火。希特勒靠他的广泛阅读，把国家社会主义、种族主义幻化成最蛊惑人心的意识形态，也算不负所读。有意思的是，上世纪应劫而生的大魔头，都是枕书而眠的读书人。

一位网友在《阅读法》传言后面跟帖：好人读书越读越好；坏人读书越读越坏。我非常佩服他的见识，觉得他比赖贝克高明。对"坏人"而言，不读书，你可能就是一个偷鸡摸狗、在公交车上摸女人屁股的小流氓；读书，你有可能是希特勒，成为遗臭万年的大恶人。

也有人读书读废了，读残了——比如在下。那就像练拳不得其法，未伤人，先伤己——阅读的力量太大了。

听怪叔叔讲笑话

斯拉沃热·齐泽克，人称"文化理论界的猫王""乔姆斯基与Lady Gaga 合体"，自称"披着左派外衣的小资装逼犯"，名满天下，谤亦随之。

不喜欢齐泽克无需说明，他欠揍的地方太多。我喜欢这位怪叔叔，有三点理由。

第一，我佩服他的语言天才。斯洛文尼亚语、英语、法语、德语、塞尔维亚语造诣极深——提笔写专栏开口讲段子完全不在话下。意大利语也过得去。在学界独领风骚，无人可敌。

第二，我羡慕他的第二段婚姻。妻子是阿根廷时装模特，艳光四射，比他小三十岁，还是朋友的女儿。他怎么下得了手？不过这段姻缘很为读书人长脸，其意义不下于阿瑟·米勒迎娶玛丽莲·梦露。书生自有书生福，条条道路通香闺。他的首任妻子是哲学家，现任妻子是名记，比较老套，乏善可陈。

第三，我欣赏他是个段子手。他是黑格尔、拉康的传人不算稀罕，稀罕的是他用黄段子把晦涩哲人摆渡进老百姓的实在生活。讲段子，不仅仅是把艰深的观念通俗化。当世界长得越来越像个笑话，笑话也许就是描述世界的最好方式。

MIT 出版社今年四月推出《齐泽克笑话集》（Zizek's Jokes）。朋友帮他编的，大部分内容出自他的英文出版物。齐泽克把自己的笑话分成"小荤腥"和"重口味"两种。我读齐泽克的笑话，以读者的感受另有分法。

大概有百分之三四十的笑话不算十分好笑，也谈不上益智，只是恶毒的俏皮话。比如：我们怎么知道犹大其实没有出卖耶稣？犹太人做生意从来不吃亏，你懂的。他怎么可能售出尊神只收三十银币？

另一类笑话极其劲爆，夜店侑酒圣品，但余兴不足，一笑了之。齐泽克说黑山人很懒，想知道他们懒到什么程度？"黑山人要打飞机就在地上挖个洞，把小鸡鸡放进去，然后等着地震。"齐泽克很爱这个笑话，在不同场合讲过。《齐泽克笑话集》居然没收——还是我漏读了？

齐泽克比较高级的笑话都有做学问的意思。这些笑话也能分成两类。

一类是讲经说法，以下身故事解释上等学问。上等学问里有"能指与所指"一说。"能指"是符号，"所指"是符号代表的具体事物。比如朋友圈里的"安迪"是能指，所指是那个既风雅又矜持的东早小官人。齐泽克的段子比较复杂：丈夫想和老婆做爱，老婆说，我现在偏头痛，不能做。这是故事的开头。"偏头痛"是能指，"老婆不做爱"是所指。故事继续：丈夫来气了。第二天老婆想做爱，丈夫说，我现在偏头痛，不能做。能指不变，所指是"丈夫不做爱"。后来老婆说，我现在偏头痛，做爱吧，让它缓一缓。所指变为"老婆要做爱"。最后，老婆说，我现在偏头痛，干脆一起喝杯茶，败败火。所指成了"老婆要喝茶"。能指转了一圈，所指变了四变。明乎此，你就能理解，网上谈改革的人吵成一锅粥，因为用的是同一个能指"改革"，但有人想的是做爱，有人想的是喝茶。

维特根斯坦说："严肃地道的哲学著作可以完全由笑话组成。"好的笑话本身就是出色的哲学。这是《齐泽克笑话集》里的精华。

有一个十八世纪的法国段子，极其高明，齐泽克的阐发让它更趋完美。

一座女子监狱的典狱长准备在三名女犯中赦免一人。他安排了一个智力测验，三人中胜者出狱。他在一间密室中放了一张大圆桌，让三名女囚分120度各占一点趴在桌上。密室中另有五名男子，其中三名是白人，两名是黑人。测验开始，三名女囚身后各站立一名男子与她交合。每个女囚能看见对面另外两名女囚身后男子的肤色，同时知道屋内只有三白两黑五名男子。哪个女囚能第一个准确地判断自己身后男子的肤色，她就能起身出狱。

第一种情况：女囚对面两名男子都是黑人，她可以断定，自己身后是白人；第二种情况：对面男人一黑一白。女囚可以推想，如果我身后是黑人，那么对面身后是白人的女囚会看见两个黑人，她能断定自己身后是白人，起身获胜。她现在无所表示，就说明她看见的是一黑一白，所以我身后一定是白人；第三种情况：对面两个白人。女囚推想，如果我身后是黑人，那对面女囚会推断出自己身后是白人（参看第二种情况），起身获胜。她们现在无所表示，说明她们看到的是两个白人，所以我身后必是白人。

这个段子布局严密过程流畅逻辑有力，是理性思维的范本。齐泽克的阐发却能更上层楼，别开生面。他说，如果女囚有足够的社会经验，细致的观察能力，不用那么周全的推理，照样能判明身后是白是黑。黑人强健有力，交合感觉舒服，但十八世纪流行观念将黑人视为黑鬼，与黑人苟且很丢脸。所以如果感觉良好，而对面同伴嘴角挂着一丝冷笑，女囚可以猜出背后是黑；感觉平平，同伴一脸敬仰，背后必然是白。法国老段子加怪叔叔新解释，就是一堂认识论的公开课。

天才怎样写书评

　　一九九五年，米兰昆德拉发表了第一部法语小说《慢》。之前二十年，他离开了故乡捷克。之前十四年，他入籍法国。《慢》是他脱捷入法的最后一道手续，是他自我颁发的法国文学人身份证。

　　昆德拉的小说里永远有一个叙事者，对第三人称的其他人物、对别人的故事时而沉思时而嘲弄。这一次，这个叙事者"我"是位道地的法国人，浑然不知捷克事。他上接法国旧小说的文脉，以法国人的立场思考当下人生。我不懂法语，不知道法国评论家有没有议论过昆德拉的这一番做作。书里也有一位捷克人，昆虫学家，不幸、可笑、屈辱、猥琐，很像帝政时代误入巴黎的外省乡下人，不知所措，动辄得咎，处处遭遇冷眼。

　　当年的读者对昆德拉第一部法语小说十分期待，《慢》的销售不错。但小说的风评不佳。一部一百五十页的中篇——翻译成中文才五万字，不到一百七十页，没有固定的主角，没有具体的题材，装入十来位人物，发展出四五条不甚相干的情节线，讨论了三四个重大观念，时空跳跃两百多年……从来没见过那么拥挤的中篇小说，想在火柴盒里铺设一座协和广场。

　　我特别喜欢《慢》，喜欢马振骋先生的译本。我读《慢》，不以为它是一部一般的小说。我把它看成一部书评，一部小说体的书评。

定义书评有各种成见。我理解的书评，是以阅读为起点的写作，是被其他写作直接激励的写作。一本书让你激动，你很想写点什么，写下来的就是书评。书评未必要"评"。更高级的书评，是和原作的对话，是以原作作者为假想读者的交谈。

让昆德拉激动的小说是《明日不再来》，初版于 1777 年，作者维旺德农。从《慢》的第二节起，《明日不再来》被反复介绍、引述、改写。小说结尾处，昆德拉笔下的人物和德农笔下的人物相遇，"我"在远处观望。《明日不再来》是《慢》的写作动机，它激发了昆德拉的无穷想象。德农讲完他的故事，昆德拉说，这是一个好故事，我来告诉你，两百年后，你的故事应该怎样读。我是小说家，不想用生硬的论文糟蹋我的才情。我来讲一个我的故事。于是，就有了《慢》。

《明日不再来》是一个骑士偷情的故事：贵妇人 T 勾引了一位二十岁的年轻骑士。他们一起来到 T 夫人的城堡。与夫人的丈夫共进晚餐后，骑士和 T 夫人开始了他们的夜晚。像一幅三联画，先是花园散步，然后小屋做爱，最后密室尽欢。第二天早晨，骑士发现他是被用来掩护 T 夫人真正情夫的挡箭牌，经此良宵后，明日不再来。虽然他知道这是一场骗局，还是满怀感激、快乐地离开城堡。昆德拉说，这个故事"最像代表十八世纪艺术与精神的文学作品"。

两百年后，《慢》的故事展开：城堡已经被改建成豪华酒店。一个国际会议在这里举行，各色人等蜂拥而至。那一夜，也有偷情，也有骗局，更有形形色色的欲望表演。但一切都变调了，德农故事里朦胧夜色下的浪漫艳情荡然无存，代之而起的是嘈杂、狂暴、歇斯底里、丑态百出……连贝多芬的《第九交响曲》在这里也会变得"愚蠢、刺耳、叫人讨厌"。

昆德拉非常明确地让《慢》和《明日不再来》形成对比：城堡与酒店；私人聚餐与公共宴会；马车缓行与机车狂飙；骑士与知识分子媒体人物；避人耳目与唯恐天下不知；密室中轻怜蜜爱与公众前声嘶力竭……最重要的对比：慢与快。最后结果：幸福与失落。

用小说体书评的视角梳理《慢》的脉络，你一点也不会觉得拥挤、散漫、混乱。《慢》体现了昆德拉对现代性的思考和控诉。他有关速度和缓慢的论述，极其精彩，可以说是对当代生活最智慧的哲学思索之一。

昆德拉喜欢自由的慢生活。在那样的生活里，甚至连 T 夫人的偷情阴谋都恩泽四方皆大欢喜回味不尽。那种偷情，过程悠长、细节饱满，心机并不血腥，是值得记忆、最终果然被甜蜜追忆的生活。那时候的色情，可以上升为艺术、上升为文学。而现代的高速度、快节奏，令色情只剩下肉欲和权力争逐，只剩下征服或者被征服的结果。《慢》里面的情爱，并没有多少阴谋算计的背景，却毫无美感。现代人再极端都不美学。昆德拉甚至让书中人物无所顾忌地聊到菊点。不过这个菊点可能是人类情色文字里最无精打采、心事重重的屁眼。用昆德拉形而上的脑浆浸泡，再被批评家的哈欠风干，它很可能永远地陈列在昆德拉的小说博物馆里，成为一只阴郁地打量人类的哲学之眼。

说到底，昆德拉并不是纯粹的法国人。纯粹的法国人不会有那么深切的快慢对比。他思辨快慢，因为他的人生经验中有不自由、但节奏缓慢的捷克生活，也有自由、但节奏飞快的法国生活。幸好他没有经历过不自由、但节奏飞快的生活。

这就是天才的书评。一部书让读者领会两部书的妙处，还能想到很多事。

"这里躺着一位美国人"

斯蒂芬·金说，阅读长篇小说，是一段长期且令人满足的关系，犹如幸福的婚姻——好的长篇小说果然像好的婚姻一样罕见；而短篇故事，恰似神秘陌生人奉上的一吻，甜蜜、短促、有力。

如果与短篇故事的邂逅由热吻转入合欢，一夜缠绵，说不定还会有更大的惊喜。谁知道呢，"何物老妪，生宁馨儿"。

我的意思是说，小说家写出一个好看的短篇故事，自娱娱人，已经宾主尽欢。但如果故事的享乐外更有心智的激发，那就是好到欲罢不能径取中庭，很可能催生漂亮的新想法，或者给原来干瘪的观念以饱满丰富的新生命。

我读到的故事写于五十年前。作者是美国人康奈尔·伍尔里奇。伍尔里奇名气不小，不过这个故事并不是他最有名的作品。这个短篇的名字叫《东京，1941》。

美国人约翰尼·利昂斯是名校加州大学洛杉矶分校的毕业生。他不幸遭遇一九三〇年代的经济大萧条，学业无成，生计艰难，像要饭的一样排队乞食，住鸟笼一样的棚户区。没有工作，没有前途，甚至连普通男人娶妻成家生儿育女的希望都不敢有。于是，美国愤青卖身投靠苏联。故事开始之时，一九四一年，利昂斯已经是苏联驻守东京的间谍，经常来往东南亚替苏联搜集情报。他的妻子知道丈夫是俄国人的特务后愤然离去。

此时，日本人的秘密情报总部开始怀疑利昂斯。他们招募了一个叫利枝的舞女去刺探美国人的秘密。利枝"非常美"，高挑挺拔，祖父死于对马海战，兄长死于对华战争。她自己愿意为天皇"贡献卑微的生命"。她很快用美色征服了利昂斯，成为他的情人。她利用与美国人幽会的机会，找到他藏匿的发报机。与此同时，她的身份也暴露了。在利昂斯的枪口下，利枝华丽地死去，"仰望放射着荣耀光芒的太阳女神，日本人心中的女性祖先。'为天皇殉职！'"日本人随即抓住企图自杀的利昂斯。

故事还没有完。珍珠港事变后，日本与美国正式开战，但与苏联关系尚好。利昂斯绝处逢生：日本人想用他与俄罗斯交换被捕的日本特工。放生利昂斯有一个条件，他必须签署文件放弃美国公民身份，从而自动获准成为俄罗斯公民。作为日本交战国美国的间谍，他应该被绞死；但作为俄罗斯的间谍，他可以被交换。日本人原以为这只是一个技术问题，他早就脱离美国，为俄罗斯工作多年。可是利昂斯拒绝了。他考虑了一夜，决定选择死亡。套上绞索的时候，他一直默念美国各州的州名："亚利桑那、亚拉巴马、阿肯色……"战后，他的妻子找到了他的墓地，墓碑上只有一行字：这里躺着一位美国人。

有深度地描写爱国者，让爱国者成为有意思的话题，至今没有一篇作品能超过《东京，1941》。伍尔里奇写了两种爱国者。利枝，她爱日本，全心全意，毫无保留，她爱国同时爱政府。根据二战以后的多数共识，她爱的是一个邪恶政府。利昂斯，他爱美国，但他厌恶政府，直接参加损害政府的行动。他讨厌反对的政府，比较而言，恰恰是一个良好的政府。以今天日本组织部美国纪委的政治审查标准，这两个人都大有问题。利枝依附军国主义情报组织，是个附逆分子；利昂斯更是犯下不可饶恕的叛国罪行。然而，在伍尔里奇的笔下，这一切犹如浮云。他们真心热爱自己的国家，献身彰显大爱，这就够了。

这样的爱国，没有什么主义，不再是那些猥琐人物迫害他人安慰自己的借口，不再是无赖最后的避难所。它无须批准，也不等待追认，并不保证自己政治正确，但它符合真正的人性，直道而行，知行合一，不计利害，异常美丽。异常的美丽，很难变成意识形态的一块拼图，只有别具手眼的小说家才会发现。

伍尔里奇当然不是等闲人物。上世纪中叶，他和哈米特、加德纳、钱德勒并称美国犯罪小说界的四大天王，有"通俗文学圈卡夫卡"的声誉。他一生创作二十二部长篇小说，三百五十个短篇故事。根据他作品改编的电影不下二十部。电影界的天皇希区柯克、特吕弗、法斯宾德都用过他的故事。他是所谓"黑色电影"最重要的文学推手。希区柯克著名的《后窗》就改编自他的短篇小说。

一九六七年，他穿了一双挤脚的鞋子，竟把脚给挤坏了。他拖延不医，靠喝酒镇痛，把自己喝成酒精中毒。最后无奈就医时，病腿已生出坏疽，只能截肢。截肢后不久，伍尔里奇便病重身亡。作家中的衰人不少，但真没见过这么衰的。

他的文学还活着。上世纪四十年代以来，每十年，至少有一部他的小说被改编或重拍成电影。前几年，他未完成的中篇小说《入夜》由劳伦斯·布洛克续写完成。台湾去年已出中文版。

自嘲："江南 style"还是江南?

汉江流经首尔,汉江南岸有个江南区(英文叫 Gangnam-gu),是首尔的富人区,时尚区。常去韩国削脸抽脂填胸垫鼻的姐妹一定逛过狎鸥亭,那是韩国的"时尚 1 号街",狎鸥亭就在江南区。一向喜欢夸张的韩国人把江南区称为韩国的迪拜。

今夏以来,江南区的名声大噪。一个来自江南区的富家公子——他曾经因为吸食大麻逃避兵役被拘捕,以一曲自创的 *Gangnam Style* 风靡世界。富家公子的英文名字叫 Psy(变态),中国人称他鸟叔。他创造了一种史无前例的爆红速度。*Gangnam Style* 上传 YouTube 后,两个月内点击数破亿,三个月后的今天,点击数已经超过四亿四千万,当之无愧地成为吉尼斯世界纪录中最受喜爱的单曲视频。

中文媒体把它译成"江南 style",几乎不能算翻译。其实,北京现代口语中有个词很有用,放进此处正好——"范儿",Gangnam Style 就是"江南范儿"。江南范儿有点像老上海的"上只角","哥哥我就是江南范儿"用旧日上海话来说,差不多是"爷叔伲住了上只角",字面意思相去不远。

《江南范儿》横扫全球的秘密在于它细节饱满的古怪荒唐。它儿戏般的骑马舞现在是二百二十个国家时新舞步——这种原地跳跃踩踏的舞步很容易伤到膝盖。Psy 的横移、快走、跑步的姿态近乎疯癫，令人耳目一新。它的旋律单调重复，很像强迫症病人的反复唠叨——特别能掰的韩国医生说它能治疗神经病，他忘了治疗神经病的手段会把正常人逼成疯子。

这段四分钟胡闹的音乐视频肯定是在嘲弄。它嘲弄的是谁？Psy 接受采访时说，他自己是江南区的子弟，江南区的生活奢华、精致、时尚，但江南区的人从来不会以江南范儿自诩，只有那些轻浮装逼艳羡富贵的外区人才会自称江南范儿。他嘲弄的对象千方百计千辛万苦努力打扮成高级人物，实际上一无是处。他在教小甜甜布兰妮跳骑马舞时，边上有人建议布兰妮脱掉高跟鞋，Psy 连忙打断：不不不，就要"穿得高级，跳得低级"（dress classy and dance cheesy）。这分明是《江南范儿》的创作主题：装得高级，其实低级。梦想香甜，现实苦咸。

视频《江南范儿》的叙事路线，一直追随着这个主题。第一个镜头，Psy 似乎在白沙海滩上享受日光浴。镜头拉开，哪里有什么海滩，那是一个儿童游乐场；他在桑拿房昏昏欲睡，他的同伴并不是气派的企业家，是满身刺青的黑道大哥；他跳骑马舞，但他能亲近的只有公园里的旋转木马；他像巨星一样载歌载舞，背景不是豪华的夜总会，是装了一车中老年游客的旅游巴士；他遇见心仪的辣妹，不在安静的狎鸥亭精品店，在喧闹的地铁车厢；他戴着领结，搂着两位美女高视阔步，脚下不是红地毯，是停车场，还被狂风吹了一头垃圾；特写：他墨镜遮眼，西装笔挺，声嘶力竭地像是训斥下属的大老板，全景：他原来在一间逼仄的厕所里，独自坐在马桶上，裤子褪到脚跟……

Psy 用自嘲的表演完成了他的嘲弄。他的嘲弄戏谑欢乐，温和，有分寸，精微，准确。很难把《江南范儿》和凌厉的饶舌音乐放在一起，美国原装的饶舌歌手，都有一种罪犯气质，傲慢，冒犯。同样很难把它和野蛮的东亚抗议文化打包归类，它与首尔的断指明志长安的铁锁开脑完全不同。《江南范儿》喧哗背后安稳平和的品质，难能可贵，保证它几乎没有阻碍地快速赢得人心。

戏谑的《江南范儿》走红后，无数的模仿它的戏谑作品接踵而至。据说 Psy 大度地放弃了作品的版权，让模仿之作层出不穷。有趣的是，《江南范儿》在嘲弄，模仿之作在嘲弄《江南范儿》，嘲弄、嘲弄被嘲弄、还会有嘲弄嘲弄再被嘲弄……这种嘲弄的狂欢，最终指向何方？

也许，最有意思的结果，正是 Psy 的真正自嘲。"江南范儿"是对真实江南区生活方式的粗劣模仿，但真正的、富裕的、精致的、时尚的江南区范儿就能逃脱嘲弄吗？假如视频里的 Psy 真的在海滩日光浴，他的桑拿伙伴是比尔·盖茨，他骑的是纯血赛马，他是大牌明星，他的女友是沙特阿拉伯的公主，他在白领结典礼上走红地毯……全世界四亿四千万的点击者，会收起嬉笑，换成由衷的尊敬？

上世纪八九十年代以后，因为金融资本和产业资本合流而产生的新富、新钱急速扩张，几乎让旧富、老钱在财富版图上丧失存身之地。这些新富新钱支撑了江南、比佛利、迪拜……随着有几代、甚至几十代传统的老钱失位，由老钱代表的教养、礼仪、品格、趣味也急速式微。一个真有钱，一个假富贵，除此之外，江南比"江南范儿"好得了多少？能够被大众粗劣模仿粗俗演示的新富，本身必有粗劣粗俗之处。老派的贵气根本无从模仿。

如果 Psy 除了嘲弄"江南范儿"，还能反省江南，如果自嘲成为新富的美学，这个世界或许还有未来。

爱好造就伟大

温斯顿·丘吉尔先生:

想和你聊聊。和丘吉尔聊天,不是和英国首相聊天,不是和同盟国统帅聊天,甚至不是和巨著《一战回忆录》《二战回忆录》的作者聊天,只想和同行——随笔作家、杂志撰稿人丘吉尔聊天。

一九二一年十二月,一九二二年一月,你给伦敦颇负盛名的杂志 *Strand* 写过两篇随笔:《业余爱好》《绘画以遣兴》,收入稿费一千英镑。一九二〇年代,这笔稿费真不算低。后来随笔编成小册子,一纸风行,是你卖得最好的单行本。今年 *Painting as a Pastime* 还有新版问世。积年所得,够买一幅塞尚的画了。

你的随笔写得高明。当下展读,依然不忍释手,感觉到作者过人的智慧。我尤其喜欢你有关业余爱好的主张。你说,大人物、政治人物要培养一种或多种业余爱好。过于专注、沉溺于自己的事业,意识单向、单一、单调,非常容易陷入忧虑、焦躁的精神状态。政治人物的忧郁或躁狂,非国家之福。养成真正的业余爱好,可以分散注意力,调节情绪,减缓压力,平衡理性、兴趣和内心生活。真正的业余爱好,应该是智慧生活,打高尔夫、包二奶不算。

你一生有三大业余爱好：读书、写作、绘画。你一半的生命贡献给公务，贡献给英国。另外一半的生命消遣在业余爱好上。阅读令你睿智，你对历史、人性、政治的深刻理解，超过了你的同事，也超过了几代学人。你的学养、经验、睿智发为文章，高标逸韵，不同凡响，为你赢得当之无愧的诺贝尔文学奖。当下中国最好的历史学家杨奎松给学生开书单，起首就是你的著作，那里有职业学者都未必能完全把握的见识和心得。

绘画是你一生所爱。你向不同时代的大师请教，发现、领会、记忆、追随、表现自然之美和生活之美。你毕生作画五百余幅，是世界各地藏家的爱物。

你是上世纪英国最杰出的国务活动家，是英国政治史上有数的伟大人物之一。毫无疑问，你的阅读、写作、绘画，对塑造你的政治人格、滋养你的政治思想，所关非细。

阅读训练、写作训练、艺术训练提高了你政治家生活的品质，这件事众所周知。我特别想聊的是：你将政治家的正业和业余爱好分而治之，让你永远固守虚心和谦卑的品德，这一点特别重要。

你始终热爱经典，尊重传统。阅读经典让你由衷地敬仰传统的智慧。你反对年轻人读经典——未曾历练的胃消化不了经典的精华。你觉得阅历才能认证学习经典的资格。沧桑中年才可能读懂经典。

写作令你狂喜。你惊叹语言的奥妙和无穷魅力，你遗憾没有人能掌握语言的全部奥秘，你庆幸自己的写作天赋和习惯，它让你一生充满乐趣。

学习艺术让你叹服艺术大师的手眼通天。《绘画以遣兴》通篇是姿态很低的学习大师体会。你有个更了不起的太太，她甚至不赞成你给 Strand 写稿，就艺术发表任何言论。她觉得你谈学习体会都不够格，默默地做一个大师的私淑弟子就行了。

在政治家的正业中，你坚毅、进取、果断，有点刚愎自用。在业余爱好中，你谦逊、退守、低调，永远是学徒，永远是旁听生，永远向大师们致敬。一进一退，造就了你的伟大。你做人做事有底线，有界限，有所为有所不为。你知道自己的领域在哪里。你不会越雷池一步。你即便是个霸主，也是谨守分际的霸主。

形成对比的是你一生最大的敌人希特勒。他也曾学画，他也是个不错的读书人，阅读品味不低。但是，他把他的政治意识形态和他的爱好紧紧地捆绑在一起。政治上，他是个暴君。艺术上，他以为自己是不世出的天才，也是个暴君。在知识领域，他不向任何人低头，同样是个暴君。所以，他学画，他更禁画。他读书，他更烧书。他为所欲为，留给世界的只有恐怖、憎恶和仇恨。

心旷神飞之际，真的幻想过和你对坐，各自点上一支金标的罗密欧 - 朱丽叶二号，和你聊聊读书、艺术、历史、政治、人性……

小宝

笑话之道

齐泽克先生：

　　几年前你来中国推销新书未能一见。今年读你的笑话新编 *Zizek's Jokes——Did you hear the one about Hegel and negation?*，看到了你的近照，果然斯拉夫气概十足的粗豪汉子。在普遍谢顶的教授圈毛发算重，从一张油脸推想体味亦重，又是出了名的重口味段子手，你简直可以为上市公司三一重工代言。

　　你是欧美知识界的笑话天王，对于笑话之道深有会心，知道笑话的妙用。和老百姓浅薄的常识相反，笑话——尤其是恶毒的笑话——是社会的维稳利器。笑话是负面情绪干净、环保、无害的排泄通道，其他任何方式的排泄都会带来破坏，笑话不会，笑话只会带来宿便尽去的轻松。如果没有这样的出口，宿便也会爆炸。

　　传说高明的统治者曾经在它们的心战机构专门设立"笑话部"，找一批枪手撰写原创笑话，专找痛处下手，怎么冒犯怎么来，替天下人出一口肮脏气。但是，这个传说一直未被证实。

　　仰赖洞隐烛微的哲学素养，你一语道破天机：笑话不是写出来的。笑话没有作者。从古至今，笑话是一个传播的作品。和笑话相关联的主要动词不是"写"与"录"，而是"说"与

"听"。在口口相传的说听过程中，笑话边传边改，边说边改，边听边改，蔓延成一个上合天道下通民气自由自在之物。这样一个众口合成之物，并不在乎谁是原创。笑话从来不尊重原创版本，从来不尊重作者版权。笑话从来不署名，甚至从来没有人争取过笑话的署名权作者权。笑话都是听"别人"说的，找到了这个"别人"，他也是听"别人"说的。所以，假入硬要给笑话找作者，这个作者就是"别人"，就是"别人的别人"（other of the others）。

"笑话部"的传说不成立，因为它想当然地要组织一个笑话的作家协会。广泛流传的笑话绝不会是硬做的文章。不可能有一个真正的笑话的作家协会，就像不可能有一个真正的谣言的作家协会。

说到底，笑话行业的高手，各种段王爷，比如知识界的齐泽克、小说界的王朔、曲艺界的郭德纲……只是笑话的收集人改编人推广人。他们说的十个笑话里有一两个自出机杼已经是天纵英才。笑话没有版权，笑话不怕抄袭。笑话怕的是把老闲篇当作新段子，那才叫丢人。

齐泽克先生，我喜欢你说笑话的风格：用新解释改造老笑话，令老笑话启发新意思。你的这本笑话新编荤腥气太重，我挑一个比较清新的段子向你请教。

大家都知道青蛙王子的故事。英国的一个电视广告推陈出新，用青蛙王子别出心裁地创作了一个幽默广告：美丽的公主在小溪边散步，看到一只丑陋的青蛙。公主将青蛙抱起，轻轻一吻，青蛙变成了英俊的王子。格林童话的故事就到这里，广告的故事还没完。英俊王子深情地注视美丽公主，拥她入怀，轻轻一吻，公主立刻变成了一瓶啤酒。王子高举啤酒，满脸欢笑——这是一个啤酒广告。

这只广告是个温暖的笑话。但它无意间残酷地挑明了当代男女常规的互动关系。

你用了一组晦涩费解的概念："客观的主观想象"。打个比方，妮可·基德曼把前男友汤姆·克鲁斯想象成王八蛋，汤姆·克鲁斯并不是王八蛋，但妮可·基德曼主观的王八蛋想象却是真实的客观的。这就是"客观的主观想象"。那个广告里，有两个"客观的主观想象"。先是女性把青蛙想象成王子，然后男性把公主想象成啤酒。

这是男女相恋时的常态：女性通常把男性高看，把青蛙抬举成王子——同时抬举自己，公主配王子，自信一点当自己是茜茜公主，朴素一点当自己是辛德瑞拉，穿上水晶鞋会变成公主。而男性对女性的要求十分物化，缺少灵魂，简单、顺手、解馋、舒服——就像一瓶啤酒。男女之间的怨怼和战争，很多源自各自想象的差异。

女人顺应男人的想象逻辑，把青蛙看成青蛙，把自己看成啤酒，这种关系会平淡而持久；男人照顾女人的想象路线，演一演王子，赞美一下公主，增加一点灵性，这样的关系就叫浪漫。

齐泽克先生，我说的比你更透彻吧？笑话就是当代的《伊索寓言》，加上精妙的解释，足以洞明世事练达人情。

小宝

121

男人的电视

埃尔默·伯恩斯坦先生：

你辞世十年，如果收到这封来信，一定很诧异。选你收信，不是因为你曾经荣获奥斯卡电影音乐奖，谱写过数十首美妙的电影插曲。选你，只因为你是国家地理频道开始曲的编曲。我想请你代表国家地理频道接受我的敬意。

我的敬意微不足道。上海的一家报纸在首页为一款名表刊登整版广告，名表广告上最大的 logo 居然是国家地理的亮黄边框，名表以参与国家地理远古海洋考察计划为荣。被多家高品质媒体追逐的商业广告的主题是向另一家媒体致敬。这样的荣耀，才真正难得。

创立于上世纪末的国家地理频道，以特别刚健的姿态挺进电视工业，令电视传媒别开生面。从此以后，对男人来说，看电视不再是一件特别丢脸的事。

直到今天，主流的电视制作，还是一门阴性产业。它的主要观众和热情粉丝，都是女人或女性化的男人。它的制作思维，它认知世界的角度，它的表达方式，妩媚、阴柔、梦幻、甜美，非常女性。

国家地理频道的异军突起，给电视观众不仅仅带来了非虚构、全记录的内容、极端环境的探险、高品质的真实摄影……

带来了男性的种种话题：间谍、军火、淘金、考古……阿拉斯加捕鱼大战、古董车的魅惑、美国的应召女郎……更重要的，磅礴而至的是男性的认知和表达。

男性的认知和表达？你大概会觉得我说的太空泛。

我正在读一本有趣的历史书，你的老乡查尔斯默里写的《文明的解析》。书里引用了十八世纪苏格兰哲学家休谟的一席话，我稍加发挥，当作我的解释。

人们品味事物，有两种方式，一是感受，一是判断。"一切感受都是对的"（休谟语），因为"没有一种感受能反映物体的实质内容"。感受是主观的，没有客观性。但感受可以有大众性的感受和小众性的感受。判断则以客观知识、客观逻辑为基础，力求探明真相。判断有对错。

比如花蕊。可以感受它的形状、颜色、气味，可以堆砌种种形容词，可以联想美人、忠臣、爱情、天堂……可以美丽空灵到不知所云。但判断花蕊，十分扫兴，它就是植物的性器，就是植物的生殖器官。

表达感受是修辞。可以是语言的修辞，也可以是其他影视手段的修辞。感受和修辞无对错，但分成功和失败。对收视率、发行量一类指标而言，成功的感受是大众的感受，失败的感受是小众的感受。成功的修辞漂亮，失败的修辞乏味。

表达判断是逻辑。判断和逻辑要求祛除蒙蔽抵达真相，经得起各种检验和批判。不畏浮云遮望眼，只缘身在最高层。

女性的认知和表达，就是感受和修辞。男性的认知和表达，就是判断和逻辑。国家地理频道问世之前，大家都以为，女性思维才是电视思维的王道。国家地理频道十几年以它的崇高声望和几亿订户证明，男人也可以有自己的电视节目。

二〇一三年岁末，台湾九把刀出品了一部纪录片《十二夜》，讲述流浪狗收容所的故事，讲述无家可归的流浪狗十二天后就被人道毁灭。整部纪录片的哀婉、伤感、珠泪涟涟。看片会前，捧场的女明星抽泣着说，光看两分钟片花已经受不了。一场观摩也不知用去多少袋拭泪的纸巾。再进一步，收容所就要升格为奥斯维辛集中营。

几乎与此同时，国家地理频道放映了纪录片《都市野兽》，其中也有流浪狗的故事。莫斯科有三万只无人看顾、也没有收容所处理的野狗。它们让城市变成了荒野，划地而居，四处流浪猎食。莫斯科每年有几万起野狗袭击的事件，近万名儿童被野狗咬伤，几十人死亡。野狗已经成为公害。

《十二夜》是女性的、感受的、修辞的影视作品。《都市野兽》是男性的、判断的、逻辑的影视作品。现代人的尴尬，在于常常把感受当判断，把真实的判断当一小撮人讨厌的感受。

所以，伯恩斯坦先生，我庆幸自己是国家地理频道观众俱乐部的一名成员。

小宝

第五章

文坛名宿王湘绮

王湘绮身后，可以戴的帽子太多：经学家、一代良史、文学家、书法家、教育家——从廖平到齐白石，近十位弟子都是当之无愧的大师，近现代哪一个教育家能够比肩？但这些帽子未必称意。王湘绮的自挽联是：春秋表未成，幸有佳儿述诗礼；纵横计不就，空余高咏满江山。弟子杨度的挽联是：旷古圣人才，能以逍遥通世法；平生帝王学，只今颠沛愧师承。王湘绮最自负，同时最遗憾的是他的"平生帝王学"，相比之下，其他的学问、地位他并不十分在意。不过他的帝王学"表未成""计不就""空余高咏"，以"帝王学家"总结一生，也说不通。

陶菊隐《近代轶闻》最后一章叫"文坛名宿列传"，传主六人：王闿运、康有为、辜鸿铭、易实甫、杨增荦、苏曼殊。我觉得，文坛名宿倒是一个恰如其分的概括。做文坛名宿极其不容易：资格要老，读书要多，学问要大，文章要好，见识要高，应对要妙，轶闻要够。以此"七要"，舍王闿运其谁？文坛上王闿运生前已无抗手，死后更见凋零。哪怕今日起湘绮老人于地下，纵列近代以来各色人物，奉以民国文坛第一名宿之号，估计他也会欣然笑纳。

不说王湘绮的学问、辞章、见识，就是他的轶闻，也很见性情颇有巧妙匪夷所思。陈寅恪的祖父陈宝箴当湖南巡抚时，到王家吃饭。陈宝箴谈及湖南人材之盛，王湘绮环顾左右的仆佣说，不错，这些孩子运气来了都能当总督巡抚。令陈宝箴大窘。其实，这话并不是全无根据的浪言，他真的推荐过一个叫苏彬的男仆外放做官。不过湘绮荐官并不是看重苏彬的才干，而是荐主本人常与苏彬的同居女友厮混，大概出于抱愧补救之心。这件事听起来不干净，但细究之下，并不很脏。

柳存仁在《王湘绮和＜红楼梦＞》一文中说，王湘绮一生酷爱《红楼梦》，恍惚间常以《红楼梦》中人物、尤其是宝玉自居，欣赏羡慕宝玉与女仆之间亲密无间的关系。苏彬的女友是湘绮"掌成都尊经书院雇佣的罗姬。她原是个青年寡妇，夫死不嫁，出来佣工养她四十多岁盲了眼睛的公公。湘绮称她'彼心无邪，敢放胆直入书院群雄之丛，殊有丈夫气'"。王湘绮对她"久见情生"，由情生色。

这大概也可以解释湘绮晚年带着周妪（俗称周妈）招摇过市腾笑众口的艳屑。

湘绮六七十岁时，妻妾俱亡，不再续弦，从此就和他十几位"粥粥群妪"一起度日，过着白头宝玉的生活。七十五岁时，他自记睡眠生活："人来自暖，亦若有使之然。凡气机相感，有不可理测者。若无意，若有意，至琐，至细，岂不神哉！"原来周妪以下的女佣，是用来暖床的人肉电热毯，是用来调息的人肉呼吸机，这实际上是中国古典的养生术。行房一节，或者全无，即便有也是养生后的余事。

这样的轶闻，读来好笑。但比较粗野的呼朋唤友一掷千金的皮肉交易，它显得更复杂，有一种腐朽的文化和人情之美。

当今之世，以时下诗文之陋之劣，难说尚有文坛，而经百年至钱默存先生身后，肯定已无名宿。

读书人的见识（上）

　　一九二八年，国民革命军占领北京，通缉执政府高官，以"老虎总长"闻名的章士钊远飏欧洲避祸。旅居德国时，章士钊开始接触弗洛伊德的心理分析学说，"大骇"，继而"大悦服"。

　　初闻新知，难免手痒。章士钊想效仿德国学者，"以心解（心理分析）移治文史"。他写了一篇《五常解》，发表于《东方杂志》二十六卷十三号。五常就是中国传统礼教中的仁义礼智信。章文新解（也是心解）五常，力证这五个字都是从性欲情事而来，后来"引申无已，始渐泛应一切事物，期于曲当"。他说，先民社会，"仁义礼智信"五字新创，"仁"是男女二人；"义"是女子"缘附一人，禁制他人奸之"；"礼"用于"缀淫"，于滥交中见小清新；"智"是在众多淫娃里辨认佳偶，赠钗饰以为记认；"信"是"干女二次"，干女一次，女子并不知此身何属，"若连干二次以上，因缘渐成固势"，女子始信妾身有主。

　　章士钊的考证方法取法德国新派学人。当时与弗洛伊德互相呼应的德国语言学家屡屡别解古字。如"床"字通义为"眠"，但被别训为"压"。"压"正是男女性交最标准的传教士体位。现今世界各种语言，都以"上床"代指性交，大合德文古意。

瞿兑之在《杶庐所见闻·"中"为象形字》里提及章文："近年章士钊创《五常新解》，以仁义礼智信皆从性交关系而出。郭沫若释'祖、妣'二字为两性器官，浅人诧为大胆。余按：昔人早有此种议论。"接着瞿兑之引用李慈铭《越缦堂日记》。《日记》说，清人曹籀著书，称"中"字为男子之私，象形字，"人以为怪，余谓此实有据，惟籀不能援引，其所言多妄耳"。李慈铭随即援引《逸周书》、近人谢氏、《左传》、《中庸》、《汉书·律历志》、《说文》、《春秋》、《管子》多种典籍，不拘儒者之论，细考"三代相传制字之精义"，从容证得"中"字原来是个鸡巴象形。瞿文不过千言，随手抄一段笔记，议论不到百字，以李慈铭的正道治学，明斥"浅人"少见多怪之陋，又微讽章郭"不能援引"之妄。见识功力显然高章一筹。

文史大家周劭生前留言："论本世纪（二十世纪）二十年代到七十年代的半个世纪中，中国学术界自王海宁、梁新会之后，够称得上'大师'的，陈（寅恪）、瞿（兑之）两先生可谓当之无愧。但陈先生'史学大师'的称号久已著称，瞿先生则尚未有人这样称呼过，其实两位是一时瑜亮，铢两悉称的。"

瞿兑之学问渊博，有目共睹。但他的创见卓识，却很少有人提及。连亲炙门庭的学生，也说他有"观点的盲区"。上世纪八十年代以后，瞿兑之的旧著多有重印。仔细检阅，真不知"观点的盲区"从何说起。瞿兑之是个见识非凡的读书人。他的高明想法，有时候述而不作，让史实和材料说话，埋藏在选题和叙述之中（如上引文）。很多时候他也会议论风生。他的议论中正平和，即之也温，从不故作惊人语，从不作无根浮谈。那是一种极为难得的读书人的见识。

我手边有一本世界书局一九四四年印行的《中国骈文概论》。骈文在我们的印象中、在各种文学史的教材里，是一种腐朽的文体，离生活语言（口语）最远。瞿兑之劈头第一句话，就让人耳目一新："中国许多口语，是以骈体出之的。中国语的特点在单音。因为单音的原故，所以用骈体组成的语句，容易引起联想与美感。阮元说得最好：'同为一言，转相告语，必有衍误。故必寡其词，协其音，以文其言，使人易于记诵，无能增改。'骈偶是天赋予中国文字的特点，利用这特点，方才有许多美文。"瞿兑之明确地下一断语：中国文学的黄金时代在两汉至初唐。"这一段时期中，确曾出过不少的文学天才，确曾遗留不少的杰构。他们没有什么义法的拘束。就是骈偶，也并不是每句非对不可，就是用典，也不是每篇非用不可，所用的典，也不是非叫人不懂不可。他们能细腻的亲切的写景，能密栗的说理，能婉转的抒情。能说自己所要说的话，能说了叫人同情而不叫人作呕。这些都是骈文里面的好处，而近五六百年通行文体里面所不容易找到的。"

辽宁教育出版社二〇〇一年出版《铢庵文存》（铢庵是瞿兑之的别署），其中《读＜日本之再认识＞》，字字沉痛地检讨宋以后的中国，可圈可点之处太多，不能一一抄录，有心人不妨找来一读。

上世纪六十年代，学生问到胡适鲁迅当年之争，瞿兑之回答说："他们都有一批青年追随者，不过追随胡适需要读书，追随鲁迅不需要读书，所以追随鲁迅的人更多。"这是我读到关于胡鲁之争最巧妙、最委婉、也是最中肯的解释。及至今日，青年导师代有奇葩，眼下各路追随者完全不必读书，连青年导师自己都已废书不读。（上）

读书人的见识（下）

瞿兑之特别惊才绝艳的卓识，是为中国传统学问别开一路，倡言掌故之学。

掌故是前朝的八卦，八卦是后世的掌故。中国人雅好掌故俗羡八卦，历朝历代的齐东野语不可胜记。中国是一个地道的野史大国。但中国千年的掌故有传统而无学统，任意而作，自生自灭，多被目为"谈助"或"谤书"。

瞿兑之为《一士谈荟》所作序言，可以看成是现代中国掌故学宣言。他把掌故称为"杂史"，与"正史"相对。杂史之得，恰恰在于正史之失。

中国原来历史著述中正史杂史并重。"我们读《史记》《汉书》，觉得史家叙述一个重要人物每从细节上描写，使其人之性情好尚，甚至于声音笑貌跃然纸上，即一代兴亡大事，亦往往从一件事故的发生前后经过著意叙述，使当时参加者之心理，与夫事态之变化都能曲折传出，而其所产生之果自然使读者领会于心。""正史杂史之分途，《三国志》启其端。"陈寿的志为正史，裴松之的注为杂史，陈志裴注合看，"觉得有许多隐情是陈志所未显言，而裴氏以一片深衷，极周慎的博引群书替他衬托出来。杂史之不可废有如此"。

瞿兑之看来，中国历史到宋是一大转折，从此中国江河日下。影响到历史著述，官家史录中杂史完全消失。"宋以后之史多是抄录些谀墓之文，一传之中照例是某某、字某某、某处人、某科出身、历官某职、某事上疏如何、某年卒、著某书、子某某，几乎成了一种公式，千篇一律，生气全无。这样的史还能算史么？"因此"宋以后的史必须连同家乘、野史、小说、笔记之流读的。不但事的曲折隐微、人的性情风格，在正史几乎全找不着，就是政治社会制度之实际状况，也必须靠着另外的书来说明"。宋以后，杂史的分量，有时候已经超过正史。

魏晋之际，正史杂史分途，杂史于是层出不穷；宋以后，官废杂史，掌故之书于是蔚为大观。杂史的可贵，不只是补正史之失、正史之隐，还在于冲决文网，保留被删除的记忆："自来成功者之纪载必流于文饰，而失败者之纪载又每至于湮没无传。凡一种势力之失败，其文献必为胜利者所摧毁压抑。"失败者的记忆存留杂史，不让胜利者席卷一切全胜而归。

清末民初，是杂史的全盛时期。笔记之多、之好、之杂，前所未有。瞿兑之觉得，已经到了为掌故立学的时代。瞿兑之的掌故学，并不是徒陈高义自命不凡，为掌故写作杜撰若干空洞的教条。他的想法是为掌故提炼一些学问的标准，发现鼓励更多更好的掌故作家掌故学者。

瞿兑之心目中够格的掌故家，要透彻地了解他叙述时代的政治内容、政治社会的典章制度及其实际运用、各类人物的社会背景社会关系，"对于重复参错之琐屑资料具有综核之能力，存真去伪，由伪得真"。不妨虚构一个例子说明掌故（八卦）和掌故学（八卦学）的区别。

江湖传言某当红女伶周旋权要之间，以色求财，夜度之资竟一夕千万，几年之间已积钱十亿。如果仅仅是八卦、掌故，记录这个传言就够了。但落到掌故学家（八卦学家）手里，就要下一番辨析推论的功夫。夜度之资一次千万，达十亿之数要交易上百次，考察当下的银行支付制度，无论现金、支票、本票、转账……都非常困难，可能性几乎为零。这个传言并不可信。传言的事实不可信，但是传言说明在那个时代，庶民月入数千，而权贵的挥霍一次可达千万。

瞿兑之极为精辟地揭示："在掌故学者看来，可有不可信的材料，而没有不可用的材料。"传言、流言、谣言，都是掌故学的好材料。

瞿兑之在掌故学上的贡献，还在于他帮助出版了黄濬（黄秋岳）的《花随人圣盦摭忆》。这部书，已经被公认为民国掌故学第一巨著。

瞿兑之一生用名甚多。一九四五年以后，瞿兑之不见了，他以后行世的著作，作者叫瞿蜕园。他在抗战期间曾出任伪职，抗战改名蜕园表示悔过。解放前后，国民党政府和共产党政府对他附逆一事都没有过多追究。

但这位清贵、悠游、脆弱的公子已经吓破了胆。见识高迈的瞿兑之从此消声。瞿蜕园的学问还是那么好，不过自出机杼的心得全然不见。上世纪六十年代他选注《汉魏六朝赋选》，无复当年作《中国骈文概论》时的锐气，说明文字礼貌周到，不敢越雷池一步。

掌故之学当然不会再提。如果他活到今天，以为徐一士作序的心境，我猜他会赏识高阳的《慈禧全传》，表扬正史杂史合用的唐德刚。

文革期间，他被自己最好的学生出卖，因为议论三十年代蓝萍，被判十年徒刑。七十四岁高龄入狱，八十岁瘐死狱中。历史开了一个残酷的玩笑，倡言掌故学的大师，最后竟死于蓝萍的八卦。（下）

死诸葛能走生仲达

唐德刚成了不死的传奇：他去世三年以后，台湾远流今年出版了他的新书《段祺瑞政权》，这也是远流《唐德刚作品集》的第十八种。著者英灵不远，读者意外之喜，都要感谢唐先生的遗稿整理人中国近代口述史学会。这是一本像样的新书，内容生动，见解犀利，保持了唐著的一贯风格。相比国内应景遵命的史家近著，难免有死诸葛能走生仲达的感叹。

北洋人物中，我偏爱写下"美人颜色千丝发，大将功名万马蹄"的徐树铮，不过心里一直有一个疑惑：蒋介石当政以后的民国出版物里，徐的评价和形象，一直格外正面。为什么北洋群雄里，独厚这位萧县才子？新书中唐德刚有个小注，道出其中缘故：一九二二年，徐树铮桂林初会孙中山，徐当时已是民国上将，"而奉孙命沿途作陪的便是蒋介石中校。中山对徐推崇备至，而期望尤殷。徐对蒋也印象极好。因此在孙公面前，称许蒋中校是难得的人才，卒使孙公对蒋另眼看待，始有蒋公后来在国民党阵营中之飞黄腾达。蒋对徐氏知遇之恩，念念不忘。蒋公最重江湖义气，对徐氏后人亦视同子侄，着意提携。徐氏长子道邻后竟为蒋公延为家庭教师，教经国汉文。蒋公战前撰写《敌乎？友乎？》以警告日本军阀的长文，也是借用徐道邻之名发表的"。这种"民国史上难得的掌故"只有靠有心人的细心搜求，才得以传布。

唐德刚行文流利下笔诙谐，既是一利，亦是一弊——过于轻松的阅读，会让读者忽略他的高明见识。我佩服唐德刚，是他的眼光独到，有些轻佻甚至油滑的叙述里往往埋伏着要言不烦一语中的的智慧。《段祺瑞政权》里说到奉系的郭松龄叛变："郭松龄的反奉倒戈，其军中显然是有文人（如他所特请的林长民、饶汉祥）无策士，所以一出手便铸下大错。"有文人无策士，六个字值得近代以来所有养士的主公深思。这些主公，大多刚愎自用志大才疏，喜欢捧场的文人，讨厌清醒的策士，所以出手就错，乃至一错到底。而以策士论，政客的实用价值远远超出文士。老资格的学人林长民，骈文冠军饶汉祥，根本比不上政学系大将北洋边缘政客黄郛。黄郛为冯玉祥策划的首都革命，可以算倒戈将军政治生涯中的漂亮一页。

《段祺瑞政权》对北洋政府初年黎段之争（府院之争）的分析，是这本书最精彩的部分，作者信手拈出民主的精义。在唐德刚的眼里，所谓民主，卑之无甚高论，不过就是法治基础上的制衡；但施之险阻重重，因为在中国落实法治、制衡，谈何容易。中国的万千屌丝，视民主为养在深闺的白富美，心仪太久，无缘一见，在它身上寄托太多浪漫想象，以为民主现身，各种问题就会迎刃而解，圣人出，黄河清，道德灿烂，亿民共富。唐德刚看来，这种想法本身就会扼杀民主。民主绝无可能令人间变为天堂，民主最多把地狱改正成人间。

唐德刚以美国为例。美国民主的标本是两党制，"两党制却是从你死我活、利害冲突的贪污分赃开始。在第二任总统亚当斯时代，贪污横行，杰弗逊组织政团，来加以抵制。庶几，要贪污大家一起贪，你贪我也贪；有赃大家分，你分我也分。结果两派势力平衡，你也贪不了污，我也分不了赃，大家依法行事，变成一国两党的民主政治"。

袁世凯身后的民国，起点比当年美国要清白，黎元洪、段祺瑞也比后来的政治人物更有节操，他们还从西方民主政治中抄来了责任内阁制的设计。但一旦施行，马上就出问题，为了鸡毛蒜皮的人事之争闹到不共戴天。黎元洪想，都民主了，你怎么可以污辱我；段祺瑞想，都共和了，你怎么可以越权欺我。黎段之上，并没有可以制衡双方的切实法治。解决争端的唯一出路是比谁的脾气臭，比谁的嗓门大，比谁的拳头硬。最后，不可避免地滑向军阀混战，滑向独裁。

唐德刚说："民主应从守法开始。虽坏法尤胜于无法无天。"

唐德刚还多次引用杨度的一段语录："盖立宪者，国家有一定之法制，自元首以及国人，皆不能为法律外之行动。人事有变，而法制不变。贤者不能逾法律而为善，不肖者亦不能逾法律而为恶。"贤者逾法律而为善是犯法；不肖者不逾法律而为恶不犯法不受处罚，干涉者犯法。

在《段祺瑞政权》里，经常可以读到作者"假如当时如此，以后历史将不一样"的叹息。比如他说假如张学良在张作霖被刺沈阳公祭时，拔枪干掉假惺惺前来吊唁的日本总领事，"近现代的中国史和世界史，都要改写了"。说到郭松龄事变，"当时若天如其愿，在东北取张而代之，则其后国民党的联俄、容共、北伐、清党一连串的历史故事，也都不会发生。今日的中国甚至整个东亚，也不是这个样子"。我很喜欢这种假如。我喜欢作者不是历史决定论者，而是历史假定论者，历史是面对多种可能性的选择。以此为据，所有历史人物都难逃最后的审判，因为正是他们的选择和作为，历史才成长成今天的模样。

"我和你困觉"

未庄的阿桂——或者叫阿贵——放下烟管,抢上去,对吴妈跪下:"我和你困觉,我和你困觉!"

这是鲁迅《阿Q正传》里最感人的场景,读过的人都忘不了。阿Q一瞬间甚得古法,用了一个经典的委婉语"困觉"向吴妈求欢。以"困觉"暗喻"性交",是各大文明体普遍的修辞习惯,至少有上千年的历史。阿Q用得妙,言简意赅,恰到好处。即便此刻文豪鲁迅亲临赵太爷家厨房,一同跪下,他也不会有更好的措辞。

推敲起来,这个放之四海而皆准的普世比方不算天衣无缝。"困觉"平和、安静、养生,性交激烈、忙碌、伤身。用困觉比喻性交,就像用和平比喻战争,用柿油比喻五毛,用杜鲁门比喻老西门,用牛鞭比喻党鞭,难称得体。

性交是个热门话题,困觉睡眠是个冷门话题——起码文化人很少聊到没有性交不做春梦的睡眠。鲁迅没有想到——阿Q更不会想到,时至今日,离性而立,不再为性交遮羞的睡眠在欧美已经成了堂堂正正的新学,借刘擎的话说:"正在进入文化研究的视野。"

从头说起,先要讲一下法国基佬福柯。在他之前,西方人文学科持身严正，选题考究，祭祀只供三牲，野鸡不入太牢。福柯以野狐禅说法，把传统菜单以外各种光怪陆离的题目带入历史文化研究。他写过两本别开生面的历史书：《癫狂史》和《性史》。从此以后，百味皆成正菜，杂拌就是主食。现在我们能看到：《餐饮史》《无聊史》《手淫史》《乳房史》《谈话史》《阳具史》《高兴史》《笑史》《脏话史》《名气史》《悲伤史》《品味史》……终于轮到了睡眠。

研究睡眠有两条进路。一是大思路，全局纵横，把睡眠研究和现代文明批判绑在一起。西左雅好此道。欧美的左翼学者说，睡眠是最具人性的自然行为，工业文明和后工业文明管制、压抑、摧残乃至企图最终消灭人类的睡眠。中世纪以上，人类睡眠上膺天命下接地气，日出而起，日入而卧，起卧应和自然。人类学调查揭示各民族都有郑重其事的睡眠风俗。古代西方将睡眠分为"沉睡"和"晨睡"两个部分。"晨睡"是从"沉睡"到苏醒的过渡期，可以安排各种活动，有晨祷，有占梦，有做爱——起床炮胜过起床号。中国古人讲究一天多觉，正觉叫"眠"，垂目坐寐叫"睡"。

工业文明扫荡一切睡眠风俗，制定统一、"科学"的普世睡眠标准。十九世纪出现了"八小时睡眠足够论"，立刻风行全世界。有意思的是，人造白昼——电灯几乎同时开始侵占夜晚。时至今日，"足够"的时间已经减到七小时、六小时、五小时。各国军事部门研究抗睡药，打造无眠无休的超级英雄，这已是公开的秘密。

英国的拉拉女作家简奈特·温特森模仿《1984》写过一篇《消失》。在她的反面乌托邦里："所有的招募广告都要求求职者不用睡觉。睡眠肮脏、污秽、浪费、耻辱。公共场合一律禁止睡觉，在公园长凳上打个盹处五十英镑罚金。你可以在自己家里睡觉，但根据法律床垫内必须内制个人闹钟。如果床检时发现你的闹钟坏了，还要罚你五十磅。处罚累计三次，你将被剥夺一年的睡眠。"

西左的理论向来孤芳自赏脱离群众。但这一次，如果他们用"睡眠"当作斗争纲领，一定能组织起空前庞大的统一战线。他们的口号应该是：全世界的瞌睡虫，联合起来！你们失去的只是闹钟和 MORNING CALL，你们得到的将是美梦、晨勃和自然醒！

睡眠学除了大思路还有小理论。小理论研究的是当下睡眠的社会学、心理学和政治学。

举个例子，当年吴妈拒绝了阿 Q 困觉的请求。不过她要是知道阿 Q 后来名气这么大，《阿 Q 正传》成了世界名著，她说不定会同意合欢，也让自己在名著里多占点篇幅。

云雨过后，两人同被而卧。这时候，睡眠小理论的学问就能派上用场。这些学问研究的正是性生活以外的床上活动。

假定两个人真的困了，都想分床睡个好觉，又怕急忙下床扫了对方的兴致，不好意思先开口。研究证明，阿 Q 此刻如果主动、得体地建议各自回家、微信联系，并让吴妈欣然接受，他将取得两人关系中的支配地位。这是合睡关系中的政治学、权力学。

还有一种可能，两人商定共度良宵相伴入睡。以心理学的立场看，这种无性的同床极其可怕，是双方赤裸裸的相互人格测试，直截了当，没有退路，不留一点转圜的余地。这种人格测试甚至不用任何语言。阿 Q 内心浪漫，在土地庙睡觉也要搂个板凳，是温柔的"抱抱"族——需要和爱人依偎而睡，小孤孀吴妈却是个自起自了的女汉子，孤单党——睡眠需要不受打扰的自我空间，一张床上两个人的睡姿将如何协调？他们的亲密关系很可能就毁在这一夜的体位冲突上。研究证明，很多以性事不谐为理由分手的怨偶，真正不谐的却是性事以外的睡眠关系。即便在床上，性也算不上生活的主旋律，困觉才是硬道理。

胸器如何成为凶器

网络新词通常尖刻、冒犯、粗鲁，文雅含蓄的不多，"胸器"可以算一个。以"胸器"代称乳房，尤其是女性豪乳，端庄礼貌下埋伏不太伤人的小小挑衅，素面荤底，有点英式幽默的味道。美国资深科学女记者弗洛伦斯·威廉姆斯今年出版新书 *Breasts: A Natural and Unnatural History*，如果有人要译成中文，我强烈建议将书名定为《胸器：乳房的自然史和非自然史》。这个书名会很合作者的本意。

乳房应该是谈论最多、浏览最多、迷念最多的人体器官，不过它是在"咪咪"或者"大咪咪"的意义上受人关注或观注。夸张的说法是，男人脑中每隔七秒钟就会浮现色情画面，这些画面里多半会有一对豪乳。威廉姆斯并不想跟着臭男人物化女乳，她的新书正经地学术地研究乳房。作为学术研究的对象，"胸器"听起来比"乳房"更舒服。

人类曾经有过朴素的天真年代。那时候，人们真的是把乳房当胸器来思考，毫无情色意味。十四世纪，被称为"法国外科手术之父"的蒙德维尔写信给法国国王，专门讨论乳房问题，他的题目是：为什么与其他动物不同，人类的乳房长在前胸？他的答案是：第一，胸部高贵、醒目、贞洁，乳房驻扎胸部，能够正派地展示；第二，乳房下面是心脏，心脏温暖乳房，乳房温暖心脏，互相提携，各自强化；第三，乳房覆盖全胸，温养胃脏，健胃强胃。这一条只适用于巨乳的主人。

威廉姆斯的新书里有不少一般人未必知道的胸器数据：女性乳房的平均重量约454公克，一磅；世界上最大的经过整形填充的女乳的尺寸是38KKK，双乳各重21磅，每只容积有2.6加仑；大多数女性的左乳比右乳大9%……

网络文学家创作"胸器"一词，有个文字噱头，它和"凶器"谐音，表达豪乳对男性的杀伤力。有意思的是，新书《胸器》出人意料地揭露"胸器"或许真是"凶器"，它引发了西方学术界的男女混战。

传统的欧美人类学，被男性学者或男性思维主导，普遍认为乳房是女性身上的性感标志，用以召唤激励男女性事。如果乳房丰盈坚挺结实，表示女性年轻、健康、适合交配生育。如果乳房萎靡不振，表示女性年老衰弱，性力不足。女性乳房，正是以性感为进路，不断进化壮大，发展到今天让人目眩神迷的地步。

而近年来日益强势的女性或女性主义人类学家，对此嗤之以鼻。她们觉得这种色情狂的说法完全不符合事实。女乳最大最结实的阶段，是女性的怀孕期和哺乳期。怀孕期和哺乳期，是女性的断偶期，绝不会是女性积极的寻偶期。大量的女性生育后依然有完美的胸型，胸器形状不足以判断女性的年龄和健康。女性乳房的自然进化，不是为了取悦男性色鬼，而是便于养育后代。比如乳房的形状会越来越利于婴儿的吮吸，锻炼他们的嘴部肌肉，开发他们以后的说话能力。女乳成为性感乃至色情的符号，以其说来自自然的进化，不如说出于非自然的文化选择。

在与西方不同的文化传统里，乳房以往并不是女性魅力的象征。日本人欣赏细长光滑的颈部，中国人则变态地喜欢小脚。即便在欧美，乳房狂热也只有不到百年的历史。威廉姆斯说，当代的乳房性感和胸器美学，是好莱坞与女性内衣制造业、美容整形界的三方合谋。二次大战后，新材料的使用，令女性内衣很容易塑造雄伟壮硕坚挺突出的胸型。接着又出现硅胶丰胸技术，让豪乳从天赋异禀一跃成为新兴产业。与此同时，好莱坞不遗余力地在它所有影片中炫耀巨胸美学，终于从上个世纪下半叶开始，"大咪咪主义"君临天下统治一切。

中国的老话说，袈裟未着愁多事，着了袈裟事更多。在威廉姆斯眼里，没有大胸叹命苦，大胸装上苦更多。西方现在的大奶文化，坐实了"胸器"就是"凶器"。豪乳是许多女性伴身的定时炸弹，它随时爆炸。这就是发病率排名第一的恶性肿瘤乳腺癌。

威廉姆斯坚信，乳腺癌和"大咪咪主义"以及日新月异的女性巨乳有直接的关系。统计数据说明，美国女性的胸围越来越大，胸罩的平均尺寸已经从 34B 上升到 36C。乳房越大，癌症的风险越大。人类乳房的脂肪含量是哺乳类动物之最，也是人体器官里脂肪组织之最，"风干了就是一块黄油"，较大的乳房更是集中了高浓度的脂肪腺。人体中的各种毒素趋脂若鹜，储藏在脂肪细胞里。巨乳就是一个巨型的毒品仓库。它不仅会发动女性自身的癌变，还会通过乳汁传染给婴儿和贪嘴的丈夫。

以我浅薄的知识和经验，根本没有资格判断威廉姆斯的对错。我的感想是，人类学这样一门准科学、半科学，也会如此主观，区区一枚胸器，公有公理，婆有婆理，闹到不可开交。

事后诸葛亮

王自如君：

还有两个月二〇一四年的日历就要翻完。到了年底，总会有一批闲人盘点年度之"最"。乘他们还没开张，我先冒叫一声：本年度最有原创性的本土视频节目，是八月二十七日你和罗永浩的现场 PK。我不觉得未来两个月会有音影奇观超过你们的约架。

你们这档制作粗糙、视听质量恶劣的节目应该是近年来少见的最有诚意的视频真人秀。罗永浩为他锤子手机的声誉而战，你为你手机测评的公信力而战。利益攸关，说到底，谁都不能和钱过不去，双方必须表现——或表演——出最大的诚意。

如果像足球世界杯那样事前开出盘口，我会花两百块钱买你小胜。你像一个高科技恐怖主义袭击者一样拎着沉甸甸的金属箱步入会场时，我猜你信心满满，期待把金属箱里的证据劈头盖脑地砸向罗永浩，大胜而归。可惜，你连开箱的机会都没等到就已完败。

你应该赢啊。自从罗永浩宣布锤子手机是"东半球最好用的智能手机""全球第二好用的智能手机"，恶心到了那么多非锤子手机用户，人心和天理就站在你这一边。我猜你也是被他添油加酱的宣传激发敌忾之心，起意测评，还真的找出了一堆毛病。比如他当场承认锤子是最易碎的手机。

你怎么会输？是辩论功力不够吗？未必。的确，老罗口活天下第一，辩才无碍，中土互联网内不作第二人想。但你们这次 PK 有诚意，讲事实，摆证据，辩论的修为不是决定因素。

走进优酷的演播室，你肯定想赢。但怎么赢，赢什么，你看上去没想明白。对前期测评结果的解读可能让你过于乐观，你觉得锤子踩着及格线过关，一身毛病。你的策略是一条条展示毛病，累进聚势，最后把罗永浩打趴下。你想大胜。

大胜意味着什么？大胜意味着把锤子赶出市场。这怎么可能？！大胜必须测出锤子手机致命的缺陷。你的测评结果没有一项是致命的。罗永浩的问题最多是把六七十分的商品吹嘘成九十分、一百分。他的产品绝不至于掉到三四十分。这毕竟是一个有近亿元资金支撑的产品。你过于低估对手。另外，你没有考虑到你的测评结果也需要测评，它们并没有你想象的那么可靠。

好比德国足球队和中国足球队比赛，德国队只存一比零小胜之心，那它稳操胜券。但如果它非要赢中国队一百个球，打得中国人从此终身不言球事——那输家肯定是德国人。自如君，如果八月二十七日的 PK 中，你在一百三十八个 OK 后面始终跟一句："罗老师，我只是想请您收回'东半球最好用的智能手机'这句话。""罗老师，以后不要再说'全球第二好用的智能手机'，好吗？"攻击集中在锤子的虚妄宣传上，你不会输，还会赢得相当从容。

还有，你在这场 PK 中显得不够坦率。坦率是这一类谈正事节目的要点——小老百姓生活中生意就是最大的正事——也是辩论的一个胜点。罗永浩有备而来，足够坦率。他对那些无须争辩的错误认得很痛快。你却时时闪避，常常推诿，不敢直面挑战。罗永浩质疑你有意在"黑"锤子，你其实可以直接回答：第一，测评一事，只问结果，不问动机。结果有错虚心受教，动机不用深究；第二，你确实不满意锤子的宣传，测评确实想挑毛病。你假如在 PK 中坦诚以对，你的失分不会这么多。

好的作品不但说事，而且出人。PK 视频中，你和罗永浩的个人形象十分鲜明。你不失小清新——尽管清新对生意人来说，是个很坏的形容词。罗永浩放弃情怀，但懂规矩。所以你现在的融资能力，和他要相差几个数量级。

未来你也许成功。那时候，十有八九你更像今天的罗永浩。弯曲的环境里长不出直木。能够用悲观的态度，做乐观的事业；以消极的道德，开拓积极的人生——在当下中国，已经是上上之选。

以上都是事后诸葛亮，局外明白人的风凉话。听过就算，不听也罢。

小宝

高飞

九把刀老弟：

我们没见过，托大叫你声老弟。

多年前常和国内的出版商来往，我曾经向他们推荐过三位台湾作家。推荐时并不认识这些作家，只是读过他们的作品，感觉他们的小说能卖，甚至大卖。

按照时间顺序，我推荐的是痞子蔡（《第一次亲密接触》），王文华（《蛋白质女孩》），九把刀（《楼下的房客》）。

出版商拿下《第一次亲密接触》，《蛋白质女孩》被其他出版社捷足先登。轮到九把刀，出版商说，他的版权很乱，不知道他们拿不到，还是根本没拿。

和痞子蔡吃过几次饭，他当时还是个有些腼腆的工程师。与王文华后来成了好朋友，这几年来往少了。他有时会寄来他的新作，附上问候的短札。我手边没有他的地址，无法回覆。我一直好奇他的性向，感觉他假如是个 gay 一定很棒。他可以取代蔡康永的地位，成为台湾的出柜一哥。比较而言，王文华有书生气，有原则，蔡康永狡猾曲折地像一个直男。过去蔡康永演讲，说自己叛逆，非主流，看看他现在却商业主流得令人作呕。他那么爱护、迎合他的大陆市场，不敢有丝毫的挑战和冒犯。他毕竟是上海人的孩子。上海小囡，往往把撒娇当作叛逆。

上面是题外话。我想说我至今仍然很遗憾当年没能促成你在大陆的惊艳亮相。在我知道的台湾作家里，你称得上故事圣手。你自许"华文世界中书写幅度最宽阔的小说家"，绝非虚言。你的言情故事、惊悚故事、奇幻故事成就不俗，在华语写作圈自成一格，和亚洲的同类小说比也不丢脸。看你的故事，有点像在看设计精巧、推进利落、对白聪明的好莱坞电影，舒服、舒畅，没有一点阻碍，没有任何皱褶。对了，去年大火的《那些年，我们一起追的女孩》结尾处理，即便放在好莱坞，也是一个以智慧取胜的优秀桥段。

你的文字也相当不错，直接、流畅、有想象力。最初接触你的作品，看你写一个中年色鬼：和女子发生不正当性关系时，"脸上的表情迅速衰老"，感觉是个妙句。前几天网上有内地作家何安为自己恋情辩护的报道，作家的语言凌乱，思路陈旧，很难听得出他是个写作人，不由令我想到一年前你在电视上的狡辩：男人天生两只手，所以要一手牵一个女孩。作家的狡辩就应该这么精彩。

我知道，你在台湾有庞大的粉丝军团，但在文学长老院并不讨喜。喜欢你的人，吹捧很肉麻，不喜欢你的人，冷漠很无礼。你在两极的拉扯下，摆出一副很江湖的挑衅姿态。其实，以你对自己的期许——成为最好的故事大王，你现在不必太刻意造型，你的故事需要可以飞得更高的翅膀，这或许是你最该用力的地方。

你的故事非常流利。这是优点，也是缺点。我猜你真正的写作导师是北美电影和东亚漫画。这是两个受到市场广泛认可的娱乐品种，它们对观众反应有准确地预计，对叙述结构有精确地布置，对各种细节有周到的讲究。它们是设计最好的文化产品。

但是，设计师不是艺术家，设计不是最高级的艺术。面向市场的电影、漫画和高级艺术的区别在于它们不敢面向缺乏销售可能的真实人生，不敢表现无法用设计控制的真实人性，不敢用想象把人性推向极端。电影、漫画的人物塑造相对单薄，非黑即白，没有灰色的思考和表达。

你的作品同样是设计感强烈高级的娱乐故事，可惜它们还不是更高级的文学故事。你写了五十几部小说，却没有留下一个值得再三追问、反复讨论争议的人物。热血是你作品的一大特色。年轻真好。四十岁以前，狗血都能以年轻的名义幻化成热血。但是，四十岁以后，再多的热血也会变成狗血。杰出的成人作家，理应以更成熟复杂的智慧写作。

一个伟大的攀登者，并不意味着他爬过所有两千米以下的山包。他必须至少有一次海拔八千米以上的尝试。你要争取故事界帝王的荣耀，你应该有你自己的《天龙八部》，有你自己的《狗镇》。

不要和永远在平地上溜达的同胞比较。他们不是你的标准。老弟。

小宝

大家要有大荒唐

溥心畬先生：

　　一九二八年，国民政府定都南京，北京改名为北平特别市。北平不再是政治中心，却是文化重镇。国际人士称它为"中国的波士顿"，大学林立，文风昌盛。

　　您是民国北平最重要的文化人物。您是晚清恭亲王奕䜣之孙，前朝遗民。清帝逊位后，您奉母避居西山戒坛寺，读经临画，蓄德修业。十三年后，您重回恭王府萃锦园，以诗书画名动北平。民国初年的国画大师，有"南张北溥"之说，"南张"是大布衣张大千，"北溥"就是您——旧王孙溥心畬。张大千对朋友说，当世国画大家只有两个半，一是溥心畬，一是吴湖帆，半个是谢稚柳。

　　您是中国文人、画家中难得的清贵之人，并不为书画见重于世自喜。书画对您来说，余事而已。您以王孙的身份自重，以治经为第一大事。"九一八"事变后，溥仪当了满洲国的伪皇帝，您作《臣篇》上告家庙，向列祖列宗宣示您的凛然大义："未有九庙不立，宗社不续，祭非其鬼，奉非其朔，而可以为君者也。"这是您读经成就的浩然正气。

　　毫无疑问，您是中国现代文化史上的大家。现在说您是大家，我觉得都有点辱没您的声誉。当下有多少装神弄鬼之人，以"大

151

家"自居，或以"大家"相互吹捧。他们的成就、志节，根本不能与您同日而语。

不过，我并不想多说您了不起的成就，我想谈一点您的尴尬和唐突，我觉得那更有意思。

您在自述中说："余十九岁，奉母命留德求学，二十二岁柏林大学毕业后，返家省亲，完婚后二年，再度留德，入研究院，归家后奉母隐居马鞍山。"您说您得过柏林大学天文及生物两项博士学位。

您留学德国并获双博士一事，在您生前身后，引起不少人的兴趣。在您身后，有好事者多方查考，广搜证据，最后言之凿凿地确认，您自述的留学德国之事子虚乌有。您没有去过德国，也没有得过博士。

如果您从未留学德国，为什么要编造这一段经历？您早已作古，无以解答，后人只能揣测。以您出生五个月光绪皇帝即赐与头品顶戴的王孙之质，肯定不会有拿德国博士自炫的虚荣，事实上，您生前也从未用此自誉。或许，您是不满意当时欧洲流行的各种新学问、新思想，想用中国传统的天道观念去与欧洲新学作一辩难——您说您得到的是天文学博士——从而虚构了这一则故事。

或许，这就是您生平中的一次大荒唐。您是生于公侯之家的天才画家、诗人、学问家，是宋徽宗、李后主、唐明皇一流的人物，天赋异禀，用曹雪芹的话说，兼具"聪俊灵秀之气"与"乖僻邪缪之态"。您可以无师自通深得古人画意而卓然成家，也可能忽坠谬道生出种种匪夷所思的念头。留学德国，治学柏林，是您虚妄的悬想。

中外古今，造诣至深成就极大之人，往往毛病也不小。极端地说，天才必生妄念，大家要有荒唐。用寻常人的世俗标准做规矩，会磨灭天才扼杀大家。清明之世，要善待谬妄的天才，荒唐的大家。

所以，我要说，您还算幸运。虽然您有坎坷，有不快，一生寒素，家无积财，但您的朋友、弟子给了您格外的尊敬和宽待，他们包容您的种种不是，尽量让您远离俗世的骚扰，终身悠游于学问与艺术之境，与世无争。即便在您身后，当好事者将质疑您留学德国的证据一条条摆出，热爱您的研究者毫不留情地反击，语气激烈。您的传记作者，不约而同地几乎都用审慎的态度，温和的措辞处理这些尴尬。台湾的王家诚先生，在他的《溥心畬传》中，煞费苦心地用"悬案"来标记此事。

我很难想象您落到当下——比方说，落入今日微博的世界。那种党同伐异的恶斗，无事生非的戾气，吹毛求疵的严酷，会全然摧毁您敏感、任性、脆弱，有时难免虚妄的艺术家的灵魂。一个粗糙的、自以为是的时代，养不出娇嫩、清贵的艺术和艺术家。您五十年前已归道山，也算是您的大幸。

小宝

153

第六章

陈伯伯

英语"morning glory"是什么意思？

查字典，是牵牛花的俗称。不过哪天一堆男人聚在酒吧聊到 morning glory，他们肯定不是在交流园艺心得。牵牛花凌晨四点开花，男人的 morning glory 就是晨勃。晨勃的英文学名是 Nocturnal Penile Tumescence（夜间阴茎粗大——夜大阴），最常见的叫法是 morning wood，直译应是"晨杵"——古语说"断木为杵"，国内聪明的网友译为"陈伯伯"，对看"大姨妈"。

齐泽克曾有一问：世界上什么东西最轻？自答：鸡鸡，因为光有想法就能把它举起来。他编这个段子时陈伯伯不在：其实连想法都不用，做着梦就能举。

陈伯伯的科学道理到现在还没有完全查明，比较可靠的是观察纪录：它在夜间快波睡眠时发生，一夜能有四五次，凌晨之际牵牛花开持续时间一般一两小时，可以长达几个钟点。很多人都有孤阳独亢掀翻被窝顶着油门起床的经验。

有一派哲学以为任何事物发生都会有它的用处。按照国外一些认死理的朋友解释，早上起来夹着根晨杵看似不雅，实则有用。你忙着梳洗，刷牙剃须时，可以把洗脸毛巾搭在上面，非常顺手。赶着出门上班，穿衬衫系扣子，领带先挂一下下。

探讨机理的一派人士说，睡眠时，大脑放松了对体内激素和机能的控制，鸡鸡自行充血充氧，就像大户人家的佣人半夜偷吃老爷的参汤和太太的燕窝，把自己吃了个红光满面。比较认真的科学家断定，晨勃和一氧化氮有关。人体内的一氧化氮是好东西，睡眠时一氧化氮相当活跃。它替人体管理中枢传达放松肌肉舒张血管的指令，让血流顺畅。神经系统的细胞向会阴部释放一氧化氮，增加那里的血流量，令小弟弟满血而起。其实誉满天下的"伟哥"的原理也是增强一氧化氮的效能。

有一个很有意思的网站，叫 Science for the Curious Discover，普及一些文理兼顾的最新科研成果。上周它刊登了一篇文摘，介绍范德尔（Van Driel）博士新出炉的论文《历史上的晨勃》。这篇论文登在《性医学》杂志上，范德尔是荷兰年轻的科学史学者。他检阅了从古至今关于晨勃的各种记载。

范德尔依靠的文献，不仅仅是古医书，还有大量的宗教档案。陈伯伯在欧洲，既是医生照顾的对象，还在宗教界出没。有关晨勃的故事能够往上追溯到公元前，千奇百怪，但完整的医学观察直到上世纪四十年代才由德国科学家完成。两千多年来，拿晨勃做文章的大多是正经医师之外的神棍巫师、哲学家、神学家、宗教法庭的法官执事、心理分析师等社会闲杂人员。

中世纪特别来劲的是宗教界大佬。一是神学家，他们以陈伯伯为例，说明灵肉对峙天人交战是何等严重的大问题。即便白天修养不错自律甚严的教徒，夜晚睡眠中也会勃起，也会梦遗。认真严肃的神学真理部领导，把勃起的阳具看成罪恶肉体叛变圣洁灵魂的战旗，看成灵魂屈服于肉体的降旗。领导自己是双骑镇刀客，恨不能立刻亮剑出刀，将双旗一割了之。

一般来说，抓理论的比较严格、比较求全责备，搞实务的比较宽容、比较通情达理。陈伯伯也是中世纪宗教法庭的常客。法庭领导邀请陈伯伯到庭，初心可对日月，有实事求是之意，无吹毛求疵之过。

当年的欧洲婚姻法条中有一规定：阳痿不举可以成为离婚的理由。但告诉或自诉阳痿不举，很难提供确凿的证据。于是，法庭领导想出了一条妙计。他召集神学理论工作者、医生、助产士组成了一个陪审团，半夜开进当事人的家里，围坐在当事人（通常是被告）床边，目不转睛地注视着被告脐下三寸之地。他们默默地坐到天明，等待陈伯伯像圣诞夜的 Santa Claus 爷爷一样悄然现身。等不到，不举之诉便能成立。

陪审团的工作热情后来不断高涨，当时大概没有更好玩的夜间高尚娱乐活动供这些正派人士消遣。他们说，正常人也不见得夜夜勃起，单查陈伯伯不足以定案。干脆让当事夫妻云雨一番，他们照样严肃围观，如实纪录，把最后判决做成经得起千秋万代检验的铁案。陪审团改革获准，围观人数进一步扩大，陪审团改名叫"会议"（congress）。会而观之，观而议之。

到了十七世纪下半叶，"不举离婚"的法条被废，围观活动随之取消。估计已经看上瘾的神学理论工作者很不开心，正式发文把晨勃列入手淫的同类。手淫在中世纪是一项罪名，陈伯伯由此也成了坏分子。三百年后，陈伯伯的冤狱才得到平反。科学家宣布，陈伯伯是保护男性海绵体的功臣，人民感谢你。陈伯伯终于回到了人民的怀抱。

自欺欺人

《倚天屠龙记》里，殷素素自杀前低声对儿子无忌说："孩子，你长大了之后，要提防女人骗你，越是好看的女人越会骗人。"后来武功通神的张无忌一生就在这句有关欺骗的遗言阴影中挣扎，左顾右盼优柔寡断，像个轻度忧郁的知识分子。

如果张无忌活到今天，能读到美国社会生物学家罗伯特·特利弗斯的近著《蠢人愚行——人类生活中欺骗与自我欺骗的逻辑》，他或许会豁然开朗。作者将告诉他，欺骗是生物的通则，欺骗保障生物的生存繁衍。

比如兰花。兰花是虫媒花，需要昆虫——狂蜂浪蝶传递花粉。一般虫媒花会以花蜜吸引蜜蜂，花蜜也是给蜜蜂的酬劳。但蕙兰有蜜点有香气却无花蜜。它装成花蜜丰富的模样，诱骗蜜蜂一头撞入。蜜蜂遍寻花蜜而不得，再飞出去时已身沾花粉为蕙兰做义务传送。差不多有九千种兰花会这样行骗。自然界里有一种鱼，头部和尾部长得极其相似，面临攻击时，敌人常常会错认头尾，让它从容转身逃逸。

人身的生物属性也有种种招数。排卵期的女性，腰臀比例悄悄地发生变化，凹凸有致格外撩人，吸引男性乘时播种。

这些浅白的例子，估计张无忌能够听懂。哪怕他从元末直接穿越过来，没受过任何应试教育。特利弗斯和张无忌应该很投缘，他在美国学界可不是个善茬儿。他几乎就是美国学者里的金毛狮王：混过社会，打过架，进过疯人院。但他博学、聪明，心存正道，天分极高，晚辈都很尊敬他。他的好朋友纽顿是美国黑豹党的党魁。在美国老百姓的眼里，黑豹党是个大邪派。纽顿是特利弗斯女儿的教父。

这些和特利弗斯学问的关系不大。特利弗斯一生学问精华，《蠢人愚行》中最别出心裁的说法，也是全书文眼所在，现代文盲张无忌未必能懂：人类以外的世间万物会行骗，却不会自欺。人类的特点是自我欺骗胜过欺骗。自我欺骗就是拒绝正常的理性、意识提供给我们的真实信息，而依据错误混乱的信息作出判断形成决定，这些错误混乱的信息来自我们的无意识和偏好。从人类进化史的角度看，自欺已经成为我们的基本人性。自我欺骗并不只是让自己感觉良好的自我保护，而是自然选择赋予现存人类谋利的武器。

特利弗斯手上有无数自我欺骗的例证。学校调查，百分之八十的学生认定自己比一半以上的同学优秀。学界调查，百分之九十五以上的学者认定自己比一半以上的同行优秀。有一个实验，每个参与者都拿到若干张自己的照片，其中只有一张是真实的，其他照片都用电脑修过，或者美化，或者丑化，修片的程度不同。实验要求参与者挑选一张最真实的照片。几乎每个人挑的照片都比自己好看。

殷素素说，女人会骗人。特利弗斯说，男人更会自我欺骗。有一个数学竞赛，参赛者可以选择不同的奖励方法。第一种方法是答对有奖，多对多奖，少对少奖；第二种方法只取第一，奖金通吃，第二以下分文皆无。选择第二种方法的女性比例是百分之三十五，男性比例是百分之七十五。男人对自己的体力和智力通常估算过高。

心目中只有自己认可的事例和解说，全然不顾各种反向的证据，爱之一切皆是，恶之一切皆非。这是自我欺骗的一种基本形式。特利弗斯称之为"偏好确认"（confirmation bias）。另一种自我欺骗的基本形式叫"编故事"（false personal narrative），虚构自己的不凡经历，把自己安排成大事变中的重要角色。

人为什么要自我欺骗？特利弗斯说，人类的进化史表明，人是社会性的动物，合作互助是人类进化的基调。"你给我挠痒，我给你取暖"是人类进步的交往形态。几百万年的进化，让人类身体的基本构造适合诚实，不适合欺骗，说谎令人不自在。当我们欺骗别人的时候，说话结巴，手心出汗，心跳加速，血压升高，面部潮红，肌肉紧张，胃部痉挛，记录皮电感应的测谎仪将发出尖叫。欺骗需要大量体能，消耗蛋白质，损害免疫系统，让身体虚弱。经常行骗对身体的伤害，大概等于吸毒加酗酒加连续性爱，能使人极度衰弱。但是，欺骗能给我们带来巨大的利益，让我们面对央视采访时毫不心虚地说"我很幸福"。怎样才能协调身心和利益之间的矛盾？我们需要自我欺骗。自我欺骗令我们先坚信谎言，再去欺骗就毫无窒碍一往无前，身体的各种有害反应再也不会出现。自我欺骗能让我们身心愉快地去欺骗获利。

特利弗斯也许不懂中文，他可能不知道中国有句成语能最简洁地总结他的理论——自欺欺人。为了欺人，所以自欺，自欺一成，便能欺人。特利弗斯写下一模一样的英文：trick yourself to trick another。

我们生活中遇到的行骗为生的小骗子，一般都面有菜色印堂发黑苦逼模样。而那些大言不惭欺世盗名的混客却唇红齿白一脸自信口若悬河文化苦旅——我忍不住又要说到余秋雨大师了，我觉得他是当下中国自欺欺人的样板。

美剧《傲骨贤妻》里的男主角在最近一集中有一段特别精彩的台词："我可以信任毒舌和骗子，但我绝对不会相信伪君子，因为他们根本不知道自己在说谎。他们才是最危险的谎言家。"我猜编剧写下这段台词时，正在读特利弗斯的《蠢人愚行》。

夏娃还是女娲？

一项世界各国青少年智力调查报告说，中国孩子计算能力排名第一，创造力排名倒数第五，想象力排名倒数第一。多年的应试教育终于有了结果。想象力原来是中国古人的优势，如今被不肖子孙败坏殆尽。

如果中国古人参加想象力比赛，他们不会输。想象力并不是编造弥天大谎的能力——说瞎话的本领我们现在也不差，足够进入世界三强，不必妄自菲薄。高明的想象力在于它能够刺破未知的迷雾，用头脑风暴吹散蒙蔽的浮云，以奇思异想的故事启示真相。虽然真相的科学见证，可能要在几千年以后。

各民族都有自己的创世神话，这是对各种文化想象力的考试。创世神话中几乎都有灾难记忆，现代科学的发展可以据此给各民族的想象力打分。

地球上出现人类至少已经有几百万年的历史。几百万年来，人类发展一波三折，步步惊心，九死一生。人类曾经遭遇——未来可能还会遭遇几乎是灭顶之灾的劫难。西方纪录中诺亚的传说最有名。《旧约》的版本说，上帝要惩罚人类，毁灭万物，只救了蒙恩的义人诺亚一家。它让诺亚全家躲进方舟，带上洁净的畜类七公七母，不洁净的畜类一公一母，空中的飞鸟七公七母。然后，地泉裂天门开，豪雨连降四十昼夜。大水淹没了最高的山巅，方舟以外的生物，悉数死亡。大水一年后才退净。

中国的故事叫不周山。根据《山海经》《淮南子》的说法，不周山应该是柱天之山。"共工与颛顼争为帝，怒而触不周之山。天柱折，地维绝，天倾西北，故日月星辰移焉，地不满东南，故水潦尘埃归焉。"天塌一边，日月星辰移位，地陷一端，河流山川变向。

诺亚传说和不周山故事，哪一个离真相更近？现代生物学已经提出证据：人类一度大量死亡，曾经到了命悬一线的危境。生物学家发现，人类的遗传基因过于相像，人类的基因差异甚至比黑猩猩的基因差异还要小。以分子生物学的观点看，这是一种明显的进化瓶颈现象（genetic bottleneck），它表明曾经有一场大规模的灾难，令人口大批死亡，人类数量急剧下降，多样多元的人种消亡，丰富的人类基因转为单一。科学家估计，在五万年到十万年前，人类曾濒临灭绝。人口最稀少的时候，人类的祖先的数量最少只有三千人，最多不过一万人。换句话说，我们中小学课本至今仍然津津乐道的元谋人、北京人，他们早就在那场灾变中——更有可能在灾变前断子绝孙。他们是这块土地上遥远的过客，和现代中国人一点关系也没有。

科学界的大多数人相信，那场灾变就是七万五千年前印度尼西亚苏门答腊岛多巴超级火山的喷发。这是近三十万年来地球火山最猛烈的一次喷发。多巴火山连续喷发七天，山崩海啸，火山灰遮天蔽日。它直接导致十年的"火山之冬"以及后来的千年寒冷，造成巨大的生态灾难。植物毁灭，动物死亡，热带雨林和季风区严重干旱，人类的食物供应基本断绝。1993年，科学记者安·吉本斯提出多巴灾变理论，第一次把多巴火山喷发和人类进化瓶颈联系在一起。他的想法得到广泛的响应和论证。

由此看来，诺亚传说在大难后物种消亡人口下降的想象上比较明确。但对灾难本身的想象，不周山故事的山摇地动比诺亚传说的豪雨如注更接近事实。灾变想象，中外打成平手。

在人类始祖的想象上，中国古人比域外先贤更胜一筹。西方最流行的始祖版本是亚当夏娃，传说里中国人的源头是女娲造人。

当代的分子生物学、分子人类学，已经能够相当确切地追溯现代人的起源。每个人身上的细胞质里，都有分解食物提供能量的线粒体（mitochondrion），线粒体里包含线粒体基因（mitochondrial genes），这些基因来自母体，不会重组，是目前追踪母系血亲最可靠的材料。上世纪八十年代末，科学家利用线粒体追踪，确定全世界所有现代人的祖先，是二十万年前生活在非洲的一位妇女，她是现代人类的共同祖母。十三万年前，非洲老母的一部分后人离开非洲大陆，扩散到全世界。和她同时，或者比她更早，一定还有其他人的血脉存在，但最后人类只有这一支活了下来，成为我们。

对照中外古人的想象，科学家最终的发现是一个女人，而不是一个男人一个女人。她应该是女娲，不是用亚当的肋骨制造的夏娃。

后来中国学者用大量的研究证实，现代中国人都是这位非洲老母的子女，现代中国人起源于非洲。几万年前，他们经由东南亚进入东亚大陆。

可惜的是，我们的历史教科书对这个成熟的科学发现视而不见一声不吭。只有我们的身体，无论它的基本肤色黄如浇蜡还是白似披霜，仍然顽固地保留一块灰黑的私处，悄悄地向非洲老母致敬。

后宫故事

一七八一年，莫扎特创作了他的第一部歌剧《后宫诱逃》。故事的背景是土耳其国王的后宫，西班牙贵族小贝的女朋友康斯坦丝——和莫扎特的未婚妻同名——被海盗俘获，卖到后宫。小贝孤身营救，功败垂成。最后宽宏大量的国王释放了康斯坦丝，小两口走出后宫，青春作伴好还乡。

莫扎特没有去过土耳其。这个后宫故事完全出于编造。十八世纪的欧洲，奥斯曼帝国苏丹（皇帝）的后宫故事，是文学艺术经久不衰的长青题材。它的题材号召力，相当于当下中国的阴谋《甄嬛传》加炫富《小时代》加陈冠希不雅视频。土耳其苏丹的后宫故事在欧美讲了一百多年，莫扎特、伏尔泰、威尔第都有传世名作。后宫女子的油画更是多到不可胜数。

后宫故事大致有两类。一类是歌颂后宫中的美丽女子，迎风流泪对月伤心，渴望爱情，但后宫无爱情苏丹非檀郎。最后要么逃出生天、要么鱼死网破。其间还穿插着绑架、权斗、战争、凶杀……《后宫诱逃》属于这一类。

另开一路的后宫风流传奇至今仍然影响着全世界的通俗文艺或低俗

文艺。这类故事的主人公通常是欧洲豪客，与土耳其苏丹混成了朋友。苏丹把他带进后宫，通宵尽欢。那里的皇家后宫基本上是一个金碧辉煌的大妓院，裸女、黑奴、戏水大池、做爱软榻……豪客像发情的公狗一样随便乱逛，边逛边上，朝议国事，夜御八女，八女都是苏丹的宠妃……

今日伊斯坦布尔托普卡比宫——二十五位土耳其苏丹的皇家大院——侧院后宫天天游人如织。西方想象强奸东方题材创生的后宫故事，还在为土耳其提供稳定的旅游资源。

当代的土耳其知识分子并不满意欧美文化精英的胡编乱造和随意糟蹋。我买到一本土耳其人编写的图书《神秘的奥斯曼后宫》，编写者是苏丹皇宫博物院的高管。编写者企图纠正谬闻还原真相。真相比传奇乏味，但若干章节还算有趣。

后宫虽然为苏丹的床第之欢而设，不过它肯定不是妓院。它更像一所女子高级党校。入宫女子日常功课就是学习宗教、语言、音乐、舞蹈、家政、穿着、仪容，还有潜移默化的宫廷政治。后宫女子的出路是攀爬到后宫等级的高位，甚至最高位。

后宫女子分为四等。宫奴（Cariyelik）、爱妾（Gozde）、贵人（Ikbal）、夫人（Efendi）——这是我根据英文解释胡乱译的，不知道中文有没有专门译法。夫人就是皇后，奥斯曼帝国的苏丹可以有四个皇后，真的有过后宫出身的皇后。后宫的真正主人还不是苏丹，是苏丹的母亲皇太后。皇太后在后宫一言九鼎，高兴了还要干政。奥斯曼帝国历史上有名的"女权时期"，就是苏丹的老娘后临天下。

后宫警卫是太监。太监分黑白两道，白人太监和黑人太监。有意思的是，黑人太监在奥斯曼帝国位高权重，黑人太监大总管的干部级别在百官之上，仅次于大维齐尔（宰相），而他的实权有时候还凌驾首辅。

十六世纪后，黑人太监还组织互助会，入会的兄弟必须互相提携。那时候的奥斯曼帝国想必没什么政党，这个太监互助会可以算史上首例半个执政党。

黑人太监得势源自去势，成功的秘密很简单：身体好。最初白人太监在后宫里的地位更高，黑人看大门，白人守中门。后来白人的劣势慢慢暴露：身子弱，不经阉。后宫的阉割分三种：阴茎阴囊一割了之；只去阴茎不问其他；只去睾丸不问其他。通常施行的是去茎术。白人经此一割，全体崩溃，没多久大批死去。黑人大势已去却健壮入昔，非但健壮如昔，有些人被割净的凡根还会重新生长。所以后宫的太医定期体检黑人太监，一旦发现凡根萌动，立刻遣散。

西方关于土耳其后宫的种种传言，有好有坏，未必都是诋毁之言。《神秘的奥斯曼后宫》闭口不提希尔克斯人（the Circassians）的传说，那可是欧美风行的土耳其后宫传奇的重点之一。

当年奥斯曼帝国横跨欧亚非三大洲，富有四海，万邦来朝。它国运昌盛四百年，后宫佳丽来自四面八方。北高加索地区的希尔克斯就以盛产后宫美人著称。到了十九世纪，土耳其后宫的希尔克斯佳丽是天下第一美女成为欧美文艺娱乐圈的定论。美国商人举办过希尔克斯美女展，活色生香的真人展览，参展美女据说有土耳其后宫的血缘。十九世纪风行的人种学据此命名高加索人种，宣布希尔克斯人最接近上帝的人类版本，"最纯粹、最美丽的白人"。希尔克斯女性、格鲁吉亚男性被封为白人尤物之冠。这个传说土耳其人并不急着澄清。

野性的德国名伶娜塔莎·金斯基一九八五年拍过现代版的《后宫》，讲一个纽约的美貌金融交易员被绑入后宫的故事。网上能找到视频。后宫的传奇还在延续。

法国情梦

女文青，无论中国还是美国，都会有一个爱情梦。或者说，爱情梦才让她们成为女文青，女文青对爱情文学以外的文学其实没什么兴趣。不过，既然是梦，总有梦醒、梦碎时分，哪怕梦想曾经和她们如此接近。中宵梦回，推窗望月，女文青不知不觉已经变成文学熟女甚至文学老妇。

女文青一路走来，总有一刻，她们会无可救药地爱上法国，爱上法国人。因为法国是爱情造梦之境，法国人是爱情说梦之人。即便最后已是一幡然老妪，只要念想里还有旧梦，法国人依然是她的梦郎。

玛丽莲·雅珑，当年美国卫斯理女校、哈佛、普林斯顿的高材生，现在的比较文学专家、法语教授，已有近六十年美满婚姻，膝下四子五孙，仍念念不忘上世纪五十年代初游巴黎，不忘那种令美国村姑脸红的自由气息——五光十色的酒吧之夜、波伏娃和萨特拒绝婚姻的光荣姘居、"为浪漫而战"的漂亮口号……大概是为了纪念那段美妙时光，去年老妇人雅珑以停经之身，推出了她的新作《法国人如何发明爱情——九百年的激情和浪漫》。

"发明"（invent）是个有意思的提法。雅珑新作依据九百年来的法语文献，主要是文学文献。在人类的意见版图上，法国人一直是个播乱搅局的造反派。他教血气方刚满脸粉刺血液中激素爆炸的男文青革命，同时教芳心寂寞春意荡漾梦境里天翻地覆的女文青爱情。爱情——特别是法国人的爱情，和革命一样，是一种叛逆，叛逆主流文明，叛逆婚姻制度。

婚姻是人类文明的成果，是对人类生殖性性活动的规范安排。婚姻形成家庭，家庭确保人类繁衍的经济秩序和政治秩序。婚姻价值观基本上是禁欲的，排斥、禁止婚姻外情感性、情绪性、娱乐性的性生活。婚姻价值观有时候也会用爱情之名，那种爱情是一张食堂的饭票，只能在指定的餐桌用餐。而法国人的爱情是一张钞票，硬通货，可以满世界到处消费。法国人发明的爱情，用文学或者文化的包装，掩护花样繁多的人类动物性、生理性欲望。法式爱情有时候也通向婚姻，但更多的部分未必与婚姻制度相容。

肉体满足是法式爱情的基本原则。雅珑引用一项调查。调查问美国人：没有快乐的性生活，还会不会有真爱？百分之八十以上的美国人说有。同样的问题问法国人，百分之七十的法国人摇头。法式爱情另外一个特点是它毫无童话色彩，更像一部邪派电影，有各种黑暗的内容：嫉妒、痛苦、婚外性关系、多角关系、幻灭、变态、甚至暴力。法国人说，这些都是爱情，不需要道德辩护，不需要弯曲的理由，说它是爱情就够了。爱情就是道德。爱情就是理由。

雅珑在法国生活多年。她说当年她曾经被一个法语词组震感，那是法式爱情最出色、也是最极端的表达：amour passion。我不懂法语，按照词形乱猜，是不是可以译成"激爱"？它是什么意思？"激动的爱"？和激突有没有关系？有没有"激情犯罪"（crime of passion）的含义？

法式爱情不仅仅是说说而已，或者现在仅仅是说说而已。雅珑花费大量笔墨，证明法国人在历史上真的发明了一种法式爱情的风俗。这种爱情风俗是由法国女人创造的，而且还是老女人。这就是中世纪法国的宫廷爱，或者叫风雅爱、骑士之爱。

中世纪的贵妇人不会用爱马仕来炫耀，那时候和爱马仕有关的只是她们的马夫和皮匠。贵妇人要经营两样东西，一样是艺术，一样是爱情。她们爱情的对象不是自己的丈夫，是骑士。骑士是她们用来谈恋爱的。贵妇、丈夫、骑士是一组三角关系，丈夫属于婚姻，骑士属于爱情，贵妇是三角关系中的主人。那时候的小三，不是指长江商学院的女同学，说的是男性骑士。有头有脸有丈夫的贵妇，如果没有一个或几个骑士仰慕伺候，就像现代名媛没有二十只名牌包五十双高跟鞋一样丢人。

骑士不是现在的狼狗。狼狗只需要花哨的包装，骑士需要风雅的训练和教养，老师就是皱纹日深精神日旺的贵妇。古文献里保留着十几条金句，用以教化骑士学做一个好情人："婚姻不是不爱的理由"；"不嫉妒的男人不会恋爱"；"一个爱人不够"；"只要一公开，爱情无未来"。雅珑特别欣赏的一句是："尽情享受爱情的欢愉，但千万不要有非分之想。"不求上位，是骑士型小三的爱情伦理。

雅珑说，宫廷爱里，激情掌控一切，置丈夫、家庭、领主、天主教律令于不顾。骑士是贵妇的爱情俘虏，崇拜、顺从贵妇是他的天职，也是一生的使命。风雅爱的要义是培养青年男子学会欣赏、赞美、性诱老女人，让贵妇像眼下贪官般偎红倚翠。这是风雅爱的风流教法。

果然如此吗？我疑心雅珑走笔到此，已魂不守舍，武则天上身，想做一出法版的《控鹤监秘记》了。

上海女人的身与心

蒋晓云女士：

　　谢谢出版商送来你的新书——小说集《百年好合》。他留给我一句话：你会喜欢。

　　这个集子有十二个故事，清一色的女人故事，十几个女人平均年龄七十岁以上，最老的一百岁。凭什么我要喜欢这些老女人的故事？

　　当然，这些女人在小说中曾经年轻过，而且姿色不恶，有的是混血美人，有的是头牌舞女，更有容貌气质同样出色的望族闺秀。但这些佳丽的生平不算传奇，没有刀光剑影，没有服毒吞金，没有无码 A 片，想在文字里找猛药、找激素的读者一定会失望：那些琐琐碎碎的小悲小喜，比不放油盐的有机蔬菜还要寡淡，环保得很乏味。

　　不过，仔细读完全书，我真的读出了一点欢喜。粗看似乎平常，细品却有新意。这个新意，是你写活了现代的上海女人。说是新意，因为过去还没有人用群像小说，那么真实地写出上海女人的身与心。

　　《百年好合》大部分的故事背景不是上海。那些女人的活动舞台，在香港、在纽约、在台北。上海是她们的过去，上海是她们的青年、少年、童年往事。一九四九年以后，她们各自离开上海，生命中最重要的乐章，在上海以外奏响。她们不算上海人，很多人甚至没有关于上海的记忆。作者也不是上海人，你生在台北，父母来自上海。你写的是祖母辈、母亲辈、大姐辈的故事。她们和上海只有一点点联系。

可是，我在书中满眼看到都是上海女人。她们的身心规矩，和当下上海女人如出一辙。

她们十分看重自己的身体。用你的话说，要"屏牢"，要"hold住"，不轻许。这种重身主义没有宗教依据，只是把身体看成最要紧的本金，本金不可以随便下注。即便在通货膨胀、管制松懈的今天，资本有时候也没道理的轻松外流。但这种外流只是说明女主人现在比较看轻一切，一切之中，"身"的权重还是最高。学社会学的同学可以做个调查，结果一定出乎意料：上海女人的性态度比上党女人上饶女人还要保守。

她们不关心一般意义上的政治，或多或少的政治冷感。不关心政治，不是没见过政治。在一定意义上，上海就是激烈政治的产物。鸦片战争催生了现代上海，太平天国带动了上海的第一度繁荣，抗战中最惨烈的淞沪会战发生在上海⋯⋯政治几乎天天在敲门。上海女人生下来就懂：对政治大局，她们无能为力，渺小到不值一提。所以她们退却、躲避、绕行⋯⋯绝不参与。

她们最优秀的品质，也许就是消极于政治，却积极于生活，对生活永远乐观。她们是天生的生活行动派，用行动改变生活。她们的信念是，什么样的日子都要过，什么样的日子都要过好。她们生活中最重要的动词是"经营"，经营生意，经营感情，经营婚姻，经营家庭。"经营"不是"献身"，经营失败只是失败，可以重新开始，可以调换选项。献身失败就是毁灭。

其实，她们有自己关心的政治。在你的小说里，这个政治是"正宫"。正宫差不多相当男性政治社会里的政权。没有政权要夺取政权，政权到手要守住政权。政权是男性政治的中心。正宫是女性政治的中心。正宫最大的反对派在野党是外室，现在叫"小三"。小三的最高纲领是攻占正宫。《百年好合》里很多故事都是正宫攻防战。女人的聪明、谋略、心计在正宫卡位战里绝不逊色于男人政治里的阴谋和诡智。她们的偏执和短视也和男人在政治中的迷乱不相上下，常常让自己在进退两难的尴尬中苦斗。

说得透彻点，"上海女人"只是符号。那些身心态度差不多是现代中国都会女性的共同特征。上海是中国国际都会的起点和重点，用上海来命名，恰如其分。

我的这些议论只是浮谈。《百年好合》没有一句空话，非常本分地讲故事、写人物，是好看的小说，好看到男人都不妨读一读。女人是男人的对象和对手，研究对象和对手，男人要做功课。

这封信是我的作业。蒋老师，请批改。

小宝

小店

黄双如女士：

我从来没有见过你，但那天走出香港中环"有食缘"食品食材杂货铺，就很想写封信向你致意。

你是上世纪五十年代香港大富商、慈善家、圣思物德骑尉爵士邓镜波的外孙女。香港非常有名的邓镜波书院就是当年由你外公捐建。累世富贵，让你与美食结缘，会吃、会做、会买、会找、会写、会说。

你是英国伦敦大学法律系的硕士，做过律师和投资顾问。中年以后，你选择了一种十分自在的人生，退出主流职场，以美食成为你的志业（不仅仅是职业）。你是香港知名的美食专栏作家，有人缘的电视美食主讲。最有意思的是，你开了一家小店：食物杂货铺"有食缘"。

"有食缘"并不专卖一类或几类食品，看上去种类杂乱。那里有广东新会陈皮、西班牙火腿、印尼燕窝、云南普洱、俄罗斯红茶、大马士革玫瑰酱、日本芝麻酱、希腊番红花、宁夏枸杞子、牙买加蓝山咖啡、香港腐乳、台湾凤梨酥、台湾鹅肉松、台湾鹅油护手乳……还有清新小资女文青一致心仪的日本北海道白色恋人巧克力饼干。很难为这家小店归类，它不是单纯的食材店，不是饮料店，不是调味品店、不是零食店、不是糕饼糖果店……但它卖食材、卖饮料、卖调味品、卖零食、卖糕饼糖果……

"有食缘"的价格不便宜。许多商品的单价比原产地的零售价要高出一倍。

也不是所有的顾客都会为它捧场。我读过一个台湾女人的文章，俨然美食警察，闻名而往，存心找茬，有踢馆的火气，无购物的心情，横挑鼻子竖挑眼，最后只带回家一袋椰枣。椰枣入眼或入嘴的理由是它产自台湾。不少台湾人都有一种小里小气的傲慢。

我是听朋友介绍才找到这家门脸不起眼的小店。我在店里呆了一个小时，完全被迷住。我带走了三大袋的食品。见过尝过的，想买，没见过没尝过的，也想试试。店员都穿着白大褂，笑语盈盈，很像大陆街道医院的中年护士。当她们殷勤地把我送上出租车，我有了给你写信的冲动。

在我眼中，"有食缘"是一处完整凝练的店铺。它是女主人的厨房，是女主人厨房的储物柜，是你的冰箱，是你的饼干盒，是你的零食果盘。一句话，它是黄双如的美食生活方式。如果你认同欣赏女主人的美食生活方式，哪怕价钱不便宜，你也会欣然掏出钱包，你在购买一种有品质的美食选择，一种不一样的选择。

我觉得，一个国际性的大都市，有这种小店，是它的骄傲；没有这样的小店，是它的缺憾。

都市生活，给市民带来种种便利，但同时也让市民生活受到巨大的局限。大多数的市民有生活，没有生活方式，或者说，没有独特的生活方式。我们的生活，被都市主流商品销售体系严格控制。

一般平民，消费生活不出超市、便利店、各种平价店的范围，最多还有每年一两次的奥特莱斯。我们的选择，早就被死死限定。

有钱人也好不了多少。从第一个基本款 LV 包包起步，你就被列入奢侈品商的吸金名单。一路走来，豪车、名酒、古画……差不多所有财主的消费轨迹都互相重叠。即便混到可以给三四线明星当干爹的地步，每个干爹也都不约而同地给自己配一个法国名牌的皮带头。我们在网上看到各路干爹的照片，肚子上几乎都有一个金色的 H。

但是，追求丰富、追求多样，这是人的天性。在大商场精品店的边上，小店"有食缘"异军突起，从容、温和地挑战大都市单调的主流商品销售系统。

走出"有食缘"，我也梦想开一家小店，用不重复的选择向顾客销售惊喜。我可以给我的小店配一百种旧书，请懂音乐的朋友配七十种唱片，懂电影的朋友配一百种影碟，懂酒的朋友配十款红酒，懂画的朋友配五十种版画，懂摄影的朋友配七八种照相机，懂美食的朋友配十几种调料……

小宝

创纪录的女作家

希拉里·曼特尔女士：

国际文学奖，最有名的自然是诺贝尔文学奖。不过诺奖近年来更像一个文学政治奖，评选结果散发着老谋深算的政客气息，醉心于玩弄地区平衡、性别平衡、语种平衡……得奖作家半是早已过了巅峰期、来日无多的老朽。

我更喜欢英国的布克奖：只评选最近年度的长篇小说，作品说话，作者退后。它每年选出的几乎都是"最好看的英文小说"。

布克奖并不限制作家反复得奖——只要你每一次作品足够精彩。迄今为止，一共有三位作家两度蟾宫折桂。诺奖得主、南非作家库切曾经双飞布克。二〇〇九年，他的新作又一次进入短名单，有机会完成布克奖的第一个帽子戏法。

最终，他落选了。那一年险胜库切的就是你，曼特尔女士。你以都铎三部曲之一《狼厅》登顶。三年后，都铎三部曲之二《提堂》再次胜出。你截胡库切的满贯之后，开创了布克奖的新纪录：你是第一位两次获奖的女作家；你也是第一位以同一系列作品连续获奖的作家。这样的荣誉，令人想起奥斯卡奖连中两元的《教父 1》和《教父 2》。

你的都铎系列聚焦于十六世纪英王亨利八世统治期间的权

力斗争。很少有女作家像你那么痴迷于历史小说的创作；更少有女作家像你那样用几年的时间研究史料，以求真的态度控制小说叙事；从来没有女作家有你一样的勇气别开生面，以当年臭名昭著的权臣托马斯·克伦威尔的视角，重新打量五百年前的历史。

女人常常任性，女人的记忆尤其任性。女人的历史故事往往是偏执作践事实的灾难。你推翻了这些关于女人的成见。《狼厅》和《提堂》场面壮阔，笔法细腻，不失妩媚。关节处却一丝不苟，不让泛滥的想象淹没事实——小说出版后，英国的历史学家拿着放大镜都找不出多少知识硬伤。

并不十分确切地拿中国四大名著作比：你写的不是风月无边的《红楼梦》，你写的是风云变幻的《三国演义》。但你不是罗贯中，你是曹雪芹，你是曹雪芹重写曹操。其实，《狼厅》《提堂》里女性关怀的特征仍然极其鲜明：充满了对人——男人女人——的好奇。

我读《狼厅》《提堂》，很多时候在学习历史，经常会有你设计之外，只属于中国人的心得。

亨利八世喜新厌旧，杀妻另娶。被杀的是他第二任妻子，安妮·博林。安妮最后被斩首（beheading）。斩首似乎已是极刑，实则不然。斩首是贵族的死刑，一般死囚想斩首而不得。另外，斩首是贵族死刑处分里比较宽大的一种，更残酷的处死方法是四马分尸和火刑。

这样的事中国也有——起码有人提过"刑不上大夫，礼不下庶人"。"刑"是刑法，"礼"是礼法。刑法对付百姓，礼法对付贵族。礼法也有大辟之罪，孔子还诛了少正卯。但中国后来再也没有贵族，这套规矩基本废了。

说点中国没有的。安妮王后杀头，罪名之一是通奸。坐实通奸罪的程序中国人难以想象。亨利八世当时已经是英国政教合一的最高领袖，为所欲为，但要让王后的罪名成立，他必须要走一走形式。

这个形式非同小可：由九十五名法官和贵族组成的法庭，波及多人的侦办调查，几乎完全公开的法庭审理。"一系列罪行被当庭宣读，那令人晕眩的一长串时间、地点，那些男人，他们的阴茎，他们的舌头：伸进嘴里，从嘴里抽出来，进入身体的不同部位，还有那些下流和嘲弄的话语"，包括国王私处尺寸，统统公之于众。尽管在国王的操控下，法庭认定王后有罪。但亨利八世偿付了名声的代价。一位贵族问，审判能不能隐蔽一些？检察长翻着白眼回答："但是大人，这里是英格兰。"

这是英格兰。这是英国的法制。就是这种让最高君王丢脸的法制，历经黑暗时代、帝国时代、革命时代、民主时代，保证了英国的王脉千年不断。亨利八世真应该感谢让他颜面尽失的法庭审判。他的操控践踏了法制，但那些残存的独立性、残存的程序形式，能让真正的法制重生。

你的小说能给读者带来阅读乐趣，能触发认真的思索。这就是好小说。

小宝

第七章

布坎南说一战

历史大事件为各类媒体预设了定时引爆器，每隔十年点燃一次纪念烟花。二〇一四年是一战一百年，十的平方，纪念烟花照理应该大如霹雳。霹雳要有新花样新意思，可惜，目前国内媒体的一战纪念和回顾陈陈相因，把中学历史课本重抄一遍，没有新解，更没有奇说，无聊得很。

为什么不和布坎南聊聊？聊聊他二〇〇八年的专著《丘吉尔希特勒之"不需要的战争"》。

这个布坎南不是中国人熟悉的经济学家詹姆斯·布坎南。他是帕特里克·布坎南，也是美国人，著名的政治活动家、右翼思想家。他的这部书，不是历史考证，而是历史解释：提纲挈领，气焰嚣张，读起来很过瘾。

布坎南把一战和二战合看成一场战争：一战是上半场，二战是下半场，中间二十年是幕间休息。西方的很多历史学家和布坎南的想法一致，认为二战是一战的直接后果和继续。布坎南说，一战和二战就是新的三十年战争，是西方的大内战，直接导致欧洲统治的崩溃和西方的衰落。照他看来，这两次大战根本不应该打——春秋无义战。

这本书的副标题是"英国如何失去它的帝国，西方如何失去世界"。

一战之前的英帝国代表了西方对世界的优良统治，代表了欧洲的文明成果和光荣岁月。"英帝国孕生世界五大自由福地：美国、加拿大、澳大利亚、新西兰和爱尔兰。它让香港和新加坡的中国人第一次领教自由。没有英国，印度不会成为全世界最大的民主政体，南非不会是非洲最发达的国家。英国人到达非洲的时候，那里遍布原始的部落社会；他们离开之际，留下了公路、铁路、电话、电报、农场、工厂、渔场、矿场，留下了受过训练的警察和文官体制"。英帝国在世界各地也留下过罪孽——比如鸦片战争。但是从文明建设的立场发言，它功过相抵或者功大于过。

布坎南承认，英帝国的统治总有一天要退场。不过退有各种退法。贵妇人一般仪态万方地谢幕，优雅地转身，留给世界一个美丽的背影，"陌上花开，可缓缓归矣"。这是一种退法。像喝醉酒的婊子，被人痛打一顿，一脚踹下台去。这是另一种退法。一战后、二战后英国为了战争、为了消化战争后果的仓皇离去，很像第二种退场。对英国、对世界，这样的退场都不算福音。

作者还有一个很有意思的提示。研究一战的很多学者都忘记一个明显的事实：第一次世界大战，是欧洲民主国家之间的战争。从十九世纪下半叶到二十世纪初，欧洲的主要国家都进行了重大的政治改革。不必说英国、法国这些老牌的民主国家，就连德意志帝国、奥匈帝国、沙俄帝国都不同程度地建立起宪法政治的架构。可以说当时欧洲主要参战国政治体制里宪政民主的权重之大，史无前例，也远远超过当今的集权国家。可是，欧洲的全面民主，没有阻止，反而激发、加剧了欧洲乃至世界的全面战争。布坎南引用丘吉尔的话说："民主政治比内阁政治更残忍，人民之间的战争比国王之间的战争更可怕。"

一般常识都说民主能够消灭民粹，民主趋向理智。至少一战的历史教训是：民粹完全可以是民主的结果；民意民主激荡下的残暴，反而让老派政客的计算、节制、分寸感显得仁慈。一战结束后被战胜国民粹情绪左右的《凡尔赛和约》，硬生生地将德国逼上纳粹的军车。

布坎南说，二十世纪初英国最明智的外交政策应该是光荣孤立、严守中立，不要和与德国有世仇的法国、与德国有利益冲突的俄国结盟。这样大规模的世界大战未必打得起来。这件事，最应该受到责备的就是英国的政治人物，包括丘吉尔。他们煽动了英国国内的恐德仇德情绪。一战前英国人谴责"普鲁士军国主义"，有点无稽之谈。从滑铁卢战役（一八一五年）到一战（一九一四年），一百年里英国人对外战争的纪录是十次，德国人是三次。一九一四年之前，德皇威廉二世在位二十五年，没有打过一次仗——布坎南漏算了把慈禧赶出北京的八国联军——而丘吉尔自己就有三次战争经历，还杀过人。布坎南说，一战爆发时，"丘吉尔战争经验比几乎任何一名德国士兵更丰富"。

威廉二世战前和英国没有化解不了的深仇大恨。他本人还是维多利亚女王的亲外孙，是英国人的真孙子。英国完全有可能避免与德国对抗，卷入欧洲大陆的战争。英国政治家积极参战的选择，损人不利己，令欧洲文明万劫不复。

现在的欧洲，不死不活吊儿郎当颓废没落乌烟瘴气——喝红酒玩同性恋奖励瘾三艺术家礼遇亚洲暴发户，欧洲人的意志被彻底磨灭。他们原来是世界的主人，如今成了破落户的纨绔子弟。原来的海外领地荡然无存，欧洲传统主流人口在第三世界移民侵蚀下不断萎缩。布坎南觉得这一切都是两次世界大战的恶果。

这本书详细讨论的是二战中的英国和丘吉尔。但二战一百年还要等上一段日子。我会在纪念二战百岁的烟花满天时介绍这部书的主要内容。请读者留意二〇三九年的《上海书评》。

人是讲故事的畜生

亚里士多德说，人是讲道理的畜生，理性动物。

哥德夏说，人是讲故事的畜生，the storytelling animal。

哥德夏是美国的年轻教授，几年前出版了一本书，书名就叫 The Storytelling Animal。台湾版中译本的书名被译者改为"故事如何改变你的大脑"，有点乱作解人，原书的副标题已点明宗旨——"故事如何造就人类"。

这本书用文学构建，用心理学验证，把科学温柔地插入人文，其实是一本讲道理的书。它要说明一个道理：人是故事的生物，人的生命被故事笼罩。作者通篇没有为"故事"一词定义，我揣测哥教授笔下的"故事"可以概要言之为"虚构的叙事"。小说、电影、电视剧、戏剧是故事的大类。

会有人不服气，觉得美国佬故作惊人之谈，大言欺世。以身作则提供反证似乎很容易：只要永远不读小说，不进电影院，打开电视不看电视剧，连新闻联播都不看，只看天气预报。做一个故事的绝缘体。

哥德夏不仅是文学教授，还修过神经科学，有强大的心理学背景。对付这样的挑战，他基本一招制敌手到擒来。他会反问：你可以不读浩然金庸托尔斯泰，不看《教父》《简爱》《杜鹃山》，但你肯定做梦。梦就是一个故事系统。

神经科学家说，"梦是有叙事结构的感官幻觉"。近年来的研究揭示，一个人平均每晚在快速眼动期会有三场梦，一年大约有一千两百场。一个人活到七十岁，有整整六年时间在做梦，在梦里看了八万场电影。你是每一场电影的编剧、导演、演员和观众。你在故事界的资历之深，超过任何一位好莱坞大导演。

如果梦的解释还不能令你完全信服，当代心理学研究会继续告诉你：你清醒的时候仍然做梦，白日梦。白日梦是人类大脑开机的预设状态。大脑执行明确指令以外的时间，几乎都花在白日梦里。各种缅怀，各种幻想，各种假设，都是你自然而然的故事时间。

即便你现在是家庭圆满生活幸福的矜持贵妇，也不必否认张国荣生前你曾经想过和他携手共唱KTV，孙老师婚前你曾经想过和他相拥卧读《红楼梦》。这是你自编自赏——或者自爽——的故事。

我们弱势群体也有自己的白日梦。比如书评已经三个月没开稿费了，我的日常餐饮水平从路边摊堕落到刚刚开禁的方便面。幻想中，我不只一次地把实名制登记买来的菜刀架到邱总白皙的脖子上，从他兜里掏出塞满千元港币的Ferragamo钱包。当然，这些完全是虚构的叙事。和我一样虚构叙事的作者想必不少，真的让我们白日梦成真，邱总早就成了火锅店的肉片。事实上，他毫发无伤，气定神闲，澎湃如昨。

白日梦在日常生活中的比重大大超过我们的估计。美国人的调查说，每个白日梦的平均时间是十四秒，一个人每天大约做两千次白日梦。我们一半的清醒时间，三分之一的人生时光交代给了白日梦。

哥教授说人是故事的动物，不仅仅说人的主动行为——写小说读小说、拍电影看电影……它还包括人的生理机制（做梦）和大脑状态（白日梦）。哥教授浸泡人生的故事还有宗教、神话、笑话、歌曲、体育……

牙牙学语的小孩都会扮家家，女孩扮公主，男孩扮超人，扮家家的孩子都有自己的叙事结构，既不是父母教的，也不同于故事原型，非常地异想天开。这是人类故事天性的明证。

故事有不少好处。

会讲故事的男性可以降低迎娶美眷的成本。本地故事圣手的讲述技巧价值一个铂金包加五顿法国大餐。当然，钻戒和房产还是需要真金白银。这是题外话。

讲故事的父母能给孩子健康的精神喂养。有床边谈古的家长，是小孩的福气。

最为流行的说法是，人类需要故事，是为了逃避日常生活的烦恼。人类大脑皮层的皱褶让人容易受故事的影响，像嗑药一样产生快感。故事也是一种能上瘾的毒品。

哥教授以为，他写作这本书最大的贡献，就是推翻了这个流行的成见。

如果故事的目的是快乐，主流叙事应该喜气洋洋芳香扑鼻，处处有好事，人人交好运。故事就是天堂生活的纪录片。但研究人类故事的各种文本，情况恰恰相反。地狱才是故事的常客。

仔细观察一下小孩扮家家，你会发现天真未凿的童心有着极其可怕黑暗的想象。公主和超人的改写版故事里有种种麻烦纠结和野蛮。兴致好的家长不加干涉地如实记录自己孩子自发的游戏故事，最后的结论可能是真正儿童不宜的就是儿童自己的作品。

人类的梦境也一点不甜蜜。绝大部分的梦境充满了攻击、坠落、逃跑、受困、死亡。美梦的比例很低，每十个梦才会有一个略带色情的春梦，而且通常的春梦会夹杂着焦虑、怀疑、悔恨，并不享受。每个人平均要做两百个梦才有一次完全自由飞翔的好梦。

人类创作的故事，从古代神话到当代小说，更是百分之八十以上充斥着矛盾、困难、罪恶、失败、死亡。作者说，从古至今小说的普遍公式是：故事＝主角＋困境＋试图摆脱。

哥教授说，故事不是要逃避烦恼。故事模拟人们将要遭遇的困境，小者如失恋，大者如毁灭，然后在模拟中尝试突围。人是一种不完美的生物，人还能意识到自己的不完美。借助故事，人们释放对未知、未来的恐惧，预想解脱之道。

真能成功吗？也许要等未来灾难降临才知道，而灾难可能就是来自故事。《旧约》《新约》《古兰经》，为了这三种不同版本的创世故事，战火延烧千年，至今不熄。人类最后会不会就毁于这三种故事的决一死战？

《大亨小传》，还是《了不起的盖茨比》？

五月以来，鲁曼的电影《了不起的盖茨比》在各国陆续上映。各地艺文圈闻风而动，菲茨杰拉德、盖茨比又成当令话题。

香港陶杰，素喜大言欺世，聊起 The Great Gatsby，从译名下手：港译叫《大亨小传》，大陆译为《了不起的盖茨比》，"要比拼创意和想象力，自然是《大亨小传》胜许多筹。"不必说"胜许多筹"是古怪的中文，不像才子手笔，怎么就"自然是"了？"自然"的胜场在哪里？打笔仗、编排别人的不是，不作兴以"自然""无疑""肯定"……带过，不作解释，没有根据，便宣布自己获胜回朝。

翻译无定本。连《圣经》那么权威的译本，过一段时间还要订正修补一番，更何况一介书生单枪匹马的文学翻译。巫宁坤的《了不起的盖茨比》，乔志高的《大亨小传》，都是菲茨杰拉德名作的名译，但也各有砂石。硬要比较，单以书名论，我以为"了不起"的胜面更大。

乔志高用名《大亨小传》颇费心思，踌躇再三，最后取意鲁迅的《阿Q正传》。可惜得很，长考未必出仙着，"大亨小传"四个字，落在盖茨比身上，实在有点货不对板。"大亨"从老上海叫响，有钱有势、气焰熏天之谓也。老上海的杜月笙、黄金荣是大亨，香港的霍英东、何鸿槩是大亨。纽约西卵的盖茨比，虽然开名车、住豪宅、泡美妞，开过几场大派对，但仅此而已。盖茨比在外人嘴里，是来历不明的暴发户；在读者心中，是天真悲剧的追梦人。而且他无权无势，身后凄凉，葬礼上居然找不到一位像样的"生前友好"，要靠四五名佣人和邮差点缀场面。有这样的"大亨"吗？"小传"也有欠推敲：生死大事，惊心动魄，说"小传"太敷衍了。

相比之下，《了不起的盖茨比》几乎是直译。但直译并非硬译，从great中化出"了不起"，不生搬辞典里的"大"或者"伟大"，举重若轻，领会和表达恰到好处。

尴尬的是，乔志高用了《大亨小传》书名，不得不因此调整小说的译文。小说开头介绍盖茨比："就是把名字赋予本书的那个人"（巫译）。到了乔志高笔下变成："本书的主人翁，……这位'大亨'"。"大亨"两字是老乔另加的，而"本书的主人翁"和 the man who gives his name to this book 的意思与句式都不一致。为了照顾自己别出心裁的书名，译家有点手忙脚乱，用现在时髦的话说，叫做译文倒逼原文，译者倒逼作者。

平心而论，中文之精，英文之熟，乔治高明显高过巫宁坤一头。开篇处父亲教训尼克的一段话，乔治高的译文是："你每次想开口批评别人的时候，只要记住，世界上的人不是个个都像你这样，从小就占了这么多便宜。"

巫译是："每逢你想要批评任何人的时候，你就记住，这个世界上所有的人，并不是个个都有过你拥有的那些优越条件。"

乔译是地道的中文，朗朗上口。巫译有翻译腔，差不多能反推原文的句型和用词，以我这样的初中英文水平，都可以猜到"优越条件"必是 the advantages。

林以亮举过一个精彩的例子，说明乔治高语言功力不凡。原作里有一段话：I looked back at my cousin，who began to ask me questions in her low,thrilling voice. It was the kind of voice that the ear follows up and down, as if each speech is an arrangement of notes that will never be played again.

这段话看起来不难，其实很不好译。乔译："我掉转头来，我的表妹开始用她那低低的、魅人的声音向我问话。她那种声音能够令人侧耳倾听，好像每一句话都是一些抑扬顿挫的音符所组成，一经演奏就成绝响。"

这段译文流畅自然，特别难能可贵的是，"如拿来和原作一核对，就会发现原文中每一个字都没有漏掉，真可以说是句对句，字对字，一字不讹"。就译文的妥帖通顺而言，巫宁坤当自愧不如。

巫译之病，病在中文之隔。相比乔译，巫宁坤的很多表述在中文里很陌生，有非常触目的英文胎记。但这个毛病——陌生和西化，恰恰是我欣赏的优点。如果要我在乔译和巫译中选择，我肯定弃乔择巫。我读翻译作品，不仅仅想听一个外国故事，还想领略西洋大家的语言风范表达习惯。乔志高熟极而流的中文，对我反而是个障碍。

拿巫、乔的译本对读，可以找到太多的例子。

尼克初到西卵，人生地不熟，后来慢慢熟悉，熟到可以为别人指路。"我成了领路人、开拓者、一个原始的移民。他（问路人）无意之中授予我这一带地方的荣誉市民权"（巫译）。乔志高把最后一句 conferred on me the freedom of the neighborhood 译为："他在无意间使我荣任了这一地方的封疆大吏。"封疆大吏，以大陆现在的官制是政治局委员领衔地方首长，在香港过去是港督当下是特首，和荣誉市民（the freedom）差距也太大了吧？

汤姆评价威尔逊"他蠢得要命，连自己活着都不知道"（巫译）。乔译："那个傻瓜什么都不懂，醉生梦死。"把那么有力的表达 he doesn't know he's alive 改写成烂熟的四字成语"醉生梦死"，十分讨厌。

尼克知道盖茨比奢华盛宴的目的是寻找黛西，乔译："原来如此。这样说来，六月里那天夜晚他所企求的不只是天上的星斗了，盖茨比在我眼里忽然有了生气，而不再是豪华世界中一个迷迷糊糊、盲无目标的鬼影。"

原文的最后一句是 He came alive to me, delivered suddenly from the womb of his purposeless splendor.

巫宁坤几乎是一字不漏地直译了这一句："盖茨比在我眼里有了生命，忽然之间从他那子宫般的毫无目的的豪华里分娩了出来。"

巫译显然不如乔译准确流利。可是我还是选择放弃对肚脐以下皮囊以内器官避之唯恐不远的中式美文，宁愿在巫译生硬的句式里想象一下美式美文里那颗漂亮的子宫。

学一点说人话的英文

他和她是大学同学。她是美艳的校花，他是校花的男友。后来，毕业了。他和她在不同的城市找到工作。两个人的距离是十小时的车程。远程恋爱持续不到一年，还是免不了分手。他有点伤心。

两个人同居时养了一只猫。这只猫十分怕生，必须主人亲自照料。她常常出差，不在家。分手时他们商定，猫归他来养。两人分手后整整一年半全无联络。突然，十八个月后的一天，他接到了她的电邮：她要来他的城市出差，想看看猫。请他那天把房门钥匙放在脚垫下，离家两小时。

他对她还是有想法的，鼓足勇气回信：猫和我是一揽子买卖，欢迎来看我们俩，我那天不会离开。她居然表示同意。那天她准时到达。他觉得她相当憔悴，微微发胖，头发也不如以前光泽。但他和她还是那么情投意合，一起玩猫，做饭，聊天，喝酒……接着，他吻了她。接吻前，她问，你确定要吗？他说，确定。

热吻后，他说，今晚我不想放你走。她说，我明天一早有会，你想陪我，可以去我住的酒店。酒店床上，她对他说，不曾想今天会这样，我没有做避孕，我们不能做全套。于是他们接吻、抚摸，他重逢渴念已久熟悉的雀斑、黑痣、胎记……最后一起动手共赴高潮……第二天分手时，她说，你来看我吧，我回去开始吃药，下次做个全的。

下个周末，他订好机票。但临出门时，发现猫失踪了。为了找猫，他错过了飞机。再下一周，他收到她的来信。她说她永远不想和他有任何联系……这封信写在航空公司的餐巾纸上，显然匆匆急就……从此以后，二十年了，他再也没见过她，也没有见到那只猫。

这是一个美国故事。相当文学是不是？略有些潮湿的小清新是不是？估计不输张小娴略胜安妮宝贝。不过，它并非虚构，和文学无关。它是一个大型社科调查项目里的文本之一。这样的文本目前已经累积了一千多个。

这个项目我曾经提过：纽约大学心理学家扎娜博士关于随意性关系（casual sex）的网络调查，征集网友勾搭合欢的故事（hookup stories）。故事中的性伴侣不能有固定的关系——比如夫妻、情侣，越随机越好。这个项目受到广泛的关注，近二十个国家的几十家媒体有过报道。我猜媒体瞩目未必是喜欢扎娜的学术设计，主要因为天天更新的故事本身很好玩。

我追看扎娜的博客还有另一种喜欢，喜欢这些故事的语言：说人话的英文。王朔老师二十年前就教导我们：要说人话。这是一个放之四海而皆准的真理。可惜身处小地方，少有机会接触说人话的英语。有一些美剧不错，但大多数美剧的对白还是很雕琢。比如"小孩子的话，不能当真"，美剧的原话是 Adolescent irony can get lost in translation（青少年的反讽无法确译）。太文绉绉了吧。

扎娜勾搭故事的好处是人物有元气，叙事接地气。语言时尚、热辣、干脆，该雅则雅，该俗则俗，感觉很舒服。

"热吻"怎么说？ french kiss ？美国孩子从来不这么说。很简单：

make out。"素了八个月"：an 8-month dry spell。"说真心话"：What would your stomach say？英文里的"胃"常常是中文里的"心"，"每次见到他，我心里总是七上八下"：Every time I saw him, I got major butterflies in my stomach。一大群蝴蝶在胃里飞。"心"（mind）另有妙用：I'd never had such mind blowing sex。意思是从来没这样爽到爆。

扎娜故事的作者大多是二十几岁的女生。她们挑男伴的条件不复杂：attractive physically（身体吸引力）；symmetrical facial features（五官端正）；really nice smile（笑意盈盈）；dressed well（衣冠楚楚）；a lot very athletic build（体格健壮），with nice bum——最好还有翘臀。她们觉得勾搭是缘分，看不见的手在指引：I don't think hookup would happened without a sort of unseen hand guiding me.无爱之性自有其大美，生气勃勃合欢自有其荣耀。这是人性的一刻：Sex even without love can have an immense beauty. A lusty hookup has its own glory. It's a human moment.

给扎娜写故事的男性通常偏老，有点自鸣得意，自以为魅力四射：I was Mr. Charming. 女生中意老男人怎么说：I am into older guys. 她喜欢他黑白相间的发色，性感的那种，不是衰老的那种：He had dark hair with a little bit of salt and pepper going on (the sexy kind, not old man kind). 不过好色男未必是出色男，女生会抱怨：If you can't stay hard, at least try to give a girl some oral-love. 男人气急败坏，会骂女生没人品：She had zero personality.

误译的巧与拙

Showtime 去年秋天推出的美剧《性爱大师》（*Masters of Sex*）收视奇佳。仅以中国内地论，搜狐视频统计的观摩人次将近一千八百万，加上当时尚未自裁的百度影音、不久前刚刚正法的快播，实际人次绝不会少于五千万。

《性爱大师》的片名肯定是个吸引人的卖点。粗粗一看，它似乎是从 Masters of Sex 直接译出，其实却是个误译。这里的 Masters 并非"大师"，它是男主角威廉·马斯特斯医生的姓。马斯特斯医生是个科学怪人，一生致力于性医学的开发。真要直译的话，按照导演称"电影人"、记者称"媒体人"的规矩，可以译成《性人马医生》——听上去有点像"杏仁"，很遗憾杏仁的药用只是健脑，无关壮阳，离"性"很远。

另外，以一般人对中文的理解，"性爱大师"意味着高手中的高手，嫪毐、西门庆、植入狗鞭的未央生一类人物，战力坚强、花样百出。如果还有"爱"，更是高标的唐璜、卡萨诺瓦、贾宝玉。千楼万户间，想进谁的香闺就进谁的香闺，想上谁的绣榻就上谁的绣榻，尽兴而去，留下一床凌乱和一生相思。但马斯特斯完全是个劳模型的科学家，严谨得像陈景润，严厉得像王安石，严肃得像洪常青，与风流性爱一点都不沾边。他毕生关注的"性"，是"性学"（sexology）。

那么，译成"性学大师"如何？如果书呆子气地稍微研究一下，这个译名也未见得惬意。迄今为止的性学或性科学，还是一门跨学科的粗糙学问。粗糙学问里出不了大师——中国那些乱哄哄的大师不算，他们的学问用粗糙形容都有点过于抬举。马斯特斯对性学有开拓功劳，无巅峰成就。他对人类性行为性过程有物理性的观察、调查、纪录、整理，但没有生物化学水平的研究。他留下的人类性功能障碍的治疗方法，是手艺式作坊式的，后继有人，但很难突破。马医生与其说是性学大师，不如说是性学祖师。

马斯特斯一直把他的性学研究严格地限定在生理学的领域，从来不做哲学、伦理学、社会学的遐想和空谈。有趣的是，他的最大贡献却在生理学以外：他的著作改变了西方社会一般人的性态度和性常识。

八卦小姐当年第一次去西班牙腌肉店和 Muscle Man 接头，路遇一件趣事：一个小男孩在小巷里撸管，一位牧师正好路过，慈祥地对男孩说，孩子，别撸了，眼睛会瞎的。那个巴塞罗那红领巾小队长微笑答道，我明白，我撸到近视眼就会停。八卦后来看书看成了近视眼，她非常痛苦，怕别人误解。

这其实是欧美流传了两百多年的谣言，是瑞士科学家 Simon Audre 编造的谬论。撸管失明以外，其他谬论还有：性快乐和性高潮极其伤身。连被中国老派人民视为流氓的弗洛伊德都以为女性的阴蒂高潮表明她患有严重的心理疾病。这些曾经是西方社会的性常识。马斯特斯的《人类性反应》和《人类性功能缺陷》出版后，这些荒谬的常识不攻自破，烟消云散。

马斯特斯医生准确的历史定位不是性学大师，应该是性爱老师。他教育广大群众破除迷信，放心安心地享受性爱。不过，电视剧片名《性爱老师》，说起来要兜好大的圈子，更会引起误解。

所以，最好的片名，还是现在这个误译的《性爱大师》。《性爱大师》改编自同名的传记小说，小说作者起名时玩了个一语双关的噱头。中文翻译难得其妙，但至少理解了作者的巧思。

马斯特斯在电视剧里说，他要研究的性，就是 physical attraction，单纯的身体关系，身体的吸引和愉悦。不要情感关系，不要社会关系，不谈爱情，不谈婚姻，不谈风花雪月天长地久。这样的研究不容易，就像研究美食，不讲营养不讲健康不讲消化，专务口腔之乐，会把自己套死。何况美食还能在食材上翻花样，马斯特斯的性科学开发不了新食材。

但是他的工作还有人接着做。纽约女博士 Zhana Vrangalava 今年三月正式启动了性学研究项目 The Casual Sex Project。她专门开设网站，邀请全世界的狗男女投稿，分享他们 casual sex 的经验。 casual sex 的意思就是恋爱婚姻严肃约会以外，随机随意的性关系，可以是一夜情、与旧爱的短暂复合、同事间的一时冲动、酒后乱性、App 约炮、派对之夜……Zhana 设计了五十个题目，让投稿人能源源本本地把他们 casual sex 的故事讲清楚。三个月来，她已经攒一百多个故事。

国内曾译介过一篇介绍 Zhana 博士的报道，翻译把 casual sex 译成"滥交"。这也是个误译。英文 casual 是个相当正面的词汇，七八个义项，阳光灿烂，不及于"滥"。"滥交"的翻译，表达了译者对以《金瓶梅》为代表的美国资产阶级腐朽生活方式的厌恶，但过于直拙。无意中还美化了 Zhana 博士，把她提高到于丹老师的水平。casual sex 的准确翻译，还不如抱本《英汉词典》，亦步亦趋地死译为"偶然性""休闲性""临时性""随意性"。

罪案小说的技术手册

我年轻的时候，亲眼看到文学的败坏：一位普通的小伙伴，写不了通顺的句子，语文课每次造句都不及格，他交了第一个女友后，决定开始写诗。从此，新诗的基础就是不及格的造句。

另外的小伙伴，什么常识也没有，一直以为白粉是粉刺做的，他爸爸说，你这么无知，看来只能写小说了。他果然当上小说家。小说天地成为无知者的乐园。

当然，那都是过去的事。现在不一样了——现在更糟糕。现在中国好像只有两个作家，一个叫郭敬明，一个叫韩寒。以他们的写作素质和知识水平，当年如果自称作家，胆小的老百姓会去报案，警察逮住后会送劳教，和黄海波关在一起。

无知是本土特色，走出国门，风景迥异。叙事文学特别讲究知识含量。一般小说家知识准备和写作的时间分配是4:1，四个月做研究，一个月写作。高眉研究大学问，低眉研究小知识。时间久了，知识准备本身也成了写作题目。

道格拉斯·莱尔博士，美国的执业医师，鉴识医学的权威，罪案小说、影视剧作家们的顾问。他自己也是作家。他写作的主要领域就是他成名作的书名：《鉴识科学和小说》，用鉴识科学的知识丰富、验证罪案文学。台湾麦田去近几年出版了他的新书《法医、尸体、解剖室》（1、2），一共搜集了四百零四个答问，都是和罪案及罪案想象有关的病理、毒物、鉴识知识。台湾的书评人概括道："提问的角度具有浓厚的故事性，回答的内容充满画面感"，比一般的小说还要好看。

谋杀其实不算难——比如说杀死一名花生过敏症患者。你买一袋花生，打开，双手搓摩，然后把沾满花生粉末的双手触碰患者的食物：三明治、奶酪。冰块。患者吃几口就挂掉——杀人也太简单了吧。莱尔说，如果那个人对花生严重过敏，这样的谋杀完全成立。更快捷有效的方法是在三明治上倒点花生油，"几分钟后就会出现反应。他会呼吸困难、双唇肿胀，出现点点红斑状的弥漫性皮症，喉咙和气管收缩，喘不过气，血压下降，休克，丧失意识，昏迷乃至于死亡。整个过程最快只要两三分钟"。

要害爱酒贪杯的朋友更容易，还可以更隐蔽。当酒徒烂醉，杀人犯可以把酒精注入酒徒的静脉，血液中的酒精含量超过 0.40 就会致命。看上去他是死于饮酒过量。美国的一位电影编剧把注射部位设计在脚踝，逃过法医的检查。

这两本书并非一直在琢磨谋杀细节。有些问答视野开阔，极富教益。作者介绍十八世纪以前的医疗观，说那时候的欧洲人相信希腊医师加仑的理论，认为体液（血液、黄胆汁、黑胆汁、粘液）的好坏决定健康和疾病。不同的草药和软膏加上放血疗法能够治疗一切疾病。

科学昌明的现代医学在医疗效果上远胜古代医术。但现代科学冷冰冰地开列出种种绝症，医士束手，病患等死。而在古代，根本没有绝症之说，号称任何疾病都能治疗。所以古人在生死问题上比现代人要乐观。

乐观的古人也会闹笑话。莎士比亚名剧《泰特斯·安特洛尼克斯》里泰特斯把祈伦和狄米斯杀死，剁成肉浆做成肉饼，骗他们的父亲塔摩拉亲口品尝。莱尔觉得这件事不可思议——不是过于血腥，而是技术手段不够。"泰特斯没有现代的研磨机，连较近期的手转式研磨机也没有。他的工具就是刀、锯子和斧头。"他要把骨头磨成粉，要断肢、剥皮、去肉，割掉所有器官，把骨头剁成小块，再用研钵和杵把骨头磨成细末。这件事需要漫长的时间，还有插电机器人一样永不衰竭的体力。莎翁漏算了罗马肉饼案的技术困难。莱尔对莎老很宽容，引了马克吐温的名言："我们不需要知道法律或燻肠是如何制造的。"

　　实为医生、虚写罪案，莱尔非常不在乎血腥。他兴致勃勃为提问者创建了一个当代科学条件下活人剥皮的案例。

　　首先要使用氯胺酮，氯胺酮是问世已四十年的强效全身麻醉剂。凶手要会调节氯胺酮的剂量，太少会痛死，太多被害人深度麻醉，无法自行呼吸，要配合施行人工呼吸。氯胺酮是短效型药剂，凶手要多次小剂量注射，维持被害人的麻醉深度。要剥而不死，必须防止体液流失和体温过低。剥皮会造成人体组织外露，大量渗出体液，最后被害人因体液流尽，休克死亡。另外，缺少皮肤保护，人体会迅速失温。凶手要为被害人安置静脉注射，不断输液，改善体液流失的状况。还要盖一条隔热毯减少热量损失。这样被害人可以存活四十八小时。失去皮肤的屏障，细菌会侵入潮湿组织迅速增生，在血液中繁衍，引发败血性休克，最终导致死亡。想要存活更久，还要安排一个无菌病房。

　　现代科学能够达到的残忍恐怖丧尽天良，莎士比亚无法想象，千刀万剐不足以形容。

莫里亚蒂定律

莫里亚蒂教授：

今年是你出生的一百二十周年。你一出生就是退职的数学教授，个子极高，双目深陷，身形略显佝偻。

一八九三年，柯南道尔对写作有点厌倦，想结束他的福尔摩斯故事。他写下《最后一案》。于是，你出生了。你的使命是和福尔摩斯同归于尽。

要解决福尔摩斯这样一位哥特式的古怪英雄，你必须具备和他旗鼓相当甚至更胜一筹的才智。福尔摩斯说，你是英才，是人间奇迹，是罪犯中的拿破仑，名门子弟，天赋惊人，二十一岁以一篇二项式定理的论文风靡数学界。祖先的犯罪遗传让你变身黑道中"有人类第一流头脑的哲学家、深奥的思想家"。你组织了伦敦城里半数罪案，几乎所有未能侦破的案件都是你的杰作。只有你这样的枭雄——连手下小弟都优雅地爱用天然香料的古龙水，才可能成为福尔摩斯命中的煞星和报应。

你和福尔摩斯在瑞士莱辛巴赫瀑布决斗，双双跌下悬崖。柯南道尔松了一口气，以为从此可以谢绝所有催稿的出版商。没想到，不久之后，或许是读者的压力，或许是版税的诱惑，更可能是无法收拾的奇思妙想，柯南道尔让福尔摩斯再赋归来。不过，你并没有重回伦敦，依然埋葬在瑞士的幽暗深谷。

完全出乎柯南道尔的预料，在他去世后的八十年里，福尔摩斯成了全世界被续作、改写、重塑最多的虚构人物。单以有记录、有影响、成规模的文学、电影、电视剧作品论，就达数百部之多。有意思的是，素不相识的众多后辈作者的福尔摩斯故事里都有你的巨大身影，他们不约而同地再次选你做福尔摩斯势均力敌的对手。以在晚辈作品中出现次数排位，除了福尔摩斯和与福尔摩斯形影不离的华生外，你稳居第一，远远超过莎剧中的全部人物和《三国演义》里的各路英雄。

我以为，福尔摩斯和莫里亚蒂故事余脉不断，是现代创作者有意无意地向维多利亚时代的英伦文明致敬。福尔摩斯和你的决斗，是文明的故事，是有文明美感的故事。

那个时代，大英帝国正在极盛的巅峰。它有几亿臣民，世界版图的一半涂着英国的桃红颜色。从一八八〇年到一九一〇年的三十年里，它的国民生产总值以平均每年百分之二十以上的速度迅猛发展。它是世界制造业的头号大国，是全球最富裕的国家。

维多利亚时代的大英帝国并不是一个仁慈的帝国，帝国历史上记录着罪恶、过失、腐败等种种污点。但它仍然不失为一个伟大的文明，它的文明成就至今令后人追慕。见于正史记载的文明成就有它的科学技术教育、社会政治制度、风俗礼仪、建筑、时尚、第一届世博会，有从古典主义到后印象主义的种种艺术流派，有狄更斯、萨克雷、勃朗蒂姐妹、约翰密尔、拉斯金、布朗宁、丁尼生、阿诺德等一大批作家，他们把现代英语提升成高级的文学语言。

柯南道尔是个旁逸而出的作家。他的作品中有一种超道德的智力迷恋。严肃的学问家不见得会喜欢福尔摩斯故事，但这些故事里有许多文明规矩，足以垂教后世。

　　莫里亚蒂教授，福尔摩斯和你的对决，可以引申出一个结论：无论虚构作品中，还是现实生活里，每个人都会有对手，甚至有很多对手。对手其实是可以选择的。智力、趣味、教养……是你选择对手的依据。哪怕你和对手相仇到不共戴天的地步，他总要有一些你欣赏的品质。福尔摩斯会选择莫里亚蒂当对手，他不会选择泼皮牛二当对手。找一个不相称的对手，你赢了也很窝囊；找一个相称的对手，你输了至少不损体面。

　　这姑且称之为莫里亚蒂定律。

　　当下的网络世界里狼烟四起遍地战火。多方厮杀打作一团不挑对手，污水对污水，狗血对狗血，一片狼藉，十分肮脏。莫里亚蒂教授，我想你看着都会觉得难受。

小宝

如何点亮科学的蜡烛

马斯特斯医生：

　　两季二十四集的美剧《性爱大师》（*Masters of Sex*）以及上海译文今年的同名新书，令你在中国的名气骤升。其实这个剧名是有意为之的误译，是一个小小的商业诡计，Masters 不是复数形式的"大师"，只是你的姓（马斯特斯），sex 在这里并非"性爱"，译成"性术""性学""性医学"更恰当。英文作者玩了一个双关语的花招，中文翻译更是把若隐若现的暧昧透视装扒掉，直接裸奔——成全了知名度，消解掉专业性。

　　你在当下中国的不虞之誉似乎已经超过美国。我问过一位美国朋友：你知道 Dr.Masters 吗？他懵然不知，却以为我在开玩笑，狡黠地说：我不晓得 Dr.Masters，我只知道 Master of FA。我听说过：Master of Fine Art（艺术硕士）？他大笑：No.Master of Fucking Around。一个美国人的粗俗笑话。

　　你的工作和这个粗口有点关系。你原来是一位顶尖的妇产科医生。为了解决病人的不孕不育问题，毅然闯入芜杂混乱的性学领域，从此再不回头。你把观察、实验、统计的科学方法带进了性学，十年苦工，七百名志愿者、一万次性高潮的完整纪录，性学开始闪亮科学的幽光。如果说《金赛报告》改变了很多人的性态度，那你的《人类性反应》《人类性功能障碍》

以及你草创的性功能障碍治疗术建立了影响几代人的性常识。

　　不过，你的课题放到哪个国家都在冒天下之大不韪，你的工作身处任何时代都要面临恶毒诅咒，命运无论把你丢到哪里你都是异端，是少数派。蹊跷的是，你应该是、却没有献身成为后人追念的性科学先烈。你当时就大获成功，学术、商业、声誉、影响，你什么都不缺，你没有什么可以抱怨的。

　　是当年美国民众开化、同行开明、政府开放吗？完全不是。那些年美国民风保守，包容度远不及今日美国或今日中国。而且，你那些惊世骇俗、游走于法律边缘的调查活动，即便今天的美国人和中国人十之八九都会非常厌恶，根本无法接受。你的同事承认你过去是优秀的妇科医生，但大多数人不赞同你的性学研究，权威杂志曾经拒绝刊登你的论文，最后你被主流医疗机构放逐。你从一个地位稳定的国宝级医生——伊朗的王妃一度是你的秘密病人——跌落到必须自立门户，当一个前途茫茫的个体户。你自始至终没有得到过来自政府的帮助。

　　你还是成功了。你能够成功，因为你生活在一个有文明传统的国度，文明的原则之一是保护少数。你一直是少数派，但你是能得到社会援助的少数派。藏富于民的社会，财富在某种意义上也是权力。财富分散、决策权分散的社会有能力支持你。你的事业有所凭借，终至成功。

　　你起步时只能在圣路易斯市的妓女中进行调查，帮助你的是圣路易斯市的警长。你是他孩子的接生医师。你的"精湛医术和务实风格"感动了孩子的家长。警长于是网开一面，在灰色的法律地带托了你一把。

你自立门户后，你的"生殖生物研究基金会"的核心福斯特律师也是你病人的丈夫。你最大的赞助者，薯片公司的继承人艾利斯夫妇一掷百万，他们是你治疗过的性功能障碍患者，后来生了四个小孩。

　　你的研究还吸引了有各种目的的商业投资人。国际香料香水公司的董事长沃尔特有兴趣和你一起开发费洛蒙香水，他的现身，还间接地触发了你的婚变。大名鼎鼎——或者说臭名昭著的《花花公子》老板休·赫夫纳大概是你最另类的金主。为了聘请你和约翰逊当科学顾问，他赞助了你们三十万美金。

　　一般而言，能够理解你、欣赏你、喜欢你的人，最多只是社会人群中的十之一二。在正常社会，这十之一二已经足够，足够你回报社会一份无愧于心、不负于人的科学财富。

　　在实证科学的意义上，性学、性医学迄今为止还在蹒跚学步。你几乎可以说是照亮性医学的第一根科学之烛。但不要忘了在你身后，有一批不知姓名、甚至稀奇古怪的点烛人。

　　你 2001 年去世，墓木已拱。你的事业伴侣约翰逊也走了。你们的故事回音缭绕，除了那些开胃的逸闻外，有些事，值得现在优越感十足的中国人想一想。

小宝

富豪俱乐部的文学卧底

菲茨杰拉德先生：

今年，《了不起的盖茨比》第四次被搬上银幕，主演是迪卡普里奥，导演是澳洲人鲁曼，造势凌厉，票房不俗。好风借力，您的小说原著也再一次成为热议的话题。

以《红磨坊》成名的鲁曼是 3D 时代的当令大导演，懂声画，会炫技，是极繁主义（maximalism）的大师：给他一根稻草，他能变出一条黄金；给他一枚钢针，他能演成一具钢管；给他一盆绿草，他能幻化一片森林。做外观，做场面，用影音之幻，让观众极视听之娱，他能办到，但他拍不好您的盖茨比，他驾驭不了文学。

优秀文学的根本之处、微妙之处，会拒绝影像改造，拒绝影像表达。盖茨比是一位丰富的文学人物，多层次，多面向，他的魅力来自性格和人性的神秘、复杂。他简单，但背景黑暗；他腐败，但怀抱光明的想象；他奋力向前，却逆退到过去；他的传说跌宕起伏，他的人生碎裂跳跃，但隐隐中有一条暗线贯穿，伏脉不断……迪卡普里奥演技足够出色，可是他的盖茨比远不如小说人物饱满、色彩斑斓，不像小说中的盖茨比容得下各种解读（open to interpretations）。

您的小说诞生于九十年前，一九二五年出版，小说故事发生在一九二二年。那是美国上世纪经济高速发展，盛极而衰的年代。用您的话说："这是一个奇迹的时代，一个艺术的时代，一个挥金如土的时代，也是一个充满嘲讽的时代。"在您这部不到八万字的小说里——以美国现在的出版标准，《了不起的盖茨比》的篇幅还够不上一部小说，只能算中篇——奇迹、艺术、挥金如土、嘲讽四美皆具。您无意为那个时代留影，事实上却为 Roaring Twenties（兴旺的二十年代）创作出即兴变奏、独一无二的爵士单曲。

我一直以为，《了不起的盖茨比》让您成为美国文学史、甚至世界文学史上的第一人：不是排名第一的第一人，是别开生面的第一人。您是富豪俱乐部里第一个文学卧底。您出入其中，又置身事外，诚意且真实地记录了财富圈里的人生和人性。您文学地告诉读者，金钱未必使人变好，金钱也未必使人变坏。有钱不是罪恶，有钱也不等于快乐。有钱人的不同在于，如果他们是坏人，他们是不一样的坏人；如果他们是好人，他们也是不一样的好人。您这样的文学卧底，前无古人，但后有来者。日本的村上春树，就是您最有名气的私淑弟子。

可是电影复制不了您的文学智慧。

您的孙女说她喜欢鲁曼的电影。假若您活着，我想鲁曼的很多处理您会不以为然。

电影中盖茨比登场，背景中的乐队高奏格什温的《蓝色狂想曲》，一九二四年发表的交响曲移奏于一九二二年，您一定不会满意。

小说中有个细节：黛西参观盖茨比的豪宅，盖茨比抱来他在英国定制的衬衫，摆满一桌。黛西看着衬衫，突然把头埋进衬衫堆里，号啕大哭："这些衬衫这么美，我看了很伤心，我从来没见过这么——这么美的衬衫。"这个细节奇特、古怪，分寸拿捏得很好，令人印象深刻。但在电影里，盖茨比从大到不可思议的衣橱里抓出一把一把的衬衣，发疯般地丢到黛西的面前，堆成一座小山，黛西似乎被砸昏了，倒在衣堆里大哭。这么粗疏的处理，真是为难迪卡普里奥，那一刻他不像纽约的盖茨比，更像卖小海鲜的温州老板。

有一点点仇富，有一点点向"占领华尔街"致敬，鲁曼用各种画面描绘了他对美国版酒池肉林的想象，流畅，华丽。不过文学地、人性地复活您笔下的人物，他做不到。当年美国人说，现在我们拥有了一部美国杰作：粗糙的水晶被磨成真正的钻石。而电影版的《了不起的盖茨比》令早已打磨成形的钻石碎了一地，里面还有几块玻璃渣。

其实，中国近二三十年的发展，与美国"兴旺的二十年代"非常相似。十分可惜，中国至今连一本低级版、山寨版的《了不起的盖茨比》都没有。以一个读书人的立场，我宁愿要一个菲茨杰拉德，也不要一千幢摩天大厦——本来就不是我的。

小宝

第八章

老上海的智慧

　　野蛮战胜文明，通常非常简单，比如焚书坑儒，下道收拾"以古非今""为妖言以乱黔首"的诏令，一把大火，一个深坑，指日竟功。文明改造野蛮，细水长流，千回百折，磨磨蹭蹭，时进时退。谁也说不准哪一天文明之树才能真正深植不摇。

　　文明也有文明的过失、遗憾乃至罪恶。但一般老百姓，生活在崇尚法治的文明社会比较舒服，生活在崇尚暴力的野蛮社会比较难受。开埠以来的老上海至今为人津津乐道，就因为那是一个文明初发盛开的故事。细细琢磨，近代文明在上海开枝散叶，要依靠中外有识之士的智慧，其中的关键词叫妥协。妥协是老上海的智慧。

　　外国人当年初进上海做生意，首要之务就是买地。市场经济商品生产，土地是基本要素。你开洋行立公司建工厂修码头，土地不是自己的，或者地权暧昧，业主随时可以收回抽走，生意根本做不成。但传统中国历来没有严格意义上土地个人私有制，"溥天之下，莫非王土"，更没有出售土地给外国人的成例和法条。"购地之难，实百倍于吴淞之役。"这件事最后居然谈成了。外商退了一步：不再坚持购地的名义以及明确的土地所有权；官厅退了一步：允许外商以永租的方式取得土地。这就是老上海的土地永租制。

土地永租的文件叫道契，由上海道台核发。道契的权利性质一直有争议。但在现实生活中，外商有了道契几乎等于有了土地所有权，盖房开店出租典让……无所不能。后来又有了华商道契（民国后改称土地执业证）。上海最早的民族资本企业，都是道契制度的受益人。

你退一步，我退一步，就是妥协。你勇敢前进，我硬顶争锋，就是对抗。在正常的文明社会，冲突不可避免，妥协赢得进步，对抗伤害双方或多方。压倒性胜利的所谓赢家得意一时，其实遗祸后世。

会审公廨是老上海更有意思、更为漫长的妥协故事。

鸦片战争后，五口通商，租界内中国人的司法权旁落。首先确立了外国人的领事裁判权。领事裁判权取"被告主义"，被告为外国人由外国领事法庭审判。以后又设立会审公廨（mixed court），由中方谳员主审、外国领事陪审租界内的华人案件和华洋之间的案件。

会审公廨和领事裁判权一样，无疑是对中国司法主权的侵犯。不过以当代人的眼光看，侵犯未必完全是坏事。邹容、章太炎的《苏报》案，是近代史上的名案，会审公廨设额外公堂开讯。章太炎在《苏报》上大骂光绪皇帝"载湉小丑"，公堂上从容作答："我只知载湉乃满人，不知所谓圣讳。'小丑'两字本作'类'字，或作'小孩子'解。"清朝政府力争把邹、章二人引渡到南京审办，亏得租界工部局坚持"此租界事，当于租界治之。为保障租界内居民之生命自由起见，决不可不维持吾人之治外法权"，最后分别以两年、三年监禁结案。章太炎出狱后立刻东渡日本。如果移送清廷，章太炎很可能像同时期的革命党人沈荩一样"为清太后旨命杖毙"。鲁迅就会少了一个好老师，中国就会少了一点好学问。

从更大处着眼，会审公廨也是中国司法体系文明演进、中国司法改革的一个起点。无论实体法还是程序法的变革，都可以在会审公廨六十年的司法活动中找到大量实例。

清末修订刑律，废除野蛮的笞刑、杖刑，用徒刑取代。取消这些肉刑，就是在上海租界内会审公廨开始试点。有趣的是，过去外国人一直反对肉刑，会审公廨试点后，怕痛的华人罪犯纷纷到公廨求刑，租界内监狱一时盗满为患。工部局不胜其扰，竟要求中方收回成命，恢复笞、杖刑罚。中方谳员关炯之——历届谳员里最有骨气的中国人——上书两江总督端方，称"非复刑不足以示惩戒而保治安"。清政府没有理会。

网上可以找到一张早期会审公廨的照片：主审陪审高坐堂上，中西随员两边排开，被告跪在地上，一派传统中国衙门景象。民国以后，法庭布局礼仪已经大变：审判人席位居中而设，原被告两造相对就坐，正是西方法庭的格局。两种图景意味深长，代表两次妥协。第一次向中国传统的妥协，不妥协就不能打破华夷隔绝的状态；第二次向现代西方的妥协，不妥协就不能开创中外联属的新局。民国创立，中国的司法文明初建，政府才能理直气壮地废除会审公廨，于上世纪二十年代收回中国的司法主权。

史家还是蠢点好

上个月《上海书评》尼克的《计算历史学》是篇抖机灵的聪明文章，漏洞不少。抖机灵必要卖弄刻薄，就像倚门调笑的小娼妇必要卖弄风骚，一卖弄难免有漏洞，这是题中应有之意，无伤聪明。比较遗憾的是作者后来自加按语把文章贴上社交媒体，征求严肃讨论。这好比小娼妇大街上溜了一个弯不甘寂寞又自行征婚，妄想嫁入豪门，当然会惹恼正宫娘娘、三四五六七八九姨太。大伙儿一拥而上，恨不得活撕了小浪蹄子。作者挨砖是自找的。

先说说《计算历史学》的漏洞。作者把"大数据和计算"——数学的一部分，归到自然科学名下，明显是欺人之谈。简单地讲，数学和语言文字一样，只是一种工具，自然科学能用，社会科学人文学科也能用。目前自然科学数学用得比较好，但保不准哪天社会科学人文学科后来居上，陈寅恪和陈景润联体，把数学研究所点对点地从中国科学院渗透到中国社科院。

历史研究自然可以、或者说应该用到大数据。不过，任何一项研究，除非大数据变成全数据或者接近全数据，数据本身不会说话，无法直接产生有意义的结论。比如某国大选，事先如能准确地收集所有选民党派立场和选举意愿的数据，那就不用更多的分析和推理，统计结果就是结论。而人文课题史家研究根本无法得到这样的大数据或全数据的支持，越是复杂的课题研究越难获得直接的数据支持。如果把传统的研究方法弃之不用，单练数学，你就必须建立数学模型，从有限的统计中进行推论，推论出新知识新思想。《计算历史学》许为"神器"的词频统计，可以算是一个数学模型。

可惜的是，这个模型太简单，毫无神奇可言。它简单到推不出任何新的信息，最多只是给尽人皆知的常识加把柴。不用谷歌的三千万册图书，美国人都知道，五十年前叫"黑鬼"的比较多，现在正式场合有书号的出版物不说"非裔美国人"冒叫"黑鬼"，差不多等于在中国否认钓鱼岛主权，不讲政治到要吃官司。这件事不必 Ngrams 提醒。

作者自己设计的鲁迅、巴金、金庸曲线则大成问题。这个所谓"文坛座次"是一个只发生在中文语境里的荒唐故事。你要收集数据，应该以中文资料为根据，外文图书参考价值极其有限。你如果取本世纪中文互联网的词频统计，我敢断言，金庸肯定力压鲁郭茅巴老曹。以此为标准，郭敬明的座次也必然远高于莎士比亚。无论莎士比亚的译名是莎士比亚、还是沙士比亚、啥是逼呀、莎翁……加在一起都斗不过短短的小四。这个大数据、计算历史学有什么意义？

假定学者的研究题目是"黑人写作的文学贡献"，Ngrams 能帮什么忙？他要在学术上大放异彩，必须另起炉灶，设计一连串复杂的数学模型。且不说这些模型有多少设计障碍、拿谷歌三千万册图书取样是不是合理——迄今尚无成功先例。就算他最后绞尽脑汁完成建模，用传统方法的同事可能已经为谷歌图书馆提供了十本新书——大数据时代的历史研究不是更轻松，而是更复杂更困难。

作者最伤人的一段引文，大概是说历史学家智商太低，否则历史研究早已成为科学。这段话前半句我同意——智商的概念和测试方法本来就非常科学主义，要是智商考题改成茴香豆的几种写法，希特勒的哪本藏书里夹着一根黑毛……科学家未必能讨好，后半句显得智商很低——这段话就是历史学家说的，他的智力确实有问题。

历史研究和历史写作不科学，这毫无问题。史家作业的方向从来就不是科学。就像你说历史研究不如东莞喜来登酒店157号小姐性感，这也是事实，但历史研究从来没有追求过性感。

历史研究历史写作的基本标准只有一个：真实。史家要纪录、揭发、确认历史的真相。在科学中，真实和真相的标准歧义丛生，难有定论——薛定谔的猫到底是死还是活？但史家要有一种低智商的顽固和愚蠢，一口咬住他认定的真相，死活不松口。这不是一个科学和技术问题，更多的有关史家的良知。

文天祥在《正气歌》里为天地正气排榜，名列榜首的就是史家："在齐太史简，在晋董狐笔。"春秋时齐国大夫崔杼杀了齐庄公，"太史书曰：'崔杼弑其君'。崔子杀之"。老崔连杀了两个太史，老三继续写，老崔放手了。晋灵公死于赵穿之手，大夫赵盾没有处置赵穿，晋太史董狐记史："赵盾弑其君。"

科学地看，齐太史晋董狐的记载都有问题，齐庄公睡了崔杼的老婆，取死有道；赵盾并非弑主的凶手，难当其罪。但春秋时代的两国史官，就是认定他们有弑君之罪，是元凶首恶，秉笔直书，从容殉职。这种一根筋认死理的勇敢，是中国的良史。它无关科学智商，却代表了社会的道德智慧，代表了社会的良心。

中国现代史家当下的第一要务，不在学习计算机的聪明，而是要多少保持一点传统良史的愚蠢。现代史家的油滑世故，已经让暴君秦始皇大摇大摆地成了开天辟地的英雄帝王，希特勒哪天会不会追认为国际主义友人？

两只老虎

美国奇谈大家斯蒂芬·金写过一个短篇故事《厕所里有老虎》：一年级的小男孩查理一直被老师白德小姐戏弄惩罚。有一天查理去小便，看见厕所里躺着一只又饿又凶的斑斓猛虎。吓到魂飞魄散的查理拦不住气势汹汹的白德小姐闯进厕所——一去无归。查理只好悄悄地回到教室，"拿出一本漫画书，开始看了起来"。

这个故事十分简单，简单到无须分析评论，就是奇怪有趣。读过的人都会留下一些印象。作者说，"我上一年级时，老师范布伦太太很恐怖，我就很希望看到有只老虎把她吃掉。小孩子嘛"。成年后的作家算是力所能及地实现了儿时心愿。

老虎故事的写法，叫作志怪述异，当下的中国人看着新鲜，其实它是中国传统文学的大项。子不语怪力乱神，子亦不禁怪力乱神。《山海经》以下，传统文库里志怪述异的小说笔记数不胜数。有意思的是，现在被奉为经典的长篇小说，在古代的地位不高，流传至今，连作者是谁都无法确定。而志怪之书，或入子部，或入集部，刊布堂皇，声闻不废，代有名作。比如宋朝洪迈的《夷坚志》，四百二十卷谈神说鬼，风靡当时盛传后世，陆游题诗评说：笔近反离骚，书非支诺皋。岂惟堪史补，端足擅文豪。驰骋空凡马，从容立断鳌。陋儒那得议，汝辈亦徒劳。

把《夷坚志》看成《离骚》一类的大手笔，补史有余，陋儒禁议。

志怪的古人，岂但陋儒不配妄议，他们的才华，比之于今日西方的玄幻作家，也各擅胜场。乾隆年间的吴县人沈起凤——多少算上海人的大同乡，作《谐铎》十二卷。一百多个故事，各得其妙。其中《虎痴》一篇，说的是中国西北秦川的老虎。

陕西姑娘秦小媖，是漂亮女子。父亲与豪门争地，被勾结官家的豪门诬陷，死在当地派出所。小媖跟着母亲去西山哭告天地，说家里已无男子，谁为父亲复仇？有谁能杀了仇人，小媖愿意嫁其为妇。一天，仇家去县城为县官祝寿，路经西山，一虎窜出，咬死仇家。消息传来，母女正在高兴，忽然一只老虎摇着尾巴闯进家来。母女开始惊吓，后来见老虎没有恶意，壮着胆子问，仇家是你杀的吗？老虎点头称是。母亲说，你替我们报仇，我们会献花致谢，你来这里想怎样？老虎怒目而视，似乎谴责她们食言。母亲说，你在指责我们吗？我可以招你做女婿。但你和我女儿不是一路人，如何结为夫妻？我老了，想招个女婿养老送终。你能替我亡夫报仇，为什么不再施恩我们未亡人呢？求求你。老虎听了垂头丧气，准备离去，"一步九顾，依依不舍"。

小媖此时拦到身前说，你不用走。我以身相许，不会昧心。不过你也知道，我们无法行夫妇之实，如要履约，我可以和你共居一室，"终身相守，存夫妇之名"。老虎同意。从此，小媖老虎吃在一起，住在一起。小媖早上起来化妆，老虎在一边偷看。晚上睡觉，小媖睡床上，老虎睡床下，老虎彻夜不眠，怕打呼吵醒小媖。小媖生病，老虎会弄些鹿脯羊羔替她进补。日子一长，母亲越来越烦恼，觉得女儿很失策，对老虎也越来越失礼。一天晚上，老虎竟离家出走。母亲逼着女儿再寻佳婿。

女儿垂泪坚拒。不久便抑郁而死。小娭停尸堂上，老虎"嚎哭而来，泪下如雨，进殓者皆见之"。小娭埋骨西山，老虎天天巡视，节节祭奠，三年不变。老母贫病无靠，老虎每天送去山獐野兔。

沈起凤在《虎痴》的篇末批道："有情痴者，必无傲骨；虎而痴，是失其虎性矣。然一言不和，掉头竟去，不依然虎性之难驯乎？痴而能傲，是为真傲；傲而能痴，是为真痴。"

《虎痴》对决《厕所里有老虎》，以立意、布局、情节、人物论，《虎痴》领先何止一步。放进当今的娱乐工业，《厕所里有老虎》最多拍成九分钟的微电影；如果请来《阿凡达》的导演卡梅隆，《虎痴》完全可以制成一部票房十亿的人虎恋大片。

志怪之作，是对想象力的考验，也是原创力的展览。高人谈鬼，妄语欺世，骇人听闻，细究其实，何尝不是"以妄驱庸，以骇起惰"，刺激心智，保持精神生活的活泼和健全？回首百年中国，伟大丰富的志怪传统被科学的威权审判，以迷信的罪名问斩，雨打风吹，现已荡然无存。讽刺的是，一个世纪过去，仔细推考，中国原创的科学，有多少进步？还不是跟着美国亦步亦趋。遥望大洋彼岸的美国，文坛上鬼怪横行魔妖当令僵尸出没精灵复生，与此同时，它世界科学中心的地位雷打不动屹立不摇，其中奥妙，愚蠢的当代中国人不知能否看懂。

新年纪事之各种吐槽

"吐槽"之"槽"，《说文解字》定义为"畜兽之食器"。由此推论，几经转义后，今天"吐槽"的意思应该是"往别人的碗里吐口水"，而且心存不敬，视人为畜，抢白、抬扛、拆台、调戏，化别人的高端大气上档次为低俗猥琐没人品。

懂日语的小朋友说，大叔，不要太复杂，"吐槽"可以算作外来语。日本对口相声里，一人叫发呆——提供槽点，另一人叫吐槽——恶性反应。比如发呆的说：利物浦三次打门，攻进四球。吐槽的随手一掌：四你个头啊，三脚能进四球？

逗哏的发呆，捧哏的吐槽。

中国的相声大不同于日本相声。吐槽一事，逗哏的我自为之，绝不让捧哏的分享。逗哏的铺叙恶形恶状的槽点，全栽在捧哏的身上，然后大吐特吐，"槽"事一手包办。你看郭德纲说相声，每回都像怀孕害喜的村姑，吐了于谦一脸一身。

吐槽是当下中国的快乐文学。吐槽能展现最机智的批评、最有趣的嘲弄、最聪明的联想以及无穷无尽的造句才华。吐槽有很高的趣味标准和智力标准，令吐槽人身心愉快精神优越。有了丑事，宁可自吐也不让人吐——吐槽权就是智慧权话语权。难怪郭德纲们攥着不放。

但吐槽的大舞台不在剧场银屏，而在网络。中文里"槽"字之用，多代称马槽。所以马年必是吐槽大年。

除夕的春晚不必说了，那是全民吐槽的狂欢。不过全民运动通常只有数量没有质量。春晚吐槽没有留下什么值得记忆的金句和高段位的笑话。一个月之后，几乎没人还能记得当时的片言只语。

吐槽是文学。文学要靠小品作家们单干。东北近年买貂穿貂成风，貂皮是土豪和土豪家眷的身份证。新年也成了貂皮时装周。一位段子手顺手编了一个吐槽的小故事，极具镜头感：

舅妈穿个貂去表叔那拜年，打牌时把大衣放沙发。屋里人多还有一大狗，狂得很。凌晨，主人端出元宵招待，舅妈发现大衣不见了，结果狗笼前一截毛袖子成了脚垫，貂在笼子里被尿泡着，拎出来变滴水燕尾服。舅妈直接扑狗身上开始撕咬，舅舅跟表叔对翻旧账。天花板上好多汤圆。现在医生在缝舅妈，舅妈在缝貂。

初五以后，春运的返城之旅启动，又一位作家的灵感闪现：

当江西景德镇的翠花在上海火车站下车变回 Linda 的时候，河南驻马店的铁柱已经变回 Andy 坐在北京三环的公交车上，而湖南株洲的大军则正在开往广州的长途汽车上等待变回 Tony。在广袤的神州大地上，每年正月初五到初七，这样的变化到处都在上演，这就是，神奇的中国。

这段写完，作家意犹未尽，又补了一枪：

初六，将迎来名媛贵妇的返程高潮。不管过年在村里装得多温柔多淳朴，这个时候都要从各种农村县里山里回城里！走国道，跨大桥，拼出租，脱掉花棉袄，穿上假皮草，到酒吧！到夜店！到 KTV 开吧打卡！回到王哥、张叔、uncle、爹地的怀抱，名字也从春江、桂蓉、招娣儿、采霞变回 cindy、kiki、momo、bibi……

这一枪有点多余。作家请不要忘记：吐槽者人恒吐之。换上假皮草的 Cindy 们可不是什么善茬儿。如刀似剑的回吐立马杀到："类似的最近发了好几条，看把楼主累的，都憋紫了吧。只有这样才能体现自己不用返乡直接回城中村过年的优越感么？"还有更凶狠残暴的，不宜摘录。

这种几乎要取笑王哥、爹地的吐槽有一定风险。比较安全的吐槽这两天刚出炉。柏林电影节中国不太有名的男星廖凡得奖，有人吐了一条：

廖凡拿了影帝，一下子冒出很多人假装跟他很熟，真是贫居闹市无人问，富在深山有远亲，打心眼里看不起你们这些凑热闹的人。我看《将爱》的时候就知道他会大红了，这么多年来一直默默支持他。凡仔你造吗，05 年你在国话实验小剧场演《死无葬身之地》的时候下台不小心踩到我脚哦，现在还在疼，加油哦——

这种文艺小清新的吐槽性价比特别高，吐者开心，听者无恙——还会暗暗佩服吐槽人的机灵劲。顺便说一下，"凡仔你造吗"这句话里并没有错别字，懂的朋友网络阅读基本达标。

心底肮脏的老鸟吐槽千万慎重，一吐就有可能召祸。憋不住了，不妨自吐。伍迪艾伦八十岁以后最好的电影是去年的《情迷蓝茉莉》，灵感和高光点是对前妻前女友的强烈吐槽。马年春节前后他遭遇最暴力的反击，他现在一定后悔吐槽的动静太大了。而在南国扫荡中漏网的中国老鸟就很有风度，自吐认输：我们不得不沮丧地面对这个现实，一个时代算是结束了，以后再也不会有这种麻辣烫的价格，燕鲍翅的享受，皆往矣！

吐槽将是这几年最有人缘的写作风格。我郑重地推荐本文引文的几位作者：cof1cof1，假装在纽约，纳兰性急。希望他们的作品登上明年春晚的舞台。

僵尸政治学

僵尸是个很热闹的话题。通常说的僵尸（zombie）分两种，一种是鬼故事里的角色，用来吓唬别人，有时也吓到自己。另一种是未开化人群原始信仰的一部分，是巫师作法的对象，或者是巫师作法的成果。以中国为例，明清笔记里可以读到不少僵尸的段子，那是鬼故事。而湘西赶尸一类传说，则属于巫术。近代以来，中国人的知识活动中抄袭风大盛，想象力凋零，无论鬼故事还是巫术都得不到新鲜的营养，一片冷清，生不出奇异的智慧。

相比之下，西方的知识圈文化界这些年倒是鬼话连篇幽灵出没尸横遍野。僵尸已经登堂入室拜相封侯，成为一门（或几门）正经学问。这些学问的基础和材料都来自越编越头头是道的鬼故事以及非洲美洲阴森的伏都派巫术。

非洲美洲巫术里的僵尸，可以行走，对周围的刺激可以做出原始本能的反应，但没有理智，没有情感，没有自我意识，没有个人意志，被巫师或其他人的巫术和魔法控制。作法人能驱使僵尸，僵尸是作法人的奴隶。

小说、电影、电视剧、音乐、美术中的僵尸花样百出。真正的小说家艺术家秉天地之戾气而生，敢同恶鬼争高下，他们创造的僵尸是人类之敌。那些僵尸，智力低下凶残恶毒丧心病狂，以人为食，易人为尸。他们最危险的地方不是取人性命，而是传染僵尸病毒，令活人变成和它们一样的僵尸。僵尸军团一天天扩大，人类社会一天天缩小。人类最后毁灭于僵尸浩劫（zombie apocalypse）。

僵尸浩劫现在是僵尸研究中的显学。人类末日的诸多猜测中，僵尸浩劫稳占一席之地。2006 年，斯蒂芬·金的小说《手机》曾经荣登《纽约时报》书评版畅销榜首席。这部小说描写的就是一个僵尸浩劫的故事：一场全球性的电信灾难让所有的手机用户在接听电话的瞬间，变为食人的僵尸，小说主人公一路逃难，九死一生。以撒·马里昂的《体温》，也是一部僵尸浩劫文明毁灭后的人鬼奇情录。2010 年，美国经典电影有线电视台（AMC）制作了电视史上第一部僵尸长篇连续剧《行尸走肉》，让观众在家里直接观看僵尸浩劫的末日景象：大街小巷，公路旷野，游荡着一群群面色灰败獠牙外露猎食活人的僵尸，到处是文明的废墟，倒卧路边的汽车，狼籍斑斑的商店，死气沉沉的工厂、公园、医院、加油站……残存的人类像蟑螂一样流窜逃生。

僵尸浩劫一说表面上荒诞不经，似乎比玛雅预言更离奇。其实埋藏在那些恐怖故事下面的忧患十分真实：一旦地球资源耗尽，人类目前这种高福利的生活条件难以为继，大量的人口将掉落到基本生存线之下。他们会成为攻击现存文明的野人，甚至有可能不惜以最极端的僵尸型同类相食的方式与现代文明同归于尽。中国人现在几乎天天听到皮鞋胶囊、地沟油、三聚氰胺牛奶的新闻，不法商人造假的背后，更为残酷的事实真相也许是：眼下，或者不远的将来，一杯像左派右派共同理想一样纯净的牛奶成本是一千元，一瓶符合东西方文明规范普世价值的药物成本是一万元，你的收入才三千元，更多的人收入比你还要低，你会怎么办？你能怎么办？放眼繁华都市街道蚁群般熙来攘往的人类，恍惚间会不会有幻觉下一秒钟他们就要亮出獠牙？

北美的流行病研究机构专门研究过僵尸对文明人类的攻击。根据他们的数学模型，人类在这场较量中必败无疑，除非在僵尸发动之初，将它们斩尽杀绝。因为人类处于僵尸食物链的下端，僵尸的生物（死物？）冲动，就是品尝人肉。而且僵尸瘟疫的传染速度极快，人类不仅是僵尸的食物，还是僵尸的后备军。僵尸人口规模将以指数级别的增速发展，很短的时间内在数量上超越人类。文艺作品中正面人物的逃生，充其量只是短暂的苟延残喘。

人类死于僵尸之吻，不太值得抱怨。人性黑暗深处，何尝不是鬼气森森？伏都派巫术中，巫师作法控制僵尸，僵尸惟命是听。当下人类的各种活动，从政治到游戏，这类控制——顺从的模式，随时随地可以看见。煽动家以空洞虚伪的观念为符咒，施法于他的追随者，追随者以极端暴力的姿态，效忠煽动家。微博博主坐拥成千上万粉丝，俨然粉头。只要粉头一声指示，一句话，一个表情，粉丝便会蜂拥而上，向虚空中的假想敌全面开火，张嘴就咬，伸手就打，像极了僵尸片里的群鬼。微博上粉头和粉丝的关系，就是巫师和僵尸的关系。当下已半鬼附身，他年定群尸争肉。恶鬼就在你心中。

可怕的美味

大多数人说"美食"，其实说的是"美味"。讲究食材讲究烹调，全在于好食材好烹调能出好味道——味道甘美、口感舒畅，美食才算成立。

美食主义、或者叫美味主义，是很可怕的饮食观。古代大 V 料理万物，憬然有觉，从来不走美食美味路线。孔子知道饮食男女是人生两项大欲，落笔却轻重不同。他对男女之事看得很开，没有多少意见，群众爱怎么玩就怎么玩，怎么玩也闯不了大祸。反而他对饮食有很多建议，讨论得相当仔细，基本意思是节制、忌口——他说过十几个"不食"。取"割不正不食"之语稍加演绎，孔子的饮食观是"正食主义"——不吃不正常的食物，他不提倡"美食主义"。

没人爱听大 V 的话，领导和群众都不爱听。在味蕾引领下的美食之旅一路向前。现代社会之前，美食美味登峰造极处，荼毒生灵，大干天和。

《清代野记》里有两则故事。山东一家餐馆专卖生炒驴肉，在店门口钉四个木桩，把驴子的四足绑在木桩上，客人点驴臀肉或驴肩肉，当即用滚烫的汤水生汆，汆熟后割下，"味极鲜美"，"方下著时，驴犹哀鸣也"。这家餐馆叫"十里香"，香传十里。江苏淮安清江浦有个寡妇，喜欢吃驴鞭，她先让公驴和母驴相交，"约于酣畅时，以快刀断其茎，从牝驴阴中抽出，烹而食之，岁死驴无数，云其味之嫩美，甲于百物"。这两位追求味臻极致的美食家，后来都被地方官处以极刑，也算是美食史上的味道（不是卫道）先烈。

说话的，你讲的是古代奇闻，现在喜欢美食的食客吃货，爱心洋溢，看到流浪狗流浪猫流浪小强都要抱起来亲嘴，绝不会这般丧尽天良穷凶极恶。危言耸听了吧？

美食美味的可怕，正在当下。古代的美食害物杀生，现代的美食害人自伤。

日本有个营养师，叫幕内秀夫。他三年前写了一本书，研究零食成瘾的现象。幕内的书，可以教你理解当代美食产业。

当代的美食产业就是美味产业。所有的食寮饭庄工厂商店，核心价值就是美味。食品业、美食业，是当下人类的美味提供商。

幕内说：人类天生的偏爱四类美味：甜、咸、鲜、肥。这是人类千万年生存进化的结果，有充分的营养学依据。甜味代表食物中的糖分和碳水化合物，咸味代表食物中的矿物质，鲜味代表食物中的蛋白质，肥味代表食物中的脂肪。这些都是生命维持发展不可或缺的营养。但是，化学的发展，工业的发展，调味品的发展，完全可以让四种美味脱离它们代表的营养成分独立存在。弃材取味，美味依旧，营养不再。

日本的电视台曾经在美食节目中推出一道"神秘天妇罗"，在场的嘉宾品尝后赞不绝口，纷纷打听它的原料和制法。揭晓后的答案是：用面纸加上调味料和盐，油炸而成。没有鲜虾，天妇罗依然可口。这大概是弃材取味最典型的例子。

我还可以补充幕内的说法：除了甜、咸、鲜、肥等口味外，化工业、调味品还能仿造人类喜欢的酥、嫩、脆、糯、Q 等各种口感。日本袋装零食的油脂比例通常是百分之三十上下，这正好是五花肉、牛排、金枪鱼腹肉 Toro 的脂肪含量。这种高调味、低营养的零食能仿制出高级食材的陶醉感觉。

当代美味业、调味业更上层楼的厉害之处是它能创造天然食材根本不能提供的强烈快感。比如你口味嗜甜，哪怕胃口奇好，一顿吃一公斤的碳水化合物，也只能摄入五个单位的甜度，而花样百出的调味品却能让你吃上几口，就直接抵达五十个单位的甜度，你可以体验前所未有的精神愉悦。形成这种强烈的快感，原来要靠做爱、SM、嗑药的刺激。换句话说，当代美食史无前例地足以唤起食客体内"快乐物质"多巴胺、贝塔脑内啡的超常分泌。美食已经能够成瘾。

当代美味业的大量产品，肯定相当不健康。幕内秀夫妙手成文，不仅仅揭露了不健康的真相，更恰如其分、得体地为不健康的美食美味辩护。

他说，当代美味业不是为消费者的健康服务，它是为消费者的快乐服务。健康是人生的积极指标，快乐也是。现代社会是压力社会，快乐就是减压排压。从高尔夫到烈酒香烟到读书会到廉价零食都算减压排压的法门。幕内特别反对以健康的名义取缔不良生活习惯。那是一种令人窒息的强权，直通法西斯主义。

这不是比喻。全世界第一个禁烟的政权就是纳粹德国。希特勒要求开会时不准抽烟，赠送纯金怀表给成功戒烟人士。一九三八年，德国宣布空军、政府机关、邮局、医院、火车全面禁烟。希特勒自己身体力行，不抽烟、不喝酒、完全素食……但是，希特勒实际上是一个不可救药的嗜甜症患者，一天要吃一公斤巧克力。幕内感叹，希特勒的例子说明，每个人都是自己快乐的奴隶，而理解别人的快乐多么困难。

　　我想，正常的饮食法则应该是自己的事自己负责。哪怕生活在再专制的国家，饮食自由大概是可以保留到最后、或者说最后才被剥夺的自由。既然能享受自由，不妨在享受中学习自由。第一，了解真相，知道美食美味的可怕和可喜；第二，做出选择，自己决定皈依美食主义还是正食主义，健康至上还是快乐优先。最后，承担选择带来的责任与后果。

优雅的残颜

凯特·布兰切特：

　　看着伍迪艾伦的新片《情迷蓝茉莉》滚完最后一行字幕，我已经在心里为你预订了明年奥斯卡奖最佳女演员的后冠。奥斯卡有你，不是你的荣誉，是奥斯卡的荣誉。如果明年后冠旁落，受耻笑的不是你，一定是美国电影艺术与科学学院，就像一百多年前没有颁奖给托尔斯泰的瑞典文学院一样，它将被后人反复诟病。

　　你早就是全世界影迷的优雅女神，仪态万方超凡脱俗。文青们觉得你几乎代表了关于女性的完美想象。《情迷蓝茉莉》，你优雅依旧，风情依旧，贵气依旧，却出神入化地演绎了一个可悲、可怜、可厌，残花败柳般的破产名媛。是前所未有的颠覆，更是迈越巅峰。

　　伍迪艾伦今年七十七岁了。谁也没有想到望八之年，他居然能创作一部极具人性深度的文学电影。我猜，这部电影有点在发泄他对那堆前妻前女友几十年来的怨念。他有点恶毒地清算那些名利场宠儿的傲慢和势利。怨念激励创造，偏执成就杰作。耄耋之年还在燃烧的艺术肾上腺素，让他发现了都市艺文廊里长久遗漏的形象。他捕捉、记录了这一形象，然后交到你的手中，让你用惊才绝艳的表演，完成它的最后塑造。

英语里有个词，叫 snob，形容爱慕富贵、招摇自炫、装模作样、向上攀附、向下踩踏的虚荣之人，中文通常译为"势利小人"。我两年前写过文章，觉得它最准确的译名，应该是近年来口口相传的民间新词"装逼犯"。你演的茉莉姐（Jasmine），就是一枚 snob。你令这个轻佻的形容，变身为血肉丰满的当代人物。今日世界 snob 满坑满谷，中国 snob 人口也在急剧膨胀，但是这类都市虚荣界的典型代表在文学艺术中缺位太久。现在，终于有了你的茉莉姐。

茉莉姐曾经是纽约金融巨头圈的贵妇，骄傲、炫耀、虚伪、功架十足、魅力不凡。那个时期，她也是个 snob，1.0 版的 snob。置身风生水起的富贵圈，她高调宣示幸福、她的装模作样尽管可笑，但不唐突。她有装腔作势的本钱，虽然她的生活也危机四伏：她的丈夫是个金融骗子，而且眠花宿柳，根本不爱她。顺便说一句，饰演丈夫的阿列克·鲍德温非常出色，嘴角上扬，常带笑意，目光冰冷，暗藏杀机。一条干练的金融食人巨鳄。

如果伍迪艾伦停笔于此，那么这个 snob 只是一个简单的讽刺，毫无深度。《情迷蓝茉莉》从千金散尽、盛宴曲终处写起：丈夫自杀，家产没收，她孤身一人投奔姜妹（Ginger）。那时候的茉莉姐还是 snob，就特别不简单。

你成功地演活了升级版的 snob。1.0 版的 snob，章子怡也能演。2.0、3.0 版的 snob，对人性的体会同情表现，需要女王的智慧和灵性。你的演出令人信服。

升级版的 snob，需要自我欺骗自我催眠，建立虚幻的自信，才能身处下贱，心比天高。茉莉姐已经一文不名，但出行必须头等舱；寄身姜妹的陋室，仍放言谴责姜妹的普罗男友是屌丝（loser）；对中产的好色牙医不假辞色；一心专钓有财富、有品位、有尊荣的金龟婿，几乎成功。即便豪门梦碎，还会高人一等地对姜妹说，我要和土豪结婚了，然后摔门而出。

组织上入党、思想上没入党的人是假党员；早就被富贵圈驱逐，仍然以名媛贵妇自居的茉莉姐是真装逼。你的表演炉火纯青。在茉莉姐身上，观众可以看见、读出人物的野心、紧张、虚弱、语无伦次、精神障碍，还有残存的优雅、教养、风度、性感。就像你在影片中精心设计的妆容：本来五官精致，却被阿普唑仑和其他化学品摧毁成一张残颜。

影片中甚至连爱马仕的手袋、香奈儿的外衣、芬迪的钱包、LV 的旅行箱都别有意味。当年和游艇、华屋、豪车配合，相得益彰。沦落风尘后，这些奢侈品更像老兵身上的一块块伤疤，提示主人名利场的往日风光和眼下凄凉。

你很喜欢中国，喜欢中文，你说中文是未来的语言。你儿子才五岁，已经开始学习汉语。我希望未来有一天，他能把这封中文的公开信读给你听，告诉你中国观众对你的爱慕和敬仰。

小宝

轻型思想家

大塚英志先生：

　　想到和你通信，有点偶然。日本有一批与你类似的写作人，我对这一类人有兴趣，取你以为代表。

　　你的头衔很多：评论家、小说家、漫画作家（漫画作品的故事撰写人）、漫画编辑、神户艺术工科大学教授、东京艺术大学大学院映像研究科兼任讲师。倘若把这些头衔都印上名片，名片一定很厚。幸好你没有遇到张学良。民国张将军，看到一个客人的名片上罗列一连串头衔，勃然大怒：这么多头衔一定不是好人，吩咐马弁把他拉出去毙了。

　　你那么多的身份，我独重"评论家"一项。我甚至想把这个身份再高标一格，直接称为"思想家"。"思想家"是个大词，你未必消受得了。好吧，我做个限定：轻型思想家。

　　看一下你著作的目录：《少女民俗学》《公民民俗学》《阿童木的命题》《故事消费论》《故事的体操》《御宅族的精神史》《作为伪史的民俗学》《人身御供论》……你研究评论的是少女、阿童木、故事、民俗学、御宅族、人身……都是轻型题目，没有重型字眼：正义、良知、宇宙、人生……

　　但是这些题目你做得很好，思路开阔，见识不俗。比如九十年代初出版的《故事消费论》，时隔二十年重温，仍然能感受思想的魅力。

《故事消费论》说，人性需要故事，在现代社会，故事是消费品，消费故事的商品形态是电影、电视剧、漫画、动画等等。民众消费的故事，会随着时代改变。上世纪六十年代到八十年代，大众文化消费的背后，是世界一分为二的"大故事"——美国与苏联的对立、意识形态的对立、市场经济和计划经济的对立……

但进入九十年代，时代不一样了，大故事的结构慢慢瓦解。大众文化的消费逐渐变成以"小故事"为中心。小故事就是我们自己的故事和我们周围的故事，"我的世界"里的故事。九十年代之前已经消费故事的观众和读者，还会保留欣赏大故事的心态。而九十年代以后开始故事消费的年轻人，以自我为中心的小故事，成为他们稳定的消费指向。

日本后来的经验证明了你的预言。日本有不少写作人和你一样，以成熟的学养、慎密的思考来处理社会的微变迁。你的工作得到了他们的呼应。作家东浩纪十年前以你"自己的故事"为出发点，进一步讨论网络宅男的文化消费行为。网络给宅男表达的空间，他们从被动的消费转向选择的消费。小故事对他们来说还是太大，他们不再全盘接受一个故事，他们可以表示只是喜欢这个故事里的一个演员、一条狗、一只猫，甚至只是一顶帽子。大塚英志讲述的是从大故事到小故事，东浩纪讲述的是从小故事到小选择。网络时代的文化消费更分散。

你们的工作其实就是思想家的工作。并不是只有处理大字眼、大问题才叫思想家，就像并不是只有举起两百公斤才叫举重。举起五十公斤也是举重，级别低一点而已。思想是一种能力。用思想的能力成功处理轻问题、微问题，也是思想家，低级别的思想家，轻型思想家，微型思想家。

中国的经验和日本不一样。中国现在大故事、小故事、小选择伴生杂处。问题是中国思想力竞技场上，两百公斤的举重台前挤满了跃跃欲试的小力士——其实他们连二十公斤的力气都没有，而中量级、轻量级、羽量级的赛场门庭冷落。这很不像话。小力士们，如果你们真的有一点能力，为什么不回到适合自己的级别，争取一点实实在在的成绩？

如果哪一天我们的书架上终于有了言之有物慎思明辨的《范冰冰经济学》《时尚派对的民俗学》《丑闻消费的社会学》……我们整个社会将更成熟、更自信、更祥和。

你一直在反省日本的对外战争问题，表现出思想家——哪怕是轻型思想家——的诚实。我很欣赏。

小宝

传统是最大的面子

鲁思·本尼迪克特女士：

1944 年，你的研究报告《菊与刀》完成。整整七十年以后，它已经是文化人类学的经典。我有个朋友，去过日本几十次，今年才读到《菊与刀》。他说这是他看过最好的日本观察。神奇的是，写书时你不懂日语，也没去过日本。

你在《菊与刀》里提出一对很有意思的概念：耻感文化（shame cultures）和罪感文化（guilt cultures）。你说日本是耻感文化，美国是罪感文化。耻感文化强调社会认同，重情义，讲关系；罪感文化尊重个人良知，重价值，讲是非。耻感文化是不能丢脸的文化，罪感文化是认死理的文化。以行为表现论，耻感文化就是面子文化，罪感文化就是教条文化。

用"社会"代替"文化"，描述依然成立。日本是耻感社会、面子社会，美国是罪感社会、教条社会。展开来说，当代的文化人类学者公认中国和日本一样，也是耻感文化、面子社会。

耻感文化本身并不丢脸。你当年的报告是为政府写的，讨论的对象又是有血仇的战败国，但你的写作态度优雅理性，对手下败将并无轻慢之心。"菊与刀"，菊代表日本的美学成绩，刀代表日本的嗜血武功，你是在开列面子社会的正面清单和负面清单。百度知识说菊是皇室徽记，刀象征武士道——这是强作解人，有点高抬你，你关于日本的琐屑知识并没有那么丰富。

耻感文化圈并不限于东亚。学者说，法国也是耻感文化大国。二战后七十年太平岁月，日本法国两个面子大国的文化成就全球播扬，举世称美，面子十足。

本女士，我不想聊"刀"，只想谈"菊"。我特别想请教，想和你的传人讨论：面子社会靠什么挣得面子？

以我的观察，我想说，传统是最大的面子。当代日本的生活美学无以伦比无微不至，从一庙一寺到一茶一饭包含的修养和美学，处处都有传统的支持。我们知道的日本精致文化，樱花、和服、清酒、俳句、茶道、花道、书道、艺伎、能剧、相扑、陶艺、寿司……哪一项没有邈远不纪年的历史？日本现代都市的发展，从激进艺术到商业化娱乐，和传统并驾齐驱并行不悖，不敌视、不冲突、不对抗，互相包容。

法国虽然是大革命的故乡，但托克维尔的《旧制度与大革命》早就告诉我们，旧制度中的精华，在革命后以最快的速度更大的规模复辟或者说复兴。当代法国各种传统交相辉映相映成趣。唯一被锁进密室羞于见人的文物是大革命时代的断头台。

这几年，法国红酒已经收服中国的全体土豪。得风气之先的大财主已经开始觊觎红酒的原乡。把他们逗得心痒难熬的广告词是：千年古堡酒庄。

在西方，法国女性近年来更是成为性感、自信、快乐的品牌。在美国的书店中，女性励志的展台上堆满为法国女性喝彩的图书：《守住秘密——成为法国式女孩的秘诀》《像法国女孩一样发现生活乐趣》《为什么法国的时尚女孩吃再多还是那么苗条时髦》《法国孩子不挑食、法国孩子不顶嘴——法国妇女的育儿之道》……女权主义退潮后寂寞无聊的美国女人在孤灯独对衾寒枕冷的夜晚翻看这些浅薄的畅销书，发现所谓秘诀其实只有两个字：传统。法国女孩是西方国家中最像她们祖母的年轻人，保持着对异性、子女、食物的正常态度。她们的魅力、风情、智慧来自历史深处，法国历史上无数的王后、贵妇、沙龙女主人、传统母亲、甚至交际花都是她们的老师。

有一位朋友去京都禅修，寺庙外小吃店林立，非常美味，最有名的是甲店和乙店。一天朋友去甲店宵夜，发现掌柜的是祖孙三代女性。朋友和她们聊天：听说乙店也不错？祖母说：是不错。不过最近换了东家，味道有点退步。朋友随口问道：什么时候换的东家？祖母说：四百年前。

四百年已是"最近"！而在我们周围，却找不到一家五十年连续经营、没换过东家的商铺。一家也没有。同样身为耻感文化圈内的面子大国，我们的传统早就被诅咒死了。诋毁传统已经成为我们的传统。一个便秘责备孔夫子不举谴责秦始皇的国度，交不出漂亮的文化作业，面子只能是虚有其表。

小宝

第九章

无聊

三十年前，孙老师正当少年，雄姿英发，有多少怀春的文学少女想和他好上一回或几回。清晨，偶尔他会在露台上吟唱法语的情思小令，观者如堵，听者如潮，人数一点也不比今日"小杨生煎"门口的食客少。那时候，没有什么名牌服饰，没有什么欧美座驾，他就是一顶鲜红的贝雷帽，一辆兰苓自行车，一身香气扑鼻的天然费洛蒙，纵横西区，令方圆五十里地无处女。

你以为他会很开心吗？你错了。在《忏情录》（未刊稿）第七百四十七页，他写道："那一次，云收雨散，我站在窗前抽着事后烟，望着迷离夜色，心里毫无来由地一阵厌烦，感觉一片空虚……"

这是一个经典的当代心理学前沿案例。很多人都知道"事后烟"（post-coital smoking），很少人听说过"事后烦"（post-coital tristesse），"事后烦"表明事主孙老师已经陷身无聊状态。而无聊（boredom）正是当代西方心理学和其他人文学科新近发现的重大研究课题。

说来奇怪，西方语文中很晚才有"无聊"一词。一七六八年狄更斯在小说里首次使用动词 bore。名词 boredom 直到一八五〇年后刚刚出现——比动词晚出八十年。这个词的词源至今不详。比较之下，中文的"无聊"，两千年前就在各种典籍中神气活现。据说北欧国家的语文——比如丹麦文，到现在还没有"无聊"——难怪这些国家的老百姓活得那么生气勃勃。

严格地说，"boredom"和"无聊"在词义上并不完全对应。Boredom还有倦怠、冷漠、沉闷、乏味、无趣、疲乏、没劲、呆滞等等意思。中文"无聊"的用法明朗，宋人《论语绝句》里写道：贫即无聊富即骄，回心独尔乐箪瓢。西语无聊的主人不仅仅是穷人，富人也无聊，甚至越是富人越无聊。

西方学者说，中文无聊不要难为情——其实中文无聊并没有难为情，西文无聊不一样，它是近现代社会的产物。近现代社会，经济飞速进步，人们有了越来越多的闲暇时间，闲到发慌；巨大完整的官僚管理体制无孔不入，让人活得很不自在；原来以教堂为中心的社群生活逐渐衰落，人们的精神无所寄托。另外，现代人的工作生活环境缺乏足够的阳光，缺乏足够的体力活动，千万年习惯正常的生理节奏被打乱，激素的有效分泌出现故障，人们的情绪开始异常。无聊是异常的人类情绪。它是现代病，也是富贵病。虽然它还不算重症。

说这些话的西方学者是一个美国人，叫彼得·图黑（Peter Toohey）。他二〇一二年出了一本《无聊史》。这本书反响甚大，好评不多。西方学界的同行说，《无聊史》值得看看，但研究基础太薄弱，牢靠的材料不够。有道是不明白别说牵强话，无聊人才编无聊史。

一般读者没那么严谨，随便读读不失为打发无聊的一种消遣——书里有若干张无聊发呆的图片，煞是好笑，足够值回十几美元的书价。作者的解说也有意思。他说，无聊是一种轻微的厌恶，它是人们的心理预警雷达，提醒人们：你和你所处的环境，接触的事物，有很多的不适应，不协调，不融洽，请你赶快离开。当过家长的朋友都会有这样的经验：家长带着孩子去一个陌生的环境，这个环境并没有直接的威胁因素或危险因素，但孩子有时候会感觉无聊，不舒服，要求家长赶快把他带离。家长的一般反应是劝慰小孩，让他留下。以图黑的无聊学立论，孩子是对的，家长错了。

不妨在想象中把那个场景无限延伸：孩子永远地留在那个环境里。那会有两种结果，或者孩子隐约预感的真正危险果然出现，造成实际的伤害；或者始终没有实际的危险，家长很安心，于是孩子的错误预感被耻笑被谴责，孩子感到自卑、孤立，孩子的内心会慢慢地从无聊转向不安，从不安转向狂躁转向抑郁，给他以无法康复的精神残害。所以，任何人，只要你对环境，对经常接触的人和物有长时间的、持续的无聊感，立刻离开或放弃。不用听信人言。没有客观的天堂地狱，天堂地狱往往因人而异，往往只在你的一念之差。

图黑以为，无聊不一定是件坏事。因为无聊的解脱之道可能造就积极、辉煌的事业。乔布斯说，我崇信无聊，无聊会导向好奇，好奇能创造一切。乔布斯用好奇心摆脱无聊，他的好奇心创造了苹果奇迹。顺便说一句，乔布斯死后，苹果奇迹开始有点无聊。

无聊的出口未必都有乐园。文学史上最有名的例子就是安娜·卡列尼娜。她想用惊天动地的爱情战胜无聊，结果却是天崩地裂。

回到当年的孙老师。他对花枝招展的美女感到厌烦——大多数人的无聊解药成了他的毒药；他决定弃美女而选文学——大多数人毒药成了他的无聊解药。他成功了，他现在很平静很自在。仍然在上海西区，常常能见到他庄重的背影，英挺之气，不减当年。

六月的阅读

　　大概为了呼应两个月以后的上海书展和国际文学周，六月，阅读、文学、书忽然成了热词。

　　六月的最后一个周末，隐身大陆十七年竹联帮大佬"白狼"张安乐飞回台湾，半是投案，半是返乡。旅途中他全身唐装，一路捧读他自著的文宣手册——大佬都喜欢看自己写的书。下飞机警察验明正身上铐之际，他仍然手不释卷，警察想拿走他的书，白狼面露不悦地说："不要拿走，这是约好的，约好的。"警察于是放手，书立刻成为刑拘现场媒体争拍的焦点。

　　土耳其，伊斯坦布尔，塔克西姆广场。阅读，是广场默立者的唯一动作。你可以去译言网查看《塔克西姆广场的读书俱乐部》，那里有很多图片。阅读居然可以如此庄严和美丽。默立者在读马尔克斯、读加缪、读奥威尔、读村上春树、读卡夫卡……

　　最具网络指标意义的是那一组叫"阅读高潮"的视频。这组视频中第一位阅读人斯托娅小姐（Stoya）六月份 YouTube 点击量达到七百万次，加上中华大地各视频网站的点击量，应该不下七百七十七万七千七百七十七次。好吉祥的数字。

阅读高潮出自美国摄影师、作家克莱顿·丘比特（Clayton J.Cubitt）的创意。今年四十一岁的丘比特是美国有想法的新锐摄影家。他擅长用情色题材时尚气质的艺术摄影思考人生。阅读高潮是他去年启动的视频项目。

他请来十来位面容姣好身材了得气质不俗穿着讲究的小姐，让她们带上一本书，到他的摄影棚各自读上一段。听起来、看上去这件事非常容易。他的摄影棚布置得极为简约：全黑的布景，简易的书桌，桌上铺一张白色的桌布。阅读者在书桌前坐定，介绍自己，报上书名，然后开始阅读。全片黑白摄影，一镜到底，后期没有任何剪辑加工，也没有任何花絮。

慢慢看，这件事很不简单。但见读书的小娇娘身体轻微的抽搐，抑制不住的微笑，下意识地挺直身体，大口地呼吸……最后，她完全忍不住了，扔开书本，双手紧抓桌布，骨节发白，呻吟由低到高，她在高潮的极点崩溃。

原来在书桌下，摄影镜头带不到的暗地，埋伏着丘比特的机关。他和阅读者事先说定，阅读时，桌下藏身丘比特的助手，用按摩棒撩拨阅读人，终至阅读人崩溃。

这些视频其实记录的是灵肉之战——中国的老话叫天人交战：阅读意志和肉身欲望对决。丘比特说，一般四到十分钟就能看到结果，自然是肉身获胜。但也有坚贞的阅读人，挺了十五分钟硬是不丢，最终掌镜的丘比特手酸叫停。这段视频小丘没有贴上网。

阅读高潮的主题非常哲学：人的控制与释放，人的矫饰与本真。小丘说，网络的发展，已经到了自媒体和个人品牌的时代。从美国的脸书到中国的微博，人人在亮相。每个人的亮相，都在走自我包装的媒体路线，微笑、美拍、装逼……每个人都在表演，自我控制下的表演。他的视频，就是要描写从控制到崩溃释放，从矫饰到坠落本真的过程。它可以成为心理学、哲学的科教片。

有趣的是，阅读高潮上网之初，不少网友以为那些朗读者是读书读到高潮。丘比特很欣赏这样的误解。他说，他的阅读人都选女性，因为阅读和文字可以激发女性的肉欲，男性没有这种敏感。我觉得小丘说的有点道理——想想孙老师从十八岁到八十岁的红粉读者群，想想她们的"久旱"品牌。顺便说一下，网上还有几段男性的阅读视频，那是山寨货，不是丘比特的作品。目前小丘只用女生。

阅读高潮的英文原名是 hysterical literature（歇斯底里的文学）。这个名字还有点来历。Hysteria（歇斯底里、神经官能症、癔症）现在已经从美国神经病医学专业手册中剔除，大部分专家都同意歇斯底里是没有多少实在根据的胡说和玄谈，是维多利亚时代庸医的捏造。那些庸医以为，歇斯底里是精神上的妇女病，患者多为女性。歇斯底里的病因，文雅地说，就是"小姑（或老娘）居处本无郎"的时间太久太长。庸医当年治疗歇斯底里的两大神器，一是水激疗法，一是按摩棒。小丘也是作家，这次用了日立的按摩棒，灵机一动，起了个有典故的名字。

小丘的视频大红，第一阅读人斯托娅功不可没。她是一个很养眼的美女。她在美国是小有名气的艳星，父亲是塞尔维亚人，母亲是苏格兰人。她虽然在娱乐界工作，却热爱读书，视频中朗读的《变形恋尸狂》是她的爱物。她说她喜欢读科幻小说和玄幻故事。听说《三体》已经译成英文，刘慈欣会是她第一个知道的中国人。

美语新词

我的邮箱里天天收到 urban dictionary（城市字典）的每日新词。这个嬉皮风的美国平民语文大全已经做起了生意。他们每天给你提供美国生活的新鲜热辣词汇，如果你觉得有意思够好玩，可以到他们的网站订购新词的 T 恤衫和马克杯。

有一个新词非常适合印在 T 恤上：generation XL。现在的孩子营养好发育快，骨骼粗大肉体肥硕，衣服要穿特大号（XL），他们是 generation XL（特大号的一代）。网站一件 T 恤要卖二十五美金，按定制服装的价格算，不贵。

经济不景气，新词亦丧气。过去说蓝领白领金领，眼下多了"无领"（no collar），无领在美国专指资质优秀但找不到工作的失业者。以往励志人生以"成功人士"为典范，现今屌丝岁月以"成功人士"为犯贱。successorize（装成功，成功人士装扮）是骂人话。例句：Your sunglasses are the motherfucking successorize! Bitch!（你的墨镜太他妈的装了！烂货！）

丧气归丧气，过日子还是要苦中求乐。知道什么叫 poor man's limo（穷人豪车）？你坐公交车或者地铁，那趟车凑巧只有你一个乘客，它们于是就成了你的豪车。穷人银行（poor man's bank）是当铺。穷人节（poor man's holiday）是节假代班得双薪。穷人天堂（poor man's paradise）是低价连锁超市沃尔玛……译得活泼点，可以用"屌丝"取代"穷人"。

穷人，或者屌丝，没受过富贵教育，有了好工作还是没有好机会。很多人都知道美国公司里有 glass ceiling（玻璃屋顶）一说：有些高位你看得到，却坐不到，你的头顶到了看似无形的玻璃屋顶，无法上升。如今聪明人用谐音的 grass 代替 glass，grass ceiling（草地屋顶）：你的老板喜欢高尔夫，你不会高尔夫，无法和老板一起在草地球坪上漫步，所以你无缘高位。

利用谐音创生新词，是中美聪明孩子的共同爱好。confidence 意思是信心，有些人没有自信，患得患失疑神疑鬼，但喝了提神的饮料，比如 coffee（咖啡），立刻自信满满判若两人，这叫 coffeedence——因咖啡而生信心，这个词很难译好。另外难译的词叫 hornymoon，"蜜月"（honeymoon）的谐音字，它是俗话"absence makes the heart grow fonder"（别离令情深）的粗鄙版，horny 意为急色，hornymoon 的大概意思是别离后的性饥渴。例句是：Wife: I miss you so much when you in Germany. Good have you back. It feels like honeymoon again. Husband: Yeah, 5 times last night. Now it's more like hornymoon. 试译如下："妻子：你在德国的时候我好想你。你回来真好。感觉像小别胜新婚。丈夫：是，昨晚做了五次。不是小别胜新婚，是小别胜新荤，开荤的荤。"

还有一个比较荤腥的说法是 point of no return（无法掉头，欲罢不能）。它是说无论你双喜还是单飞，就要到冲上云端的节骨眼，突然有人——

或有事打扰，你无法掉头，听任自己一泻如注。

有一个谐音字，特别难译——但无须翻译。你可以当段子说给朋友听，我试过，效果不错——需要朋友有小学四年级以上的英语水平。一个男人，过去是弯弯绕的同性恋，后来改弯为直，成了异性恋，英语怎么说？Yestergay！把"昨天"（yesterday）中的"d"改成"g"，一字之改，其妙无比。基本上可以保证轻触听友喜感神经的G点，浪笑满屋。顺便提一下，与yestergay对应的是hasbian，改弯为直的昔日女同性恋（lesbian），has been（曾经）的谐音字。

城市字典里还有若干小游戏相当精巧。中美两国都有非常令人讨厌的孩子，朋友聚餐时他们不忘拿着手机上网发微博。整治这种不良行为的游戏叫phone stack（手机堆）。聚餐时一桌食友先把每个人的手机取出，堆在餐桌中央，谁也不许拿，谁拿谁埋单。如果谁都没拿，或者人人都拿，最后则均分餐费。

这个游戏是不是不够刺激？有比较刺激的：penis game（鸡鸡比赛）。别误会，不是比尺寸，而是考验参赛者的羞耻心。参赛者（两人以上）找一个人来人往的公共场所，第一个人先说"鸡鸡"，声音可以很低，第二个人再说"鸡鸡"，声音必须比第一声响亮，第三声必须比第二声响亮，第四声必须比第三声响亮……直到有一个人终于无颜开口，或被人揍到无法开口。

新词里最有趣的是那些缩略语。每个国家都有懒惰孩子，缩略语是他们的取巧把戏。yolo，什么意思？you only live once（你只能活一次），坏孩子做各种坏事前的哲学宣示。rdc？really don't care（不在乎）。cul8t？see you late（再见）。匪夷所思。

时常读读美语新词，我越来越相信任何一种语言都不可能准确地翻译成另一种语言。翻译能够将就就好。英语中 hang over 意思是宿醉。但有时候晚上喝酒，哪怕喝了不少，却没有过量，回家沉沉睡去，第二天醒来时特别神清气爽。这种情况有个新词，叫 hang under，中文怎么译？根本不可能找到这样一个意思明朗，还能和"宿醉"对仗，铢两悉称的中文词组。哪怕起严几道、葛传槼、钱钟书诸位老先生于地下也不可能。

笑谈

达尔文说，幽默是"心灵之痒"（tickling of mind，或者叫心灵致痒）。痒了就要笑。所以，欢笑是幽默的效果，也是检验幽默的唯一标准。幽默于内欢笑于外，两件事常常就是一件事。

欧美心理学研究幽默好多年了。由内及外，欢笑（laughter）近年来也成为专门的学问，而且架子不小，新说多多。

欢笑有两大要件：第一，表情、动作，动作由面部波及全身；第二，笑声。能够声情并茂发笑的动物，地球上只有人类。猿猴脸上有时会出现些微笑颜，但它们无法发出笑声。猿猴之笑，最多是 smile，绝不是 laughter。而幽默是欢笑之神，笑声是欢笑之形，形神兼备，缺一不可。海上女博圈笑花盛八，自行开发七十七种笑声，借笑声一举拿下西班牙肌肉男（Mr Muscle），已是国际笑界的笑谈。

欢笑乃良药。研究者说，欢笑能保持免疫系统的平衡，降低压力荷尔蒙的分泌水平。压力荷尔蒙少了，血小板不会增加，血管堵塞、血压升高的危险会降低。大笑不止笑岔了气，打嗝，咳嗽——可以清理呼吸系统的粘液栓塞。大笑是全身运动，调动人的呼吸系统、横膈膜、面部腹部腿部背部肌肉。大笑一百次，等于健身房十分钟的划船机练习或者十五分钟的疯狂单车。

一个人每天平均欢笑十七次。从动物学的角度看，欢笑犹如犬吠鸟鸣，是一种社交信号。每当你忧心忡忡，好心人总会劝你：去外面走走，找人聊聊，说说笑笑。这绝对是金玉良言。人们在社交场合欢笑次数是他们独处时的三十倍。人们不笑的时候，常常储存积累各种有伤身心的负面情绪：愤怒、悲哀、恐惧、忧郁，这些情绪很难释放。欢笑是释放这些情绪的安全出口。你参加一个派对，和旧友新交笑语接谈，欢声四起。其实这就相当于你在臭气扑鼻的公共厕所里磅礴一泻，你情绪上心理上精神上的脏东西在高分贝的笑声中清空。欢笑确为良药。这个良药就是泻药、通便药、开塞露（cathartic）。

笑声也有它的政治学。研究表明，在各种圈子、团体、组织里，笑声最多、最响的往往是那里的大佬——老板、首长、家长。那里笑声的社会结构是大佬发笑，众人陪笑。大佬有意无意地控制着笑声，控制笑声就是控制那里的集体情绪。

笑学研究里最有派头、科学范儿十足的是笑理学（Gelotology）。笑理学用神经科学、生理学的方法研究幽默和欢笑，给幽默作切片分析，绘制大脑的欢笑路线图。

人类大脑里并没有单纯的幽默中心或欢笑器官。创造、表达、理解、欣赏幽默，发为欢笑，动用到大脑的许多部分，诸如颞叶、额叶、海马体、下丘脑。

传统幽默理论中有一乘讹论（the incongruity theory，又译不和谐理论）。它总结幽默的妙处：创造一个情景，让别人根据自己的经验，先默拟悬设一个假定，但最后公布的结果，完全不同于一般人的期待。更简单地说，它让人以常理常情等待 A，却来了一个根本想不到的 B。

以毛老师告诉我们的笑话为例：

一架飞机即将坠毁，漂亮的空姐激动地拿起扩音器高声说："我们大家都要死了，我想死得像一个女人。"然后她一件件地脱掉衣服，望着乘客："在座有哪个爷们，能让我感觉像个女人。"一位男士站了起来，脱去衬衫，丢给空姐："拿去，熨好。"

当那位男士站起身时，我们原来期待能看到一部毛片，到了却是大男子主义的表演。空姐说"像个女人"，本意是"女性的性享受"，但男士把它解为"接受大男人的使唤"。这种结果的错位、不和谐，让我们欢笑。

笑理学说，这里的两个环节——合于常情常理的期待；出人意料的结局在大脑中都能找到对应的部位。期待部分来自经验和知识，来自记忆，这是颞叶和海马体的功能。结局部分来自信息的综合和分析，来自鉴识，这是额叶的功能。最后我们笑了，笑声由下丘脑负责。

如果人的额叶受到伤害，会丧失鉴别领会能力。额叶受损有可能出现一种精神病病像，叫"笑话上瘾症"（Witzelsucht）。病人会对一个笑话上瘾，不断重复，但他感觉好笑的部分是不相干的细节。比如毛老师笑话里，他觉得"飞机即将坠毁"很好笑，而一点不懂真正的笑点所在。

如果人的颞叶、海马体受到伤害，会丧失记忆。失忆就没有能力预拟自己的假定剧本，对任何笑话茫然不知所谓。失忆之人听笑话，就像我们在听陌生的外国话。毛老师笑话第一遍是用阿拉伯语讲的，渊博如孙老师都不明白。

孙老师还是很支持研究笑理学。据说他看了笑理学的报告后，专门调阅颞叶、额叶、海马体的资料，阅后微微颔首：有道理，有道理，我卅年一觉海上梦，赢得青年真爱名，一靠海马体，二靠海绵体。

从涂鸦到涂屎

小时候，拖拖拉拉地去上学，一路走，一路会拿铅笔在沿街墙上歪歪斜斜地写下"小麻皮是我儿子"——小麻皮是一个同学的绰号，有时还要配一幅简单的写意漫画，诸如画一个圆圈，里面再点上若干黑点。长大以后才知道，就在那个时候，成人世界里正酝酿着一个阴谋，他们企图以"涂鸦"（graffiti）的名义，把这种在公共建筑上的乱涂，无论是少年随兴的恶作剧还是流氓有意的小破坏都收编成艺术。以至于多年以后，我不得不承认，我曾经是个艺术家，只需要说明两点：第一，我的作品没有达明赫斯特卖得好；第二，我的作品已经失传。

其实，怪异自发多样如燎原野火般的乱写乱涂非常抗拒艺术的收编。中国第一部黑社会长篇小说《水浒》中武松血溅鸳鸯楼，连伤十五条人命，白粉壁上，衣襟蘸血，大写八字道"杀人者打虎武松也"。广义地说，这也是涂鸦——酒楼白粉壁不是武家的私产，衣襟人血算得上新画具新颜料。哪家拍卖行敢接这样的作品，让带着钢刀的艺术家现场即兴再创作一回？

江湖传说黑道常常会在墙上画些古怪的符号和图案，表示这一区域是他们的领地，其他帮派不得涉足。这很像蛮荒丛林中的猛兽，在自己地盘的边界留下大便，提醒其他猛兽闻臭而止，不要轻易冒进。如果艺术团体想要现收这些黑道禁区标志，它们肯定比踩到一泡狗屎还要倒霉。

不过现代涂鸦艺术已经屎尿满地臭不可闻。台湾有一个肾病小子，尿中带血，呈红黄颜色，正好是漫画《钢铁侠》的基本配色。于是他就用马桶里的血尿渍勾了一幅钢铁侠的脸谱。这幅作品在高雄美术馆展出。我在电视上看过他的报道，网上也有相关图片。他说他不断精进，此刻可以用药物控制尿液的颜色，不止红黄而已。乘势最近《复仇者联盟》大热，估计他要再推美国漫画里的数位英雄英雌。电视报道中他购置了一堆马桶。

黄皮肤的涂鸦人还算文质彬彬。美国的公厕艺术家更简单更直接更凶猛。公厕是美国涂鸦艺术的大本营孵化器，是排泄文化的交流平台，比中国的微博更热闹喧器人气旺盛。据说美国大多数加油站和夜总会的公厕里，涂鸦作品都在五十种以上。公厕涂鸦人最近更新了graffiti词典，最新词汇里有turdffiti。turd是大便，turdffiti就是用大便涂鸦，中文无以名之，暂且直译为"涂屎"。涂屎分两种，一种涂屎人用的是自己的大便，另一种用的是别人的大便。根据他们的研究报告，使用（或者应该写成屎用）多人大便的作品，层次丰富，更有质感，与时尚界本季最新潮的"渐层"观念不谋而合。

假如你嫌涂屎的新意不足，公厕里还有更难以想象的创作。比如胶质地毯，那是随地小便的便渍多年累积而成，盈寸之厚，一脚踩下，犹入泥沼。还有鼻屎画，那是涂鸦系列里的微雕。

遥想这些作品最终获奖，涂鸦学会要挑一个最脏最臭最乱的公厕做颁奖礼堂。谁愿意当颁奖嘉宾呢？一意孤行犯上作乱的Lady Gaga会不会把自己化妆成一只坐便器？一旦她从获奖人那里沾了一手鼻屎，蹭了一身大便，她也会花容失色，变成一张臭屎脸（big turd face）吧？

　　慈悲地说，把各种下三滥统统整编成艺术、娱乐、文学、科学、哲学……未必是脑子进屎。人天生脆弱，对各种陌生离奇冒犯唐突难以名状无法归类的东西会心存恐惧，十分不安。借用熟悉的概念捕猎它们，把它们归置在早已命名的各个房间，大家才能放心入睡。这些房间有的是华屋，有的是囚牢。请进华屋的优待，关进囚牢的扑杀，也不管这些客人或犯人很多其实龌龊下贱无足轻重，根本连入室住宿（哪怕是囚牢）的资格都没有。

　　涂鸦比较幸运——至少在西方比较幸运，它被请进艺术贵宾室。这如同把蟑螂选为美食食材一样荒唐。不必否认，某些涂鸦可能是美妙的艺术作品，就像某些蟑螂可能被烹调成美味料理。但是想想你们家下水道里蠕动的蟑螂兵团，想想公厕里的屎尿齐飞，人类并没有那么大那么好的胃口来消化它们。

　　有很多东西，不必关心，不必研究，不必解释，不必褒贬。最好的处置之道，是把它们隔离在你的视野之外，让它们自生自灭。

僵尸生理学

　　有个美国小子，唤作以撒·马里昂，八零后，无妻无子无学——连大学都没进过。他在西雅图打一份工，叫督导员，不是督导党风党纪，而是美国的领养子女与生身父母见面时去现场督导，防止场面失控，相当于家庭界的城管。他特别迷鬼故事，热爱写作，前年写下第一部长篇鬼故事《体温》（这是台湾的译法，大陆有人译成《温暖的尸体》），先自费印了几百本，在个人网站上推销。不乘想《体温》甫一问世就买气旺盛好评如潮，被大出版社一眼相中，成为当年的超级畅销书。去年，根据这部小说改编的电影已经开拍。这在经济严重不景气的当下，也能算成就了一个小小的励志美国梦。

　　《体温》说的是僵尸故事。美国大众文化的鬼域里有两大传统题材：吸血鬼（vampire）和僵尸（zombie）。近年来吸血鬼系列高歌猛进，光一套《暮光之城》就创下几亿美金的产值，吸血鬼爱德华幻化成情深款款的白马王子。僵尸们现在也不甘沉默——僵尸原来是不能说话的。这部《体温》，有可能让僵尸挣足颜面。它是一个恶鬼柔情（zombie romance）的传奇，僵尸主角 R 暗喻罗密欧（Romeo），女主角茉莉（Julie）暗喻朱丽叶（Juliet），没上过大学的作者真敢拿莎士比亚替他的人鬼

265

恋背书。

这本书有一些异想天开的构思，不过说破天只是一部寻常的大众消遣读物。《体温》有意思的提示是：通俗文学想要成功，能够大卖，也应该讲传统，设家法。

比如中国传统武侠小说。武侠作者相隔数代相去千里互不相识各有写法，但武侠的家法他们必须默识于心：江湖有伦理，不能欺师灭祖同门相残；少林是武学正宗；武当是道流首席；丐帮是天下第一大帮等等。你可以挑战、规避、反对甚至推翻这些传统，可是你不能对它一无所知。

美国的僵尸文学，经过几十年的发展，也有它成熟的家法。僵尸有它的生理学规定：僵尸是死尸复生，是会行走的尸体，无复当年活人，僵尸是尸而非人。它们心智低下，哑口无言，不受控制，异常残暴，嗜食人肉，尤爱人脑。僵尸携带僵尸病原，僵尸病原能够传染给活人，如果活人遭遇僵尸攻击而未死透，受僵尸病原传染，亦会变成僵尸。僵尸如果被轰掉脑袋，就彻底死亡。

马里昂在《体温》里有更细致的描述。僵尸 R 的生前记忆仅留一些残屑，连自己的名字都不记得。它不会说话，只能发出咕哝呻吟的声音，通常用耸肩和点头表达意见。有时一两个单字艰难地从嘴里滑出。僵尸喜欢人肉，因为活人的血肉提供它们维生（？）的新鲜细胞。僵尸喜欢人脑，因为人脑能填充僵尸空洞的尸脑，给它们活人的记忆和思想。R 就是吸食了一个青年男子的人脑，脑海里浮现那位男子生前的种种图像，进而爱上男子的女友茉莉。《体温》的故事从此开始。

《体温》大局不差，只是对原来的僵尸生理学有些微调整。不料微调照样惹恼了僵尸纯正派（zombie purists）的读者。僵纯派的成员质疑《体温》说，僵尸没有脉搏没有心跳，所以不会有血液循环。大脑缺血无氧就不会工作，所以僵尸不可能有明确的意识和思想。马里昂显然吵不赢僵纯派，就像同样没上过大学的韩寒说不过方舟子。马里昂比韩寒高明，他根本不搭理僵纯派。和僵纯派一路烂战纠缠到底，他罗密欧和朱丽叶的故事还怎么编啊？

如果马里昂对中国的鬼怪写作有所了解，他未必会输僵纯派。中国现在的孩子编鬼故事的道行不高，既无传统也不讲究家法。倒是古人对鬼学颇有心得，不让美国佬专美于后。袁枚《子不语》有数则僵尸故事，其中《南昌士人》尤为得体。

当年南昌有一北阑寺，有两位读书人借居寺中，一长一少，关系不错。有一天长者回家暴死，少年读书人还不知道，当晚死鬼长者就闯进了少年的卧房。死鬼坐在床边拉着少年的手说，我不幸身亡，已登鬼录，特来告别。少年人害怕，不敢说话。死鬼安慰道，不用怕，我要害你，怎么会据实以告。我有心事未了，特来拜托老弟。少年人看他"言近人情，貌如平昔，渐无怖意"。死鬼于是便以若干琐事相托。话毕要走，少年人有些不忍，说，不妨再坐坐。再坐一会儿，长者"两眼瞪视，貌渐丑败"，少年人害怕，要他走，他"立而不行"。少年逃窜，死鬼在后紧追。少年好不容易逃脱，已吓得半死。

袁枚最后的一段批语特别妙："人之魂善而魄恶，人之魂灵而魄愚。其始来也，一灵不泯，魄附魂以行。其既去也，心事既毕，魂散而魄滞。魂在则其人也，魂去则非其人也。世之移尸走影，皆魄为之，惟有道之人能制魄。"

魂魄之说，一如经络穴位，是中国式的生理学。马里昂如果以此为据，以魂魄分善尸恶尸，他的鬼故事会说得更流畅，也不用和僵纯派拿人体比附鬼体，胡扯什么僵尸的血液循环了。

都市文学家

劳伦斯·布洛克先生：

今年，《奇普·哈里森系列》一套四本由上海译文出齐。至此，你的五个侦探系列：马修·斯卡德系列、雅贼系列、谭纳系列、杀手凯勒系列以及奇普·哈里森系列都有了中文译本。

别人推许你是当代欧美侦探推理小说第一人。在我眼里，你不仅是侦探小说家，更是纽约作家，是出色的都市文学创造者。

都市作家，要用作品确立他和都市的关系，文格高低，判然有别。对现代都市，有人仰视、膜拜，以为都市就是人间天堂，都市奇观就是上帝的神迹，美金欧元英镑就是天堂的入场券；有人仇视、敌对，走到哪里都是满腔恨意一脑门官司，连吃饭做爱都要硬拗冤屈难平的身段，整天垮着一张脸，凶煞丧门星附身。

以我庸俗唯物主义的观点看，这些作家，无论仰视都市还是仇视都市，十之八九是以财政状况决定他们的写作态度。郭敬明喜洋洋地撒娇，就因为这几年他赚得不错。愁肠百结的文青，落笔时常为下个月的房租分心，对房东的怒火不免让笔下的百万富翁嚎叫得像个苦逼。

我理解这些作家。但我更明白无法超越自己处境的作家成不了大器。

我和纽约税务局一样清楚你是一个小财主。几年前和你座谈，见你雅皮打扮，美丽挺拔的太太也是名牌傍身。你完全有条件靠赞美都市的酒池肉林来供养自己的醉生梦死。你没有。你不是詹姆斯·帕特森。

你平视都市，平视纽约。你喜欢纽约，喜欢纽约成为你的故事发生地。对纽约，你不会无端贬损，更不会无端赞美。有人穿着奇装异服，脑后插着野鸡毛，大摇大摆地在纽约街头闲逛，你看了特别开心。你欣赏纽约的自由和宽容。但你不会去歌颂华尔街几十亿美金的生意。

骨子里，你藐视都市的主流建制，藐视都市的主流社会，你理性地质疑都市的主流价值。你的藐视，很像中国的古人孟子："说大人，则藐之，勿视其巍巍然。堂高数仞，榱题数尺，我得志，弗为也。食前方丈，侍妾数百人，我得志，弗为也。般乐饮酒，驰骋畋猎，后车千乘，我得志，弗为也。在彼者，皆我所不为也；在我者，皆古之制也。吾何畏彼哉？"你不会、也不必恶毒地诅咒华丽摩登的主流，但你有自己的主张，足以毫不畏惧地裁判、藐视都市的主流生活。

你五个侦探系列的主角，是远离、甚至不见容于都市主流社会的边缘人物。

大名鼎鼎的马修·斯卡德是潦倒颓废的酒鬼，没有执业执照的私家侦探；雅贼本尼·罗登巴是专闯空门的飞贼；谭纳是被联邦调查局、中央情报局等政府强力机构盯牢不放的美国异见人士……他们都是精彩、自信的正面人物，未必全面对抗主流游戏规则，但都以自己的逻辑，为都市增添了一些人性的异色。

我最爱的人物，是你最晚（一九九〇年代）推出的杀手凯勒。

他是冷血的杀手，接单杀人，不问是非。他按客户要求杀人，没有任何道德考虑。他初次登场，便干掉一个揭发贪腐罪恶的证人。

在日常生活里，他却是一位正派正常正直的好市民。他乐于助人、尊重女性、喜爱动物，与同事（杀手联系人）关系融洽，他有集邮的癖好，是 911 后的救灾重建活动的义工……

凯勒还爱琢磨事，凡事喜欢分析，是个聪明的微型思想家。比如进了一家餐厅，餐厅优惠顾客，所有饮料无限续杯。于是他琢磨：喝咖啡的人很好，可以喝掉几壶咖啡，每一杯都像上一杯一样浓。喝茶的人呢？喝完了第一杯茶，侍者会续上很多热水，冲泡同一个茶包，第二杯、第三杯其实就是喝水。"老话题，谁说人生是公平的？"凯勒是个世俗、平常的好人。

不要误会。作者并不是在写杀手的伪善。相反，你是在揭露都市职业的残忍。我们每个人都以为自己是好人，或者力图做个好人。可是你从事的职业经得起道德良心的检验吗？我过去卖过书。为了不至于饿死、还能为《GQ》写稿，我卖过不少骗子的作品。我们其实是程度不同的杀手凯勒。

不用辞职，也不必痛心，只要有一点点反省，就不枉在你的侦探故事里沐浴些许都市文学的智慧。

小宝

偏执阅读造就的小说家

丹·布朗先生：

《达·芬奇密码》后，你已经成为全世界屈指可数的畅销书作家。不过，我还是觉你文学缘分甚浅，不像一个缪斯垂怜灵感很多的小说家。你的文字简单、流畅、夸张，很多时候难免肤浅，像鼻毛剪子的广告。

说得直白点，你是美国作家里超级豪华 8.0 版的郭敬明。当下美国写作水准与当下中国写作水准的差距绝不会小于 NBA 与 CBA 的差距，你的实际水准当然比郭敬明韩寒安妮宝贝——听说她改名了——加在一起还要高上一截。

我喜欢读你的书。你的书里没有多少文学天分，很少文学的奇想和情怀，但另开一路，你有极其聪明的设计。你的设计亮点来自你偏执的阅读。

《达·芬奇密码》一炮而红。它捏合了历代异端教徒关于耶稣的另类记载，改写了耶稣基督的身世和形象。在信教人口占总人口百分之七十以上的美国，煞有介事的卖糕（My God）新传足以激发海量的好奇心，海量的好奇心等于海量的绿油油的美元。这些美元赚得并不容易，你要搜罗不少沉没在茫茫书海里的孤本秘籍，再把它们重塑成耸人听闻的故事。

"耸人听闻"是丹·布朗小说的核心竞争力。"耸"要足够耸动，半真半假有虚有实闻所未闻，"人"要抓人，一抓一大片，不忤人情直指人心与人为善。大把大把的人在写悬疑小说，大家都在布局设线解码破谜，你能异军突起，关键是你的题目和最后翻开的谜底别开生面不落俗套。

《达·芬奇密码》之后《失落的密符》我以为不算成功。你轻车熟路地又写了一个宗教帮派的故事，但前因后果的布置乏善可陈，没有亮点，没有冲击力，接不上《达·芬奇密码》的文脉。

能够上接文脉的是你去年的新书《地狱》。这部书你有备而来，精心筹划缜密设计条理清楚元素丰富，同时再次显示你偏执阅读的视野和功力，为读者提供了一个极具震撼力的话题。

悬疑小说的常规把戏你继续玩。死亡、刺杀、追踪、失忆、逃亡、恋爱、解谜……全部故事的华丽背景是欧洲三大旅游胜地：弗罗伦萨、威尼斯、伊斯坦布尔。三地名胜万花筒一般地在书里旋转：波波利庭院、碧提宫、圣母百花大教堂、圣马可广场、圣索菲亚大教堂、蓝色清真寺、水下宫殿……我怀疑三地旅游局赞助了《地狱》的写作。

但这些都不是本书的"书眼"。"书眼"是科学狂人佐布里斯特的惊世预言：人类正在走向灭亡，杀害人类的凶手就是人类自己，就是无休止的人口增长。

"地球人口达到十亿花了几千年——从人类诞生一直到十九世纪初。接着，在短短一百年间，人口数翻了一番，在二十世纪二十年代达到二十亿。只过了五十年，人口数再次翻番，于二十世纪七十年代超过四十亿。现在很快就要突破八十亿，再翻番。估计到本世纪中叶，地球人口数将达到九十亿"。

而"人类繁衍生息最理想的状态是保持地球上只有四十亿人口"。当今人类面临的重大问题：资源、环境、污染、冲突……无不源于人口过剩。人类一旦达到九十亿，将突破地球资源和环境的底线，人类将濒临绝境。本世纪末，将是人类的末日。

佐布里斯特说，人类的求生之道，只有主动、大规模地消减人口。如同十四世纪欧洲的黑死病，消灭了三分之一的人口，为一百年后的文艺复兴开拓了巨大的发展空间。他试图对当今人类动一次温和的黑死病手术，以菩萨心肠，行魔鬼杀戮。

难为你在各类偏门中挑到了人口过剩的题目，它比耶稣身世问题更真实更尖锐，让有见识的读者惊出一身冷汗。

我向很多人复述了你的故事。企业家说，他正在考虑海洋资源的开发，拯救人类的希望在海洋；医生说，医学研究应该牺牲生命的数量，提高生命的质量，健康的生命周期应该是七十岁之前健康地生活，七十岁平和顺利往生，不提倡在衰朽中痛苦地长寿；旅行社经理说，他将组织主题旅游，专门领会发达国家安乐死的经验；哲学家说，人的庄严，不在盲目乐生，而在慷慨赴死。

一部本身不算出色的通俗小说，正在悄悄地引发一场思想运动。

小宝

巴尔干老妖

米洛拉德·帕维奇教授：

　　以对当下中国读者的影响而言，您当之无愧地是塞尔维亚第一人。上世纪九十年代，您的辞典体小说《哈扎尔辞典》传入中国，迷倒了一代当年的文学学徒。今年，《哈扎尔辞典》再版，销售声势远胜当年。四年前您已去世，地下有知，想必会抚掌而乐。

　　《哈扎尔辞典》其实是本妖怪之书，不是写妖怪的书，是妖怪写的书。您是巴尔干老妖，著书如行妖术。用传统的小说读法，没人能完全读懂这本书。一个似有似无的民族，一段千年之前的历史，三大古代宗教虽然真名实姓——基督教、伊斯兰教、犹太教，但它们的故事却扑朔迷离。至少是中国的读者，根本分不清楚哪些是有根据的传说，哪些是您兴高采烈的编造。您首创辞典小说，用词条的形式讲故事。词条理应简洁明了层次清晰，但您的内容设置层峦叠嶂云山雾罩，把活人、神鬼、传奇、寓言、影射、启示熔于一炉，旋转、散射、往而不复、回而不归，让读者难明大意，不解宗旨。我看过两家出版社为《哈扎尔辞典》写的内容梗概，两篇梗概没有任何相同之处，好像介绍的是毫无关系的两本书。

　　不过，妖怪之书自有妖怪之书的妙处。您提醒读者，《哈扎尔辞典》完全不必用从头到尾的寻常读法来亲近。它更像一副纸牌，将它随意打散，抽到哪张看哪张，翻到哪页读哪页。"反正你投入本辞典几许，便可以从本辞典收获几许。你不一定要通读全书，可以只读一半或一小部分，犹如照镜子，你对镜子照多少，镜子便映出多少"。

平常阅读，对待一本书犹如对待一次婚姻，一定要原原本本里里外外问个明白才会安心。读帕维奇的书好比一夜风流，片段欢愉便是春宵一刻值千金。无须为祖宗三代远亲近邻建档，只要有一点开心，不问其余，不必其余，信手拈来，皆成妙谛。

我按照您的提示，风吹哪页读哪页，信马游缰，随遇而安，不纠结前因后果，每个词条自成天地，果然发现散珠碎玉，都是宝物。

我几乎在每一页，都读到了您喷薄而出、古怪极致的想象。

比如哈扎尔公主阿捷赫的故事。"每夜她左右眼睑上都要写上字母。那些字母择自哈扎尔毒咒字母表，谁见了谁就要死。眼睑上的字母概由盲人来书写，早晨婢女伺候公主梳洗时都得闭住眼睛。正因为如此，她熟睡的时候，哈扎尔人认为人最最脆弱之际，得以安然无恙，不为敌人加害。"后来她要解闷，找来两面镜子，一块是慢镜，一块是快镜。慢镜照出过去，快镜照出未来。结果慢镜照出她睡觉时眼睑上的毒字母，快镜照出她未来要画上的毒字母，她便在两个瞬间死去。

还有波兰出版家达乌勃马奴斯的传说。他曾经腰弯背驼，反而因祸得福，可以吮吸自己的性器，"他所以能豁然病愈靠的就是吸取自己的精液。一俟他能直腰挺胸，就再也够不着自己的性器了……"

苏克博士的情人叫杰尔索明娜·莫霍洛维奇。"她长着一副有蒙古褶的眼睛，只要眼睛一眨动，眼皮就会碰及鼻子。她那双懒洋洋的短胳膊热得可以焐熟鸡蛋。她的头发如丝线般光滑，苏克博士常用她的发丝缚新年礼物的盒子。女人们一瞧便知这是谁的头发。"

我们根本不用追问这些故事传说背后隐蔽的含义。它们本身已经足够精彩，它们的逻辑是幻梦的逻辑，只有最高级的想象才能抵达这样的逻辑。

人类单调庸常的生活需要尖锐离奇的想象拯救，想象激发的乐趣才是人的乐趣，人是地球上唯一能够想象的生物。《哈扎尔辞典》这样的文学能够孵育我们的想象。

人类的想象力特别脆弱，很容易被外力摧残、伤害，很容易流失、湮灭。哈扎尔人灭亡前，阿捷赫公主放生了所有能背诵《哈扎尔辞典》的鹦鹉。其中一只飞进了帕维奇教授家的窗口。您用非凡的想象力让哈扎尔人重生。谢谢您。

小宝

第十章

有聊胜无聊

与陌生人初识，先要扯上几句，中文叫"寒暄"，英文叫"small talk"，不说正事，只说天气，言出为礼，言不及义。这一点，中外非常一致。阴晴圆缺是老外 small talk 的绝对主题，而"寒暄"的字义就是"冷暖"——气温之变。聊聊天气，安全系数非常高，不会闯祸，不会踩到别人的地雷，不会无心伤害，不会有麻烦。当然话到如今，什么事都难说，自从大家知道 pm2.5 以后，天气有时候也很敏感。

small talk 更准确的译名是"聊天、闲谈"，不仅仅是寒暄。聊天听起来很浅薄，想象不出会有多少学问的含金量。其实，聊天的学问很大，值得聊聊。

美国普林斯顿大学有位博士候选人，叫张多拉（Dora Zhang）。她写了一篇文章《聊天》，辑录西方学界各尊菩萨关于聊天的经典论述，让人大开眼界。

张多拉看照片是位华裔。但我几乎可以肯定她绝不是开法拉利、刷黑金卡、给拜登写抗议信的新派留学生。她的英文地道，见识也不错。她说，天气是寒暄的安全牌。因为第一，双方不熟，没有共同的话份池可以随便捞几个话题消遣（a certain shared pool from which to draw conversational topics）。比如，假设你吃小杨生煎时正好和多拉拼桌，你贸然地谈起戛纳电影节章子怡红地毯裙底走光，这虽然是个好话题，但万一普林斯顿的博士候选人没有复旦博士盛八卦那么渊博，你就会伤到她的知识自尊。第二，聊天气也是一个信号——双方不准备深谈。深谈往往要过招，过招总有一伤。

根据牛津英文词典，聊天（small talk）一词最早见于十八世纪查斯特菲尔德勋爵写给儿子的家书。勋爵家书像一本励志教程，教儿子怎样做好一名绅士。他在 1751 年写给儿子的信中说："宫廷里经常会很多人混杂在一起聊天。聊天是一种中等品格的对话，不愚蠢，但也不高明。然而，于你而言，你必须成为聊天的大师。"

聊天有很多种类，最具娱乐性、最受欢迎的聊天是瞎扯、胡侃。瞎扯胡侃的题目散漫，内容芜杂，随机而起，即兴而变，汪洋自肆，无始无终……瞎扯的魅力全在聊天人的奇思异想妙语如珠机智应变。欧美文化史上的不少牛人雅好此道，最有名大概就是英国的王尔德。他说，I love talking about nothing. It is only thing I know anything about（我喜欢瞎扯。我唯一明白的就是瞎扯）。

西方思想界不少大家严肃地讨论过聊天。海德格尔《存在与虚无》里第一篇第五章第三十五节，题目就是"闲言"（陈嘉映、王庆节译本），我不懂德文，英译是"Idle talk"，和 small talk 的意思相当接近。海德格尔是悲观深奥的哲人，他说"此在是为存在本身而存在的存在"，你懂吗？我说了你也不懂——其实我更不懂。他说到聊天，根据我粗疏、通俗的理解，大概意思是聊天并不低人一等。人活在世界上，并不能明白这个世界，因为人通过语言了解世界。而语言是对世界的误解和曲解。聊天承袭转述别人的说法，陈陈相因，以鹦鹉学舌骛新求奇不求甚解炫人耳目的方式重复曲解和误解。听闻之人搞不清楚哪一出推原求始，哪一出拾人余唾，不能抵达世界的真相。它不比其他言说差，也不比其他言说强。

以我的误解，用瞎扯的精神引申一下海德格尔的意思：各式各样无处不在的聊天，集合起来，就是一般老百姓对世界的理解和解释。这些理解解释肯定谬误百出。但这不是问题。世界的真相在大学问家脑袋里都支离破碎一知半解，根本就不需要拿它来为难老百姓。但是，每一个谬误，每一处闲聊，加在一起，可以成为老百姓对世界无所遗漏的圆满说明，大家可以就此把心放下。对老百姓来说，放心比真知更重要。毛尖老师聊天时说，她见过贤人，贤人的确够咸。国民党老兵聊天时说，他摸过原子弹，原子弹真他妈的圆。哪怕真的贤人比糖尿病还要甜，真的原子弹比方舟子还要方，都不妨碍我们兴高采烈地听完老师老兵的胡侃，安安心心地回家睡觉。贤人和原子弹不再是被禁言的幽灵，打扰我们安睡。老百姓安心，天下就能太平。

高明的政治精英，特别欢迎野火四起荒乎其唐的聊天。这是天下大定的标志。民聊生，民不聊死。有聊大胜无聊。哲人说得好，真正与聊天（small talk）对立的，不是高言傥论的大话（big talk），而是沉默，万籁无声。沉默会聚集摧毁一切的紧张、不安、仇恨。它们比肤浅空洞的玩笑可怕得多。那才是万劫不复的负能量。

复旦博士坚决支持聊天的寒暄原则。她很讨厌聊天人装熟，把鼻子伸进别人的私处。她公布了一个网上的段子。闺蜜向她投诉，有一个半生不熟的阿姨，见面总是问：你有男朋友吗？你一个月挣多少钱？什么时候结婚？买房了吗？闺蜜已经准备好了，下次见面会抢先问阿姨：你还有性生活吗？老公找小三了吗？乳房下垂怎么应付？算算应该绝经了吧？

取喻明道

记得好多年前，张五常说过，讲学问，找到一个恰当的比喻比发明一条公式更了不起。取喻明道，在西方学界是郑重其事的大功德，专门的说法叫思想试验。思想试验就是打比方，用设计精巧的比方推导新知、真知——拟定条件，设置关系，不必实有其事，紧随应当之理，逻辑清晰，推论明确，结果令人耳目一新，还留下更进一步深入探讨的余地。

西方学人认为十七世纪伽利略的自由落体试验是第一个伟大的思想试验——不是比萨斜塔扔铁球的实验，而是在他 1638 年的著作《论两门新科学及其数学演示》中 Salviati 和 Simplicio 的对话。当时大家都以为物体下落的速度和它自身重量成正比，越重落得越快，越轻落得越慢。于是，大 S 问小 S，按照这样的说法，重的石头和轻的石头捆绑在一起下落，轻石影响重石，降低重石下落的速度，重石影响轻石，提高轻石下落的速度。小 S 说，没错。

大 S 说，比方有两块石头，一块八斤一块四斤，把它们捆绑在一起下落。如你所说，四斤的石头带慢八斤石头的速度，它们一起下落要比八斤石头单独下落慢一些。但是，四斤的石头加八斤的石头，就是一块十二斤的石头，十二斤比八斤重，它们一起应该比八斤石头下落得更快。

所以，这两块石头绑在一起，既要比八斤的石头下落得快，又要比八斤石头下落得慢。这可能吗？

伽利略无须去爬比萨斜塔。他的思想试验足以摧毁亚里士多德的落体旧说。

二十世纪以后，各种学科都有不少享誉一时的思想试验。遗憾的是，精彩纷呈的思想试验里找不到中国人的名字。勉强有点中国元素，似乎只有中文屋一说。

中文屋之说（Chinese Room Argument，简称 CRA）和中文其实也没多大关系。中文在试验中只是代表一种古怪难懂的语言。1980 年，美国人约翰·希尔勒拿中文说事，反对一些学者的看法：电脑可以发展成人脑——像人一样聪明、具备人一样的心智。那时候西方懂中文的人不多，觉得中文深奥费解。不比今天，连阿姆斯特丹的青楼姐姐都在对穿西装的中国大哥说"有发票，能报销"，还带点莱阳口音。换到中文风行的当下，希尔勒托物设论的对象多半要变，可能将中文屋改成火星文之屋。

网上有好事者贴过"十大思想试验"的网文，中文屋名列其中。网文太简单，中文屋似乎成了希尔勒横空出世的奇想。实际上那是一场历时长远接力马拉松式的思想试验，跑第一棒的并不是希尔勒，不过他那一棒跑得特别好。

第一棒选手的名头比美国教授希尔勒大很多。他是英国人图灵，人工智能（AI）之父。早在一九五〇年，他就提出"机器思维"，断言二十一世纪之前，能建造像人一样思想的计算机。

思想是一个模糊的说法。不是说不明白，而是科学家到今天尚不清楚思想如何会发生，产生思想的生理机制是什么。科学家知道人脑中负责思想的零件，比如神经细胞。但零件本身不会思想，不会思想的零件搭在一道，却有了思想，其中的道理和奥妙，科学家还没弄懂。

所以，高仿、山寨人脑做一台会思想的电脑完全行不通——人脑自己糊涂着呢。图灵聪明地绕道而行。他用行为主义的思路、功能主义的思路，另开新局。功能主义的思路是，不用纠缠思想是什么，只问思想的功能是什么。只要机器能够实现思想的功能，就是一台思维机器——能坐的就是凳子，管它是生铁的、木头的、石材的，还是人肉的。

以这样的思路，计算机科学后来取得了炫目的成就。人脑会计算、能记忆，电脑现在的演算储存功能完胜人脑。最典型的例子就是战胜国际象棋世界冠军的下棋机器深蓝。

不过，计算记忆仅仅是人脑智慧的一部分。人脑智慧最基本的能力是对话能力。对此，图灵为思维机器设置了方向和标准。他的创想很有意思：一个人和不确定的对象——可能是人，也可能是机器——长时间任意对话，如果一系列问答后他不能确定交流对象是人还是机器，或者说，他把百分之三十以上的机器回应当作人的回应，那就可以认定这台机器可以像人一样的思维。"图灵测试"是人工智能界的世界杯，一直有人在玩，据说已经有机器逼近百分之三十的大关。

这件事三十年后惹恼了美国思想界的一条好汉。他就是希尔勒。他认为，现在的计算机都是物理形态，而人脑思想有大量的生物化学过程，现在的电脑无法仿效。人脑智慧有三个基本点：心智（mind）、理解（understanding）、意识（consciousness），物理形态的计算机三点俱无。

于是，希尔勒设计了一个精彩的思想试验。图灵测试的妙处是计算机扮人，希尔勒中文屋之说的妙处是人扮计算机。希尔勒设想：他对中文一窍不通，关进一间密闭的屋子，屋子里有足够多的中文卡片，一本英文写的卡片使用规则。别人从门缝里塞进纸条，上面是中文问题。他根据规则搬动中文卡片，形成对答。屋外提问的中国人，看到中文屋对答如流，会以为屋中人精通中文，应对得体。殊不知他一字不识，根本不知道在谈些什么。

希尔勒说，他是中央处理器，中文卡片是储存，使用规则是程序软件，问题输入，应对输出，中文屋就是一台电脑，没有一台现在的电脑会比中文屋做得更好。他不懂中文，电脑更不会懂。哪怕它百分之一百地像中国人一样地说话。

中文屋的后续讨论绵延不绝，意见不一。我想，即便用功能主义的观点检视，机器思维仍在未定之天。目前的电脑只能储存、整理信息，合乎逻辑的延伸旧知识，无法在交流对话中创造没有逻辑通路的新知识、新思想。曹雪芹读《西厢记》，写出《红楼梦》；郭敬明读《红楼梦》，写出《小时代》。《红楼梦》是精彩的新思想，《小时代》是糟糕的新思想。计算机连糟糕的新思想都生产不了。

无论成败，电脑模拟人脑还是值得欢呼的尝试。最可悲的是让进化得那么高级复杂的人脑退会到简单的信息处理器，以重复陈腐的旧知识冒充新思维。最后这一句是题外话。

相面术

相术是中国道流的方技之一。按照王亭之的说法，相术起步之初，并非全无根据，"因为相人术其实亦有相畜术的征验在内。由相家畜，发展到以野兽禽虫的特征为相，虽形而下，往往亦相当准确"。战国时期，魏人尉缭赴秦，给秦始皇相面："秦王为人，蜂准、长目、挚鸟膺、豺声，少恩而虎狼心"，中国的独裁者之父简直就是个恶畜。后来乱世多妄人盛世多巨骗，懂点相术，便可以自称异士，就是现在所谓的专家。专家相面相掌相形之外，还能相气相神相心相迹，天花乱坠，多半是鬼扯。

西方如今也相术渐兴。不说江湖流派，正经学问里相面之术归在心理学门下。我比较喜欢心理学里的相面，第一它比较亲民，第二它不玩神秘主义。

亲民的意思是人人都能相面，无师自通，根本不需要欺人渔利的专家。西学相面只有一个要诀：信任直觉。直觉当然会犯错误，但直觉的错误率肯定低于术士的错误率。大多数情况下，直觉能直击真相，帮助你，指导你。直觉不仅仅凝聚荟萃了你的人生经验，它更来自于你的基因记忆，来自于基因里你祖祖辈辈的经验沉积，那里有成千上万颗老练的灵魂。它们偶尔也有失误，但它们不可能骗你。直觉是生物经验的宝库，是浓缩版的人类进化史。

西方学问有一个好处，它以假说开路，再拿出能够验证的实验数据。假说可以修正，实验可以重复，留足改进的余地，避免独断武断。美国人做过一个实验，让参与者在一大堆照片中挑出美女像片。这些照片的显示时间非常短促，每张显示时间是十三毫秒（一毫秒等于千分之一秒）。时间之短，完全不到可以产生分辨意识的最小值（阈值）。参与者根本看不清照片上的五官，只能使用无意识的直觉判断（snap judgment）。结果很有趣，选出的照片居然基本上都是美女。

人类无意识有基因的直觉在帮助选择。人类漫长的进化史纪录：美貌和健康有密切联系，无须意识到美丽，直觉霎那间选择了感觉健康轮廓对称皮肤光滑的图像。果然选对了。"直觉判断"用漂亮的中国老话来翻译，可以叫做"根识"。很多人的根识往往比意识更智慧。

心理学的相面之术不玩神秘主义。它的目的很实在：认识他人。看看这个人好不好相处、是不是小人、会不会撒谎、能不能上床……不像中国相术大言炎炎，铁口直断你的穷通祸福，十分虚妄。另外，心理学的相术力求为面相特征找寻科学依据，不作无根浮谈。

男人一般都喜欢大眼睛的女性。研究面相的心理学家说，这是人类几十万年进化积累的无意识。排卵期之初的女性眼睛会变大变亮，吸引男性，有利于人类的繁殖。积习成美，大眼睛成了美人的标志。如果几十万年来女性排卵期的眼睛变小，那么人类现在会以小眼为美，林忆莲、吕燕将是世界首席美女。

美眼之魅，还有一个细节。人的眼珠外沿有一个角膜缘环（limbal ring），缘环令眼睛清澈明亮，不过一过少年期，缘环会渐渐变小、消失，让美眼减分。当今女性那么热衷隐形眼镜的美瞳镜片，就是因为美瞳有一个人造的、永不消失的缘环——她们自己都未必知道。这是西学相术为这些女性推进桃花运的贡献。

心理学家说，男性女性的面相特征，和他们身体内部的激素水平有关。雄性激素饱满的男性，眼睛较小，鼻子稍大，肤色黝黑，下颚结实，颧骨突出。雌性激素饱满的女性，脸部皮肤光滑，汗毛稀少，尖下巴（瓜子脸），眉骨半圆，嘴唇丰满。男性通常喜欢自己异性伴侣女性特征明显。但女性未必挑男性标本寄托终身。因为睾丸素遍体游走的男人常常有暴力倾向，常常劈腿出轨，不一定是个好配偶。女性的理想对象兼有男性女性的特征，既强势又体贴，有男人刚毅的下巴，也有女人温柔的唇线。比如美国演员布拉德皮特，比如中国作家孙老师。

西方面相学家还有一个有趣的发现：大多数男性恶汉强人都长了一张宽脸。面相学家确立了一个恶汉强人指数——宽高比（WHR）。成年男性，如果脸部的宽度（左右颧骨外端之间的距离）与高度（人中到眉心的距离）之比大于1.9，三分之二是恶人，三分之一是强人，当然，恶人也可以是强人。宽高比大于1.9的男人撒谎牟利的可能性比窄脸男大三倍。这是有关恶人的调查。有关强人的调查说，美国《财富》五百强里，宽脸CEO的公司利润普遍超过窄脸CEO的公司。

我在网上挑了二十个令人讨厌的豪富头像，粗略一量，百分之七十是宽脸。深圳房地产的大佬素有硬汉之称，几十年大风大浪里出没，今年搞了个如此纠结的离婚案，形象大变。我量了量他的宽高比，的确不够。

今年最好的话剧

一

先冒叫一声：《喜剧的忧伤》是二〇一四年上海舞台最好的话剧。这句话肯定有人不爱听。看看我能不能把它圆回来。

二

"最好"不等于"完美"。我说"此刻的空气最好"，窗外的pm2.5值是85，污染程度中等，不过今天pm2.5的平均值是157，"最好"的判断没错。一定的时间，一定的空间，前后比较，不完美、有毛病也能算最好。

《喜剧的忧伤》剧本不完美。不少人喜欢三谷幸喜《笑的大学》，它是《喜剧》的母本。单以剧本论，《大学》比《喜剧》优秀。但是，《大学》并不是一流的戏剧经典。

《大学》设计了一个毫无幽默细胞、笑冷感的军国主义分子，以笑的教育挽救他的人性，让他做回正常人。这是非常聪明的点子，足以激发一个出色的戏剧故事——最后确实成就了《笑的大学》。可是，和公认的、讲故事——不是讲观念的戏剧经典相比，这个笑话黑洞、笑商分母为零的人物假定性太强，多少有些不真实。不真实逼迫导演演员在表现的过程中不断地用各种手段赋予人物真实感，而不是强调人物的特殊性，戏剧逻辑不够流畅。

而伟大的戏剧经典，通常不需要种种假定，它们从真实的人生境遇开始，直接叩问真实的人性。

《大学》的毛病隐而不彰，《喜剧》的漏洞比较扎眼。因为把《大学》改为《喜剧》极其困难。《大学》的先天不足，《喜剧》无法改正，这还不是最大的困难。再创作的最大困难，用主创人员的话来说，《大学》是反战戏，《喜剧》是抗战戏。

把反战戏改成抗战戏，不是把和服改成长衫，是把和服改成中山装。能够改到现在这般有模有样，只有几块小补丁，已经很不容易。

但观众不必体谅改编者的辛苦。买票看好戏，这是他们的权利。好戏的剧本基础，似乎不够牢靠。

三

好剧本是好戏之本，这是通例。是通例就会有例外，《喜剧的忧伤》就是例外。

一九三一年，上海舞台最好的戏剧是《龙凤呈祥》。

《龙凤呈祥》是传统老戏，剧本无足称道，并不是传统戏剧文学的极品。一九三一年的《龙凤呈祥》好在它的演出，它的演出阵容之硬，史无前例：梅兰芳、杨小楼、马连良、高庆魁、谭小培、龚云甫、金少山、萧长华戮力合演。这场演出，百年以下，依然会传为美谈。

中国人看戏，喜欢看名角。《龙凤呈祥》荟萃名角。八十年之后，陈道明、何冰《喜剧的忧伤》是名角话剧。《龙凤》《喜剧》未必是最好的剧本，但是最合适的剧本，最适合名角演出的剧本。

《喜剧》的观众，十之八九为陈道明而来。这是他三十年来第一出话剧。观众期待一场名角水准的演出。从效果看，演员不负所望。

看《龙凤呈祥》，观众期待梅兰芳的孙尚香，不会期待他去串吴国太。看《喜剧》，观众期待陈道明霸气、有力的表演风格，大多数观众不会期待他柔软地、油滑地搞笑。名角演出，观众期待演员的拿手活，期待拿手活的极致。

《喜剧》的贡献也许就是它创造了一种名角话剧表演的风格。陈道明扮演的检察官甫一亮相，就声势凌厉，气压全场。直至剧终，这股气没有片刻的松懈。他完全没有追随任何当下流行的表演套路，走了一条不同的表演路线。

《喜剧》的出品方是北京人艺。北京人艺的表演传统是自然、亲切、松弛。何冰深得北京人艺表演传统的精髓。他的表演方法和陈道明大异其趣。在《喜剧》中，何冰却明显地配合陈道明的演出，让陈道明引领《喜剧》的气场。

揣摩话剧观众的观摩心理，主要演员从头到尾"端"着演，到一定的节点，观众会厌倦、反感。我特别欣赏《喜剧》的设计，它用积极的表演化解观摩疲劳，提升观众的兴趣："局长捉贼"在表演上是一个戏眼，它让检察官由静到动，笨拙地投身一个游戏。巧妙的是，检察官仍旧"端"着参加游戏，显得格外可笑。这是用表演自身来破局、来嘲弄检察官的傲慢。演员自己绝不搞笑，让认真的表演达到喜剧的效果。这是高级的幽默。

借用围棋的术语，这种表演是立二拆三，"端"着是立，游戏是拆，有立有拆，局面立刻生动，人物更显丰富。

唯一的遗憾，按照表演节奏，全局收尾前，应该让两位演员各呈绝技，大战一场。可惜没看到名角对戏骨的飙戏。

不过，全场几十次观众由衷的笑声，已经是对《喜剧》表演最好的肯定。

四

有一位观众始终没有笑。他阴郁地看完戏，回家写了一篇网文，激烈地抨击《喜剧》。他的网名叫押沙龙。

如果这篇破口大骂的网文全是个人的感受，无所谓对错，或者说，感受都是对的，那是个人真实的反应，哪怕带着恶意，恶意也是真的。人和人不一样，有人吃什么都吐。

但在公共平台上面向大众发言，把感受当作判断，请稍微考虑一下公共游戏的规矩。

比如说，尊重而不是捏造事实。押沙龙说，剧组把自己吹成"金刚钻"（多么俗气的比喻，上海人的词汇真贫乏），他觉得不是金刚钻。《喜剧》的宣传有类似的自我吹嘘吗？请拿出证据。我只在节目单上看到陈道明的"歉"字。

比如说，顾及一点行文的逻辑。押沙龙一面无保留地称颂《笑的大学》，一面又说只讨论笑不笑"太糟糕"，难道他忘了笑不笑正是《笑的大学》的主题。

我不想全面分析押沙龙的文章。我只是纳闷，文章何必那么重的杀气，没有一点笑意？连嘲笑都不会？

我突然觉得《笑的大学》有点经典的味道。永远有人需要一些笑的教育。

五

我的那声冒叫对不对我说了不算。谁说也不算。

还是让事实来评判。两个人，一台戏，大剧院一千几百人的三层剧场，八场演出，场场满座。最后甚至有了破天荒的加座。

网络上的反应都很正常。绝少"我见到了明星，好幸福"的花痴粉丝。大部分赞誉，也有批评，批评和赞誉有分寸，很节制。就是一个正常的戏剧之夜。几乎没有人觉得戏票钱出得冤枉，观剧两小时是浪费。

这是一个高度。后来者，请超越。

王闿运和他的帝王学

"帝王学"说起来多少有点玄，按照通常的理解无非是在乱世之中寻找"非常之人"，助其成就帝王之业。王闿运一生经历了肃顺、曾国藩、袁世凯等"非常之人"，其间也不无拥立之意，这就是他的"帝王学"么？

小宝：王闿运在很多学问上都有很高的成就，比如说诗歌，汪辟疆在《光宣诗坛点将录》中就将他视为托塔天王晁盖——旧学的领袖，再比如史学，他写过《湘军志》，但王闿运平生最看重的学问是帝王。听到帝王学也许很多人会联想到马基雅维利的《君主论》，《君主论》是从人性的负面出发讲政治权术的东西，王闿运的帝王学和这种东西没有什么关系。

有三副对联可以概括王闿运这一生，第一副是他的同乡吴熙写的："文章不能与气数相争，时际末流，大名高寿皆为累；人物总看轻唐宋以下，学成别派，霸才雄笔故固无伦。"第二副对联是他的学生杨度写的："旷古圣人才，能以逍遥通世法；平生帝王学，只今颠沛愧师承。"第三副是王闿运自己写的："春秋表未成，幸有佳儿述诗礼；纵横计不就，空留高咏满江山。"第一副对联是对他一生的概括，评价极高，连他的失败都是因为"文章不能与气数相争"。第二副杨度对其帝王学的评价，杨度一直自认为王闿运帝王学的传人，他后来为袁世凯称帝奔走也该概因如此；第三副对联是王闿运自己对帝王学的概括，上联写他的理论建树最终还是没有完成，下联写他政治生涯的不如意。

王闿运的帝王学主要就是"通经致用"之学，改造经学，把经学运用于当下的政治。具体来说，王闿运讲帝王学是在乱世中拨乱反正。一开始讲"乱世"，后来他觉得这个说法形容他那个时代可能太严重，改为"浊世"，浊世不危乱，尚处在和平安定时期，还可以问点你幸福不幸福的这样问题，但人心困闭于大道，整个社会跟道义是隔绝的。王闿运的帝王学一是要在乱世中拨乱反正，二是要在浊世中求昌明大道，要用王道把社会变成"治世"。

王闿运的帝王学并非一般意义上所讲的推一个人帮助他做皇帝，当然也有"致君尧舜"的意思，不是刘伯温这样的，也不是马基雅维利。如你所讲，他和政治人物当然要发生关系，帝王学要行天下，要得人，一定要跟合适的权势人物合作。肃顺和曾国藩是他欣赏的人，其中跟肃顺合作的机会最大。王闿运第一次进京时，肃顺正是权势熏天的时候，又极有政治抱负，延揽天下英雄，一看到王闿运就十分投机，还想做结拜兄弟。王闿运对于他和肃顺的关系很高调，他一位亦师亦友的朋友写信用柳宗元受累于"党争"的例子劝诫他不要太热衷于与肃顺的关系，王闿运听取了朋友的意见拒绝了肃顺结拜的好意，但依然十分看重肃顺。如果肃顺掌权，王闿运得到重用的可能性极大。

曾国藩是王闿运寄望最深的，曾国藩一代理学名臣，为人严谨，他对王闿运并不十分热络，对他的话也只是姑且听之，最后两人只做成了学问上的朋友而已，没有交恶，也没有很亲近。他也给过曾国藩很多很好的条陈，曾国藩一般是束之高阁。

　　至于袁世凯，王闿运根本是看不上的，袁称帝时，王已经八十多岁了，去做那个国史馆馆长纯粹是去玩玩而已。王闿运的经学有一个特点，就是重老庄，一般研究经学的人不是这样的，这是"子部"的事呀，不属于"经部"。他把老庄和司马迁放在一起，认为这是读经学的入门阶梯。杨度在对联中说王闿运"逍遥通世法"，就是说的这个，反映到王闿运与袁世凯这些政治人物关系上面，就是他不明目张胆的做"反对派"，但他却在玩弄袁世凯。他的帝王学不是要让一个人成为皇帝，而是要实行王道，他希望被这些权势人物任用，但更重要的是，他希望通过他们推行自己的理想王道。实际上，喜欢老庄的王闿运从来就不是一个特别讲"用世"的人，他跟政治人物的关系是"不即不离、若即若离、亦即亦离"，你别指望他做一个像黑社会军师那样的人物。

　　您是说，王闿运其实对仕途的兴趣并没有我们想象中那么大？

　　小宝：王闿运和权势之间是互相为用的关系。他点评过晚清的这些大臣，他讲胡林翼是"能求人才，而不知人才"，曾国藩是"能收人才，而不能用人才"，左宗棠"能访人才，但不能容人才"，丁宝桢"能知人才，不能任人才"。他讲的这些人已经是那个时代最出色的人物了，但都不能得人才之用。所以他的遇合问题不一定是他个人的不幸，可能还是清朝的不幸。他的理想不是出将入相，他的理想是帝王学能够被重用，能大兴天下，如果没有用，就是退而作育人才，这方面王闿运是非常成功的。

他的学生都是些非常厉害的人物，比如四川尊经书院廖平，是经学史上很出色的人，经学被他一讲像郭德纲相声一样。廖平的学生康有为作《孔子改制考》《新学伪经考》，源头可追溯到廖平和王闿运。杨度也是一个大才子，他就是想推王闿运的帝王学。王闿运门下的三匠也很了不得，木匠齐白石、铁匠张正旸、铜匠曾绍吉。恭亲王的孙子大画家溥心畬在马鞍山学画时，诗是跟海印和尚学的，这个海印和尚也是王闿运的弟子，当了溥心畬的老师。王闿运的学生都对他很佩服，这是中国历史上很难看到的。有这么多的高人喜欢他的东西，一定是有道理的，后人不研究他的东西真的是后人的智慧不够。

"帝王学"这门学问算是王闿运独创，但历史上还有一个"帝王术"的说法，如苏秦、张仪这些纵横家，商鞅、李斯、韩非这些法家，都算是个中高手。王闿运的帝王学和这些人有什么不同，他好像对时人称他为"纵横家"颇为不满？

小宝：他跟战国时期的纵横家还是有一定区别的。纵横家的目的是成就国君的霸业，虽然品流有高低，但并不讲究大道，主要是用自己的政治权术，所以是"有术无道"。王闿运追求的是以王道治天下，以道为主，"道术并用"，他肯定不会认为自己是个纵横家，但王闿运也没有完全排斥"纵横家"的行为模式，它在对联中也说自己"纵横计不就"，你看他也是颠沛流离，从这个政治人物走向那个政治人物。

问个稍微学术点的，王闿运的帝王学思想资源来自何处，比如我们知道儒家也有"内圣外王"一说，但王闿运又有"尧、舜、孔子可以为师，杨、墨百家可以为友"的说法，他的帝王学似乎是主张"百花齐放"的，对后世的儒家也颇为不屑？您之前也说到了，王闿运是经学大师。

小宝：现在到处都在讲国学大师，周汝昌、季羡林都是国学大师，这种说法是不对的。国学分经史子集，核心是经部，如果不懂经学是不能称为国学大师的，我们看了太多不读经学，不懂经学，而妄谈孔子、妄谈儒家的"国学大师"。中国大陆的国学大师严格来讲，六十年代的马一浮是最后一个，他是研究经学的，连陈寅恪也不算是国学大师，他是史学大师，他也不研究经学。

王闿运对宋明理学和汉学都是不以为然的。宋明理学说到底是伦理学，是向全民推广的道德学，像什么"饿死事小，失节事大"，这种全民道德学是王闿运极其不赞同的一点。

而汉学直到清朝朴学这些东西，王闿运觉得考据跟大义是没有关系的，考据只是技术上的工作。王闿运治经学重大义，碰到一时看不懂的东西就跳过，这就好比《倚天屠龙记》里的张无忌，练乾坤大挪移到第九重不练了，后来发现这个写书的人其实也没练过第九重，纯属自己想象出来的，你硬要练的话，就是走火入魔。王闿运也是这样的高手，他不会像朴学那样硬要要求自己把某个字的读音搞出来，不懂就不懂，跳过就是了，所以从汉学的角度来看，王闿运没什么呀，没有新的东西。

对于经学，王闿运走出了一条新路，他理解的经学，就是帝王学。帝王学其实是政治学，他的这个归纳是非常有意义的，这当然有别于西方现代政治学的定义，这个政治学是讲政治的学问，政治伦理是其中很大的一块，也就是他所说的"道"。

最重要的是，帝王学这个政治学不是面向全民的，仅仅是政治人物需要学习具备的一种学问，用现在的话来说，就是中央党校和肯尼迪政治学院要学的学问，是高级干部和中枢要学习的学问。这就解决了经学长久以来一个大问题，宋明理学对平民百姓的要求太多，道德上要求太高，这样的"全民教育学"一是不可能做到，二是就算强行去做，后果非常可怕，这从"文革"和近年来重庆的教训就可以知道。王闿运跳出了理学的框子，对经学做出了新的思考，帝王学明确了是对政治人物的要求，是门"干部教育"，把经学这门学问的对象定的很清楚。而老百姓，这些都不用去学去遵守，让他们做自己喜欢做的事情就行。你看西方政治学也讲政治伦理啊，什么公平正义，讨论了上百年，这也是给政治人物讨论的。

王闿运的一些具体结论当然是很多问题，但他对于经学的这种政治学定位是相当准确的，帝王学就是经学的政治学化，中国的传统如果要复兴的话，最有可能就是以这样一种高级政治学的形式复兴。

有一点我很同意，西方对于公众人物的道德要求完全和民众不一样。

小宝：你看美国电影里美国人玩得那么有声有色，克林顿呢，只不过是和莱温斯基有了点私情，马上就是轩然大波。还有说谎，美国人对于政治人物说谎都有种偏执的较真了。你理学把一些本应该针对政治人物的道德要求放在了老百姓身上，后果就是执行不下去，官员乱搞，下面老百姓反而被弄的很不舒服。

王闿运有一句话被反复引用"经学以自治，史学以应世"，也就是说以经学的规范来规范自己，来规范政治人物，用历史上圣人的事理来应对世事。王闿运认为，治经学要看两本书，《礼经》和《春秋》。《礼经》分三礼，其中《周礼》据说是周公写的，讲的是极治之世，现在说的盛世，《春秋》讲的是极乱之世，一乱一治。周公讲的礼，一个是"礼治"，一个是"礼制"，王闿运反对把经学讲成大道理，灌输给老百姓，他觉得应该用"礼治"和"礼制"去规范天下，用现在话讲，就是靠制度设计来让整个社会和谐。这个和西方政治学是完全可以接通的，你把"礼"换成"法"就行了，"法治"和"法制"，西方也是用"法制"来"法治"天下，和老百姓是不讲什么道德的。

还有讲极乱之世的《春秋》。王闿运最重视的经典就是《春秋公羊传》。孔子自己也看重《春秋》，"知我罪我，其惟春秋"。乱世之"礼"，就是《春秋》里所说的例子，"礼者，例也"。春秋之中，有太多的乱，所以你要在浊世中拨乱反正，就看孔子在春秋时是怎么讲怎么做的。拿《春秋》的例子做比较和推导，就可能在乱世、浊世之中逐渐建立起王道的秩序。王闿运从不把道德讲的天花乱坠，他喜欢像《春秋》那样拿事例说话，而且也以这样去处理各种事务的见识自傲。

他的意思是，和老百姓要"说事"，不要"说大道理"？

小宝：他有一个很有意的说法，就是说普通老百姓做事情不是根据大道理来做的，他们讨厌正儿八经的人，觉得荒谬，你要用那些经义来"绳之"，拿这些来规范他们，是"自如荆棘"。大道理和红歌讲多了，讲长了，后来就是文革那样的天下大乱。比如说释迦摩尼遇到弟子问他很怪异的事情，他从来不置可否，而且如果要引导也是以故事引导，故事就是史学，史这个字通"事"，也就是说拿过去的事情来引导，以事说事，而不是说大道理，改造人心之类的。

比如说，老百姓爱财，缺乏道德，下级谄媚上级，无事生非，那些傻的百姓被人愚弄，善良的百姓被人欺负，王闿运就说，这些是自古以来就有的，所以不要妄想通过全民改造，改造人心，来把这些事情改掉，这些事情是永远会存在的，在历史上都是有解决的"成例"的，就是要看怎么就事论事地处理它们。他的这个看法非常通达，孔子把不义比作浮云，他讲孔子并无

"厌恶不义之心"，而是有"坐观浮云之乐"。他当然知道这些社会现象的存在，但他觉得不要大惊小怪，而是要去承认它们的存在，再就事论事地去解决，这种态度非常有见识。

王闿运说"春秋者，礼也；礼者，例也"，是说要靠实例推导出正确的做法，然后用这些做法来应对各种事变。这种见识跟英美法系的非成文法很像，不是从教条出发，是从过往案例出发，是非常实事求是的。王闿运很多见识都是可以跟现代思想接轨的，虽然他的东西里也有些很可笑，很荒谬，但是还是有很多真知灼见、政治智慧在里面，这些都是读经而来。对于现代人来说，你完全可以把这个"春秋"放大啊，你可以把各个时代，各个国家的"春秋"放进来，从实例出发，不从教条出发，把这些正面经验用于处理现实事务，一定是事半功倍的。

比如说，1870 年天津事变，火烧望海楼，把法国驻天津的领事打死了。当时曾国藩以直隶总督的身份去处理这件事情，王闿运给他写过一个条陈，他说这事是"小人思动，假义而起"造成这样的祸患，此事若"阳罪民而阴纵之"，老百姓就会嘲笑当官的人怯懦，轻视你的政治权威，这是不可以的；但反过来如果你对外国人委曲求全，而压制自己的百姓，这是会造成天下解体的，这种做法也不可行。王闿运没有提出非常具体的东西，但他认为处理此等民族主义骚动事件的主旨是"不可抑民气，犹不可长民嚣"，这个原则是很有见识的，就是说我不会去管你平民百姓怎么想怎么做，但是你们所做的事情也不能影响到我的政治判断，精英政治不会被平民百姓牵着鼻子走。

王闿运的帝王学是改造过的经学，对经学进行了政治学改造，而且标示出政治学的路向，这是最有价值的部分。

王闿运的帝王学好像一点都不站在"帝王"的立场上说话，倒像是在"改造"他们。

小宝：我们现在被反复洗脑之后，喜欢将现在的恶加诸古人身上，其实很多根本是不存在的。比如说王闿运论"初学阶梯"，开头就讲"要在爱众，及入《大学》，道在亲民"。《大学》是《礼经》里王制的部分，他的政治理论里面第一重要的不是忠君爱国，是教导君臣爱民，这是最重要的。《大学》开篇就讲对政治人物的要求是"格物致知"而后"诚意正心"再"齐家治国平天下"，这是很合理的。"诚意正心"牵涉到一个人的道德修养，但其先必须要"格物致知"，你先要有知识，《大学》里面讲的很有道理，按这个路数去培养干部，就是又是一个明白人，又是一个在道德上不至于太堕落的人，然后才去做齐家治国平天下。

王闿运在书里反复讲"爱民"，还讲国家不能贪敛，《大学》也讲"财聚民散，财散民聚"。我受黄仁宇的影响，也喜欢从财政来看政治，你看中国儒家传统里谈到税收总是没有好话的，动不动就是苛捐杂税，你看王安石的名声就知道了。轻徭薄赋是太平之世的一个象征，太平就是不给老百姓太多的负担，国家不要太贪婪。《大学》里面讲的最狠的话是"百乘之家，不蓄聚敛之臣，与其有聚敛之臣，宁有盗臣"。盗臣最多偷的是主人和帝王的东西，聚敛之臣偷的是天下百姓的东西，《大学》对国家的横征暴敛是极其反对的，这当然是一个相对复杂的问题，现代国家里面国家必须要有大量的财政收入，但是这个态度，底线一定要有。现代国家当然需要大财政，但经学里强调的东西还是很有价值的。中国历史上一直保持"小政府"，也是受到经学观念的影响。

另外王闿运讲贪腐的说法也很好玩说。《礼记》中说"大臣法，小臣廉"，对刚起步的官员你要求廉洁，但是到了高级官员，主要是靠规矩，靠法，王闿运说"大臣不贵廉，但是能守法，立法，无不廉者"。中国因为过去是小财政，清以前财政收入占国民收入比例很小，按照清朝那点官员工资，很多大臣都要饿死，所以廉洁这件事情没那么严重，关键是要立规矩。道光末年，最有名的贪腐权臣穆彰阿，他也有规矩，每次收五十两银子就可以了，他一个门生出去当官，送他五十两银子，他还不要，说你现在还没这点收入，下次来可以给。肃顺也是，王闿运书上说当年肃顺收到了浙江一个官吏送给他的五十两银子，他转赠给了王闿运。但是后来规矩坏了，按照王闿运的说法，同治以后，府州县如果要去见大臣，要办事，开始要给一百两，后来给一千两、一万两，甚至后来有了三十万、五十万的说法。他就说，"招权纳贿中，亦有老成典型在"，这就是说潜规则，但潜规则比没规则好，潜规则还可以把贪腐控制在一个程度之内。要是没了这个规则，就没有底线了。所以你你看他的帝王学里面，不是把道德那么纯洁化的，它是实事求是的，不是像孟子那样哗哗哗就是什么浩然之气，何必曰利，把人拔得高大全，王闿运也讲义，他的义是给高级官员讲的，你老百姓只讲利也可以。

帝王学里一是讲爱民，二是它不提忠君，也没有简单地讲爱国，王闿运就讲"夷夏之辨"，他始终认为"夷狄之害"都是小问题，对外的态度还是"化导夷狄"，要防止"以夷变夏"。他讲的"夷夏之辨"不光是一个观念了，更多是一个事实了。中国人五千年传统观念已经到骨子里面，跟西方人真的很难接通。譬如东欧国家的思想家跑到美国去，也可以影响很多美国人，比如艾因·兰德、齐泽克。但中国这么多学者去西方，没有对西方人影响那么大的，余英时对中国学人的思想影响很大，但他对西方人影响也不大。

经过王闿运的改造之后，经学好像有点"与时俱进"的意思了。

小宝：经学有很多积极的东西，哪怕是宋明理学，皇帝考察官员的第一条就是爱民，第二条才是廉洁，王朝时代国家给的俸禄其实一直是不够的，只要有规矩，贪腐一点点无所谓的，也是默认的。从王闿运的帝王学里面你可以看到，传统并不像我们一直所认为的那么僵硬、教条化，是可以变通的，是可以与现代价值接通的。

《春秋公羊传》里有"制《春秋》之义，以俟后圣"的说法，中国传统的政治智慧是不会死亡的，但并不是说它会代代相传，有可能碰到愚蠢的那一代，他们就把这个东西丢失了，遗忘了，但总有一天会有人重新找回。

百年以来的中国社会，西学始终不能落地，光靠一些浅薄的人喊喊口号是没有用的，招致天下大乱也未可知。西学作为世界主流，不能与中国传统政治智慧结合，是不能解决中国问题的。哪一代有智慧的人能够研究透了中国传统的政治智慧，再和国际大潮流相结合，就能弄出一套很有价值的理论来。这就是我们当下读王闿运的价值。

图书在版编目（CIP）数据

有聊胜无聊／小宝著． -- 北京：新星出版社，
2017.5
ISBN 978-7-5133-2403-8

Ⅰ．①有… Ⅱ．①小… Ⅲ．①杂文集－中国－当代②
随笔－作品集－中国－当代 Ⅳ．① I267.1

中国版本图书馆 CIP 数据核字（2016）第 298923 号

有聊胜无聊
小宝 著

责任编辑　　汪　欣
特邀编辑　　李佳婕　许文婷
装帧设计　　李志昇
内文制作　　陈　瑜

出　　版　新星出版社 www.newstarpress.com
出 版 人　谢　刚
社　　址　北京市西城区车公庄大街丙 3 号楼　邮编　100044
　　　　　电话（010）88310888　传真（010）65270449
发　　行　新经典发行有限公司
　　　　　电话（010）68423599

印　　刷　北京富达印务有限公司
开　　本　850 毫米×1168 毫米　1/32
印　　张　10
字　　数　132 千
版　　次　2017 年 5 月第 1 版
印　　次　2017 年 5 月第 1 次印刷
书　　号　ISBN　978-7-5133-2403-8
定　　价　49.50 元